Brüder für immer

Titel der Originalausgabe: Soldaten huilen niet

First published by Uitgeverij Leopold,
Amsterdam 2010

Für die deutsche Ausgabe:

www.mixtvision.de

Übersetzung: Birgit Erdmann
Umschlaggestaltung: Zero Werbeagentur GmbH
Cover-Foto: Arcangel Images / Stephen Mulcahey
Innentypographie und -gestaltung: Lena Ellermann
Druck und Bindung: GGP Media GmbH, Pößneck

MIX
Papier aus verantwortungsvollen Quellen
FSC® C014496

ISBN: 978-3-95854-068-2

Die Übersetzung dieses Buches wurde von der niederländischen Stiftung für Literatur gefördert.

Nederlands letterenfonds
dutch foundation for literature

Rindert Kromhout

BRÜDER FÜR IMMER

Aus dem Niederländischen von Birgit Erdmann

MIXTVISION
Weiter. Erzählen.

1937

»Abenteurer bringen es im Leben weiter«, sagte Julian.

»Aber Schriftsteller leben länger«, sagte ich.

Julian lachte. »Wetten, nicht?«

»Wetten, doch?« Und damit war die Wette beschlossene Sache.

»Wenn du vor mir stirbst«, sagte ich, »schreibe ich ein Buch über dich.«

»Wenn du vor mir stirbst, habe ich keinen Bruder mehr.« Julian warf mir einen ernsten Blick zu. »Ich muss diese Wette nicht gewinnen, Quentin. Ich will, dass wir beide uralt werden, du und ich.«

»Dann geh nicht nach Spanien. Wieso willst du in einem Krieg kämpfen, mit dem wir nichts zu tun haben?«

»Ich muss einfach!«, sagte Julian.

»Wer sagt das?«

»Ich.«

Ich sah ein, dass er fest entschlossen und jeder Versuch, ihn umzustimmen, sinnlos war. »Hast du es ihnen schon gesagt?«, fragte ich.

»Wem?«

»Mama. Duncan. Papa. Sie werden dich nicht gehen lassen.«

»Ich sage es ihnen morgen, wenn Papa kommt. Es wird ihnen bestimmt nicht gefallen, aber sie werden nicht versuchen, mich umzustimmen, weil ich nämlich genau das tue, was sie uns beigebracht haben. Ich werde für das kämpfen, woran ich glaube.«

»Du weißt doch, dass sie jeden Krieg ablehnen. Mit *kämpfen* meinen sie etwas anderes, als mit einem Gewehr herumzulaufen.«

Julian seufzte. »Aber was haben sie uns unser Leben lang eingeschärft? ›Denkt immer erst einmal nach. Macht das, woran ihr glaubt. Rennt nicht einfach irgendwelchen Parolen hinterher.‹ Und genau das mache ich jetzt. Ich habe nachgedacht, wirklich lange nachgedacht und ich weiß, ich muss es einfach tun. Ich renne keinen Parolen hinterher, nur meiner eigenen.«

Ich sah meinen Bruder an. In meinen 18 Lebensjahren war ich fast immer mit ihm zusammen gewesen. Ich konnte, nein, ich wollte mir nicht vorstellen, dass er in ein paar Tagen weg sein würde.

Julian stieß mich an. »Schau nicht so traurig«, sagte er. »Komm mit in den Garten.«

»Warum?«

»Nun komm schon.«

Ich folgte ihm. Im Gemüsegarten pflückten Angelica und David Bohnen. Bert, der Beagle, lag auf einem Stein und schlief. Ein Hahn krähte.

Vorbei an den Rosenrabatten und dem Fingerhutfeld liefen Julian und ich auf die beiden uralten Apfelbäume an der Mauer zu. Wir kletterten in unser Baumhaus, wie wir es in den vergangenen zwölf Jahren hunderte Male getan hatten. Das Baumhaus war unser Lieblingsplatz. Von hier oben konnten wir die ganze Umgebung überblicken: Charleston, den Bauernhof weiter hinten, die Pappelallee, die vom Hof zur Straße führte, das Schwein des Bauern, das jedes Jahr ein anderes Schwein war, und dem wir beim Wachsen zusahen, bis eines Tages der Metzger auftauchte. Wir fanden es großartig, die Menschen zu beobachten, ohne dass sie etwas davon bemerkten. Na ja, vielleicht bemerkten sie es doch, aber es kümmerte sie nicht. Das Baumhaus war auch der Ort, an dem wir uns unsere Geheimnisse anvertraut hatten, weil uns hier niemand hören konnte. Hier hatte ich ihm gestanden, Angelicas Puppe in einem Eifersuchtsanfall zerbrochen zu haben, und Julian hatte mir hier erklärt, dass ein Penis nicht nur zum Pinkeln da war. Wie oft hatten wir uns hier verschanzt!

Diesmal saßen wir schweigend nebeneinander. Ich sah meine Mutter und Duncan, die im Atelier arbeiteten. Grace, die Köchin, war nicht zu sehen, aber ich hörte sie aus voller Kehle singen. Das Dienstmädchen schüttelte aus einem Dachfenster Decken aus. Allerlei Gedanken gingen mir durch den Kopf. Was wird meine Mutter sagen, wenn sie von Julians Plänen erfährt? Wird sie ihn wirklich gehen lassen? Wie würde es hier sein, ohne meinen großen Bruder? Wann würden wir beide wieder zusammen im Baumhaus sitzen?

»Nimm's nicht so schwer«, sagte Julian. »Ich weiß, was ich tue. Versprich mir, dass du dir keine Sorgen machst.«

Ich versprach ihm nichts. Ich hätte lügen müssen.

1925

Der Autobus, der uns vom Bahnhof zum Bauernhof brachte, hielt direkt vor einer buckligen und löchrigen Auffahrt. Pappeln säumten die Allee.

Meine Mutter und Duncan hatten beschlossen, aus London fortzuziehen. Sie fanden die Stadt zu voll, die Häuser zu finster, die Ateliers zu klein.

»Ich brauche Licht um mich herum«, hatte meine Mutter gesagt, »und Raum.«

»Ich will unter freiem Himmel malen«, hatte Duncan gesagt.

»Ich will barfuß durchs Gras laufen.«

»Einen Garten, in dem sich die Kinder verirren können.«

Deshalb waren wir jetzt hier. Tante Virginia hatte ein Haus gefunden, das, wie sie meinte, genau das war, was wir suchten.

Mein Vater war auch dabei, um das Haus zu besichtigen, auch wenn er selbst nach wie vor in London leben wollte. Er hatte dort eine eigene Wohnung und seine Arbeit bei der Zeitung, aber er hatte versprochen, uns so oft er konnte zu besuchen.

Seine Freundin, die Julian und ich »Tante Margaret« nannten und von der wir ab und zu Geschenke bekamen, wohnte auch in London. Schon allein wegen dieser Geschenke fanden Julian und ich es schade, dass wir aus der Stadt wegziehen mussten.

Puck, der braune Spaniel, rannte vor uns her. Julian und ich sprangen über Pfützen und taten so, als wären es tiefe Schluchten, in die wir stürzen könnten.

Am Ende der Allee lag ein Bauernhof mit Kühen und Schafen und einem Heuhaufen. Ein Schwein steckte den Rüssel durch ein Gatter. Das Haus, das wir besichtigen wollten, war ganz in der Nähe und gehörte dem Bauern. Es war riesig, hatte gelbe Mauern, an denen Kletter-Hortensien wuchsen, zahllose Fenster und einen ummauerten Garten mit Teich. Weil der Bauer keine Verwendung mehr für das Gebäude hatte, wollte er es vermieten. Die Mieter hatten bei allem freie Hand, solange sie pünktlich die Miete zahlten und es nicht abrissen. »Es steht schon zwei Jahre leer, Mr Grant«, sagte er. »Ein paar Dinge müssen Sie wohl ausbessern. Sehen Sie sich in Ruhe um.«

»Ein paar Dinge ausbessern.« Das war wohl witzig gemeint, denn es gab wirklich *nichts* an dem Haus, das *nicht* auszubessern wäre. Der Garten war eine einzige Schlammlache, in dem nur ein paar sterbende Obstbäume standen. Und das Haus war kalt und feucht. Es gab keinen Strom. Wasser musste man auf dem Bauernhof pumpen. Die Toilette war ein Holzverschlag im Garten, mit einem Eimer in einem Erdloch. Das Haus war seit Jahren weder innen noch außen gestrichen worden.

Während die Erwachsenen kopfschüttelnd von Zimmer zu Zimmer gingen, erkundeten Julian und ich zusammen mit Puck den Garten. Im Teich quakten Frösche. Puck bellte und die Frösche tauchten ab.

»Dort werden wir ein Baumhaus bauen«, rief Julian. Er deutete auf die beiden Bäume mit dicken Stämmen und Ästen, die ineinanderwuchsen. Die längsten Äste hingen über die Gartenmauer. »Dann werfen wir dem Schwein Äpfel zu und zähmen es. Und Mama erlaubt uns vielleicht, es zu behalten.«

Julian war neun, drei Jahre älter als ich, und immer voller Ideen. Ich bewunderte ihn bedingungslos. »Und dann bringen wir ihm Kunststücke bei«, sagte ich.

Der Himmel zog sich zu, nasskalter Herbstregen fiel. Wir gingen ins Haus und stritten uns, wer welches Zimmer bekommen sollte, wo das Baby schlafen würde (möglichst weit von uns entfernt) und wo das Schwein leben könnte. Schreiend stürmten wir die Treppe hoch, und noch eine, hinauf zum Dachboden, wo mein Vater vor dem Fenster stand und meine Mutter und Duncan auf wackligen Stühlen saßen. Ich zitterte. Hier war es noch kälter als draußen.

Duncan seufzte. »Ich habe noch nie ein so verwahrlostes Haus gesehen. Noch nie.«

»Die Wände sind voller Schimmel«, sagte meine Mutter. »Und der Wind pfeift durch die Ritzen.«

»Eine ziemlich weite Reise von London hierher«, sagte mein Vater.

Ängstlich sah ich zu ihnen hoch. Wollten sie das Haus etwa nicht? Würden wir etwa nach London zurückgehen? Weg vom Schwein? Ich hatte gerade beschlossen, es *Pigling* zu nennen, wie das Ferkel in der Geschichte von Beatrix Potter, und dass es mich lieber haben würde als meinen Bruder. Auch Julian hatte einen Schreck gekriegt, das sah ich ihm an.

Dann sagte meine Mutter: »Ich denke, wir werden hier sehr glücklich sein.«

Duncan nickte. »Das denke ich auch, Vanessa. Ja, absolut.«

Mein Vater lächelte.

~

Charleston, so hieß unser Haus, stand in den Hügeln von Sussex im Südwesten Englands. Von London waren es knapp zwei Stunden mit dem Zug nach Lewes, der nächstgelegenen Stadt, und dann waren es noch eineinhalb Stunden mit dem Autobus, der vor unserer Auffahrt hielt.

In den ersten Tagen waren meine Mutter und Duncan damit beschäftigt, unsere Sachen auszupacken und die Zimmer einzurichten. Julian und ich beschlossen, die Umgebung zu erkunden.

Bevor wir losliefen, fütterten wir das Schwein mit altem Brot aus der Küche und mit faulen Äpfeln, die wir im Garten gefunden hatten. Zufrieden schmatzend blickte es uns nach, als wir uns auf den Weg machten.

Hinter dem Bauernhof und der Weide mit den Schafen befanden sich ein paar kleine Häuser.

»Komm, wir schauen, ob dort Kinder wohnen«, sagte Julian. Er kroch unter dem Stacheldraht durch und lief auf die Weide.

Ich zögerte. Die Schafe waren groß und sahen mich böse an. Nie zuvor war ich Schafen so nahe gekommen. Ehrlich gesagt: Ich hatte noch nie ein echtes Schaf gesehen, nur gezeichnete in einem Kinderbuch.

»Sie beißen«, sagte ich.

»Aber nein«, sagte Julian. »Sie sind genauso lieb wie das Schwein. Na, komm schon.«

Ich wollte nach London zurück, wo es keine lebensgefährlichen Tiere gab. »Ich traue mich nicht.«

Jeder andere Bruder hätte einen Angsthasen wie mich in diesem Moment ausgelacht oder später zu Hause erzählt, was für ein Feigling ich doch wäre, aber nicht Julian. Er sah mich ernst an, kroch wieder unter dem Stacheldraht durch und nahm mich an die Hand.

»Wir gehen um die Weide herum.«

Erleichtert hüpfte ich mit ihm mit.

Es war Herbst. An den Rändern der Wassergräben saßen kleine Frösche, an den Bäumen verfärbte sich das Laub. Ein langes, braunes Tier schoss an uns vorbei und verschwand im Gebüsch. Ich war in einer neuen Welt angekommen.

Vor einem der kleinen Häuser hinter der Weide hängte eine Frau im Garten frisch gewaschene Laken auf. Wir liefen zu ihr hinüber. Sie wischte sich die Hände an der Schürze ab und sah uns freundlich an. »Wenn ich mich nicht irre, sind Sie Master Julian Bell«, sagte sie, »und Sie müssen Master Quentin sein.«

Wir mussten lachen. Die Frau nannte uns ›Master‹! Wir wussten damals noch nicht, dass dies Grace Higgins war, die bei uns als Köchin und Haushälterin arbeiten würde.

Es war übrigens das einzige Mal, dass Grace ›Master‹ zu uns sagte. Sie hat es nie wieder getan, weil meine Mutter es ihr verboten hat. »Ihr seid keine Master, ihr seid Lausejungs«, sagte sie zu uns, »und das ist etwas ganz anderes.«

Ich nickte. *Lausejungs* klang viel besser als *Master.*

»Wohnen hier Kinder?«, fragte Julian.

Grace schüttelte den Kopf. »Aber im Nachbardorf. Das ist zu weit für euch, um hinzulaufen.«

»Gut«, sagte Julian, »dann suchen wir eben Holz für unser Baumhaus.«

Wenn ich an Grace denke und an unsere ersten Monate in dem damals noch kalten und unbehaglichen Charleston, dann erinnere ich mich am liebsten an die Samstage, an denen wir nachmittags ins Bad gesteckt wurden.

Grace setzte auf dem Kohlenherd in der Küche Wasser auf und schüttete es dann in eine Zinkwanne, die dafür im Esszimmer vor den Kamin aufgestellt wurde. Weil Julian der ältere war, durfte er zuerst in die Wanne. Wenn ich an der Reihe war, goss Grace ein paar Kessel nach, damit das Wasser schön heiß blieb. Genussvoll erschauerte ich, wenn sich das heiße Wasser mit dem kälteren vermischte. Angelica war erst ein Jahr alt und noch zu klein für die Wanne. Sie wurde in der Küche gewaschen.

Nach dem Bad saßen wir in Handtücher gewickelt vor dem Kaminfeuer und Mutter las uns Märchen vor. Später, als wir älter waren, wurden *Alice im Wunderland* und *Der Wind in den Weiden* unsere Lieblingsbücher. Sie erzählte uns auch Bibelgeschichten. Nicht, weil wir an Gott glauben sollten, sondern weil wir diese Geschichten noch in zahllosen Büchern und auf Gemälden antreffen würden. Wer die Bibel kannte, könne andere Bücher und Gemälde besser verstehen, meinte sie. Ich mochte vor allem *Alice im Wunderland*, denn durch dieses Buch entdeckte ich, wie großartig es war, mit Worten zu spielen. Ein Wort an der falschen Stelle konnte ein Missverständnis auslösen und sofort stand die ganze Welt Kopf. Dass Worte so etwas bewirken konnten! Dieses Buch war der Grund dafür, dass ich ein paar Jahre später beschloss, Schriftsteller zu werden. Nicht Tante Virginia. Nicht Lytton, sondern *Alice im Wunderland*.

Ob Grace uns anfangs seltsam gefunden hatte? Wenn es so war, dann hat sie es uns zumindest nicht spüren lassen. Ihr Nachbar hingegen fand uns ziemlich seltsam. Er war Postbote und wohnte in einem kleinen Haus mit einem Garten voller Brombeersträucher. Der Garten ähnelte einem Kopf mit strubbeligen Haaren, die lange nicht mehr gekämmt worden waren. Wir mussten den Postboten Colonel Kipling nennen, denn er hatte im Weltkrieg gekämpft. Wenn man in der Armee gewesen ist, war man kein ›Mister‹ mehr, sondern Colonel oder Major oder Captain. Eines Morgens, als Colonel Kipling die Post brachte, deutete er auf Duncan, der gerade mit einem Strohhut auf dem Kopf im Garten malte. »Ist das dein Vater?«, fragte er mich.

Ich schüttelte den Kopf. »Das ist Duncan. Er ist unser Freund.«

»Und der Freund unserer Mutter«, sagte Julian. »Unser Vater wohnt in London.«

»Soso«, sagte Colonel Kipling. »Und wo wohnt dieser Duncan?«

»Bei uns«, sagte ich.

Der Colonel runzelte die Stirn und sah mich an. »Seltsam«, sagte er, stieg auf sein Fahrrad und fuhr davon. Seltsam war das Wort, das ich am häufigsten von Leuten gehört habe, die unseren Lebensstil nicht verstanden.

Aber ich schweife ab. Man darf ruhig abschweifen, wenn man eine Geschichte schreibt, hat Tante Virginia mir beigebracht, solange man dabei nicht aus den Augen verliert, wie man später wieder auf das zurückkommt, worum es eigentlich geht. Und so ein kleiner Ausflug muss natürlich wichtig für das sein, was man dem Leser erzählen will, sonst kann man es gleich weglassen.

Ja, Virginia, ich komme gleich wieder auf das zurück, was ich eigentlich erzählen möchte. Aber erst noch kurz zu Duncan. Er wohnte also bei uns und mein Vater nicht.

In London hatten meine Mutter und Duncan ein gemeinsames Atelier gehabt. Duncan hatte damals noch ein eigenes Haus, auch wenn er dort fast nie war. Ich weiß nicht, wie sie auf die Idee gekommen waren, gemeinsam nach Charleston zu ziehen, es war einfach so – wie es auch einfach so gewesen war, dass mein Vater in seiner Wohnung in London geblieben ist.

Ich fand es herrlich, Duncan jetzt für immer bei uns zu haben. Er war in meinen Augen zwar schon alt, über zwanzig, aber wenn er mit uns spielte, gab es keinen Altersunterschied. Duncan rannte am schnellsten, schrie am lautesten, lachte am schrillsten. Und wenn wir etwas spielten, das mit einem Sieger und einem Verlierer endete, konnte er wie ein Kind schmollen, wenn er nicht der Erste war. Julian und ich waren verrückt nach ihm.

Ernste Gespräche führten wir mit unserem Vater, mit Duncan hingegen spielten wir – so war es immer gewesen und so würde es auch bleiben.

Es war kurz vor Weihnachten. Julian und ich waren in Lewes, um uns die Schaufenster der Geschäfte anzusehen. Gierig betrachteten wir die ausgelegten Esswaren, den geschmückten Tannenbaum, die Weihnachtskrippe beim Bäcker. Autos und Pferdekarren fuhren vorbei. Hier gab es lange nicht so viele Autos wie in London. Automobile waren damals noch recht ungewöhnlich auf dem Land.

Im Schaufenster des Spielzeugladens stand ein Weihnachtsmann aus Gips. Er sah, ehrlich gesagt, ziemlich hässlich aus mit den viel zu prallen Wangen und einem schmutzig weißen Bart, von dem die Farbe bereits abblätterte. Aber als wir in der Kälte vor dem Schaufenster standen, fanden wir ihn wunderbar.

Voller Sehnsucht drückten wir die Nasen gegen die Glasscheibe.

»Wie gern ich den hätte«, sagte Julian.

»Ich auch!«, rief ich.

Aber wir konnten ihn nicht kaufen, wir hatten kein Geld.

Julian hatte eine Idee. »Wir malen ihn und verkaufen die Bilder zu Hause. Dann haben wir Geld.«

Ich fand die Idee brilliant. Meine Mutter und Duncan verlangten für ihre Gemälde schließlich auch Geld, und wenn die beiden Erfolg damit hatten, warum nicht auch wir? Na ja, großen Erfolg hatten sie eigentlich nicht. Nur selten verkauften sie ein Bild, der größte Teil ihrer Arbeiten stand in einer Ecke des Ateliers. Das lag, wie meine Mutter sagte, an den Farben, die sie verwendeten: hellblau und rosa und zartgelb – Farben, die sie sich von französischen Malern und italienischen Fresken abgeschaut hatten.

Auf all ihren Gemälden schien es so, als könne nie etwas Schlimmes passieren. Wenn ich sie betrachtete, wurde ich fröhlich. Aber die meisten anderen Menschen in England wollten meiner Mutter zufolge keine zarten, sonnigen Farben an den Wänden, sondern finstere Porträts von finsteren Verwandten, um sie in ihren finsteren Häusern aufzuhängen.

»Eure Zeit kommt noch«, sagte mein Vater immer. »England befindet sich im Wandel.«

»Es ist mir egal, wie viel wir verkaufen«, sagte Duncan. »Ich male, wie ich will, sonst werde ich unglücklich.«

Vielleicht war das der wichtigste Grund, warum sie keinen Erfolg hatten: Sie gaben sich nicht die geringste Mühe, auf ihre Arbeiten aufmerksam zu machen.

Julian und mir aber war es äußerst wichtig, dass unsere Bilder sich verkaufen würden, und so beschlossen wir, die Farben zu benutzen, die man bei uns zu Hause am meisten mochte. Wir fuhren mit unseren Fahrrädern nach Charleston zurück, packten Papier, Farben und Pinsel ein und fuhren wieder nach Lewes.

»Wem verkaufen wir die Bilder eigentlich?«, fragte ich. »Mama?«

»Demjenigen, der am meisten dafür bezahlt«, sagte Julian. »Wir veranstalten eine Auktion.«

Eine Auktion! Ich wusste, was das war, denn ich hatte die Erwachsenen über eine Auktion von alten Stühlen reden hören, zu der sie gehen wollten. Wer am meisten bietet, bekommt den Zuschlag. Stolz auf meinen gescheiten Bruder sah ich schon eine Schatzkiste voller Münzen vor mir.

Binnen einer Viertelstunde waren unsere Gemälde fertig. Wir waren in Eile, denn wir wollten nicht, dass ein anderer den Weihnachtsmann kaufte. Wir sausten nach Hause, warfen unsere Räder hin und beschlossen, dass das Esszimmer für unsere Auktion am besten geeignet wäre, denn dort standen die meisten Stühle.

»Alle mal herkommen! Ins Esszimmer!«, brüllte Julian durchs Haus.

Grace steckte den Kopf aus der Küchentür. »Was ist denn los? Ihr schreit ja, als würde das Haus in Flammen stehen!«

»Ihr dürft unsere Gemälde kaufen«, sagte Julian. »Komm mit ins Esszimmer, Grace.« Danach lief er in den Garten, wo Walter, der Mann von Grace und zugleich unser Gärtner, bei der Arbeit war. Ich holte meine Mutter, die im Atelier an einem Porträt von Angelica saß. Duncan konnte ich nirgends entdecken. Ich hatte keine Zeit, ihn lange zu suchen, denn ich wollte unbedingt dabei sein, wenn es losging.

Als alle im Esszimmer waren, erklärten wir, was wir vorhatten. Mit spürbarem Widerwillen setzten sie sich auf die Stühle, die wir bereitgestellt hatten.

»Dauert das lange?«, fragte Grace. »Ich habe Töpfe auf dem Feuer stehen und ich lasse meinen Herd nur ungern aus den Augen.»

»Wofür braucht ihr denn Geld?«, fragte meine Mutter, die Angelica auf dem Schoß hatte.

»Wir wollen Kunst kaufen«, sagte Julian. Ich nickte. Was für eine gute Antwort.

Julian hielt das erste Bild hoch. »Wer bietet auf dieses Meisterwerk?«

Ich schaute mich zufrieden um. Das Meisterwerk hatte *ich* gemalt. Die Farbe war ein bisschen verlaufen, trotzdem konnte man sehr gut erkennen, dass es einen Weihnachtsmann darstellte.

Grace schüttelte den Kopf. »Als ob ich in meinem kleinen Haus Platz für eine Zeichnung an der Wand hätte.«

»Kann ich auch Geld geben, ohne etwas zu kaufen?«, fragte Walter.

»Zeigt erst mal die anderen Bilder«, sagte meine Mutter.

Julian und ich sahen uns verzweifelt an. Sollte diese Auktion etwa nicht zu dem erhofften Erfolg führen?

In diesem Moment kam Duncan herein. Er wuschelte sich durch das ungekämmte braune Haar und zog die abgewetzte Hose hoch, die von einer alten Krawatte zusammengehalten wurde. Ich habe nie jemanden gekannt, der so nachlässig herumlief wie Duncan. Mit braunen, glitzernden Augen blickte er uns an. »Was höre ich da?«, sagte er. »Läuft hier etwa eine Kunstauktion? Wieso hat mich niemand gerufen? Ich liebe Auktionen.«

Er nahm sich einen Stuhl. »Zeigt mal eure Gemälde!«

Wir legten unsere Kunstwerke auf den Boden. Duncan hockte sich davor und klatschte begeistert in die Hände.

»Fantastisch!«, sagte er. »Ihr habt Vanessas Talent.«

Das fanden wir auch.

»Witzbold«, murmelte meine Mutter.

»Ich kaufe sie alle!«, rief er. »Schaut nicht so betreten«, sagte er zu den anderen. »Wie viel Geld ihr auch bieten wollt, ich biete mehr. Die Bilder gehören mir.«

Walter lachte. Grace stand auf und ging in die Küche.

Das Geld, das wir von Duncan bekamen, war zu unserem Erstaunen genau die Summe, die wir brauchten, um den Weihnachtsmann zu kaufen. Irgendwie war er wohl dahintergekommen, was wir vorhatten. Ich weiß noch immer nicht, wie. Er hat es mir nie erzählt.

Der Weihnachtsmann aus Gips verschwand nach Silvester auf dem Dachboden und ich denke, dort steht er immer noch. Wir haben ihn einfach vergessen.

1926

»Charleston ist ein herrliches Haus«, sagte Duncan. Er stand hinter seiner Staffelei im Gartenzimmer, das jetzt als Atelier diente.

»Aber es fühlt sich noch immer nicht so an, als wäre es unser Haus«, sagte meine Mutter. Sie sahen mich beide an, denn sie malten ein Porträt von mir. Ich saß auf einem Stuhl und durfte mich so lange nicht bewegen, bis sie damit fertig waren. Neidisch schielte ich zum Fenster hinaus, wo Julian mit Angelica im Garten spielte.

»Das werden wir ändern müssen«, sagte Duncan. »Wir werden Charleston *verzaubern.*«

Auch ich fand es ein herrliches Haus, nur die Toilette im Garten war gruselig. Dort gab es Spinnen und es roch eklig. Abends, wenn es dunkel war, hielt ich so lange ein, bis Julian auch musste. Gemeinsam pinkeln gehen, das traute ich mich.

Nach unserem abendlichen Toilettengang wurden wir ins Bett geschickt. Die Erwachsenen blieben dann noch stundenlang im Esszimmer. Sie rauchten und redeten. Oft hatten sie Gäste, die bis zum späten Abend blieben. Meist waren es Schriftsteller oder Maler, die sie noch aus der Stadt kannten. Und wenn mein Vater hier übernachtete, brachte er manchmal seine Freundin Margaret mit.

Da wir keinen Strom hatten, also nicht einfach wie in unserem alten Haus in London an einem Schalter drehen konnten, um Licht zu machen, nahmen wir brennende Kerzen mit, wenn wir in unser Dachzimmer gingen. Angelica schlief bei meiner Mutter. Immmer hatte ich eine Gänsehaut, wenn wir auf der knarrenden Treppe nach oben gingen. Mit einer finsteren Stimme hatte mir Julian weisgemacht, dass in einem alten Haus wie unserem abends überall Gespenster lauerten, um kleine Jungen wie mich zu Tode zu erschrecken.

Kein Kind möchte abends gern ins Bett, ich aber schon. Julians Geschichte hatte mir keine Angst eingejagt, sondern mich rasend neugierig gemacht. An Tagen, an denen der Regen gegen die Fenster peitschte, erzählte uns Duncan manchmal Spukgeschichten und das machte er so gut, dass ich beim Zuhören fühlen konnte, wie eisige Finger über mein Gesicht strichen. Wie sehnte ich mich nach einem echten Gespenst! Lieber ein Gespenst auf dem Dachboden als ein böses Schaf auf der Weide!

An einem trüben Samstag im März sagte ich nach dem Essen, ich hätte Bauchweh, und ging nach oben. Zum Glück wollte Julian noch nicht mit, denn er redete immer zu viel und zu laut. Wahrscheinlich hatten sich die Gespenster deswegen noch nicht blicken lassen. Ich kroch ins Bett, zog die Decke bis zum Kinn und wartete.

Erst passierte nichts. Die Kerzenflamme neben meinem Bett brannte nahezu bewegungslos, der geschlossene Vorhang hing friedlich vor dem Fenster.

»Gespenster, kommt«, flüsterte ich. »Ich warte auf euch. Kommt doch!«

Noch immer nichts. Ich hörte Getrippel hinter einem Brett an der Wand, aber das war nur das Geräusch der Mäuse, wie ich wusste. Meine Mutter hatte eigenlich eine

Katze anschaffen wollen, um die Mäuse zu verjagen, was ich schade gefunden hätte. Deshalb hatte ich sie angefleht, es nicht zu tun. »Wir werden sehen«, hatte sie gesagt und die Mäuse waren vorläufig gerettet.

Ich hörte den Mäusen zu und dem Ruf einer Eule, die in einem Baum vor dem Fenster saß, und wurde allmählich schläfrig. Meine Augenlider wurden schwer.

Und dann, plötzlich, ein Windstoß. Der Vorhang bewegte sich, die Kerzenflamme flackerte. Um mich herum wurde es kalt.

Ich kroch tiefer unter die Decke und blickte zur Tür. War Julian vielleicht ins Zimmer gekommen? Kam der Windstoß von der geöffneten Tür?

Dort war niemand. Die Tür war zu. Wieder ein Windstoß. Etwas strich meinen Arm entlang. Ich zitterte. Sofort war es mit der Müdigkeit vorbei.

»Gespenst«, flüsterte ich, »bist du das?«

Leises Ticken am Fenster, wie von einem Fingernagel. Meine Kopfhaut kribbelte. Der Holzfußboden knarrte. Die Eule schwieg.

»Gespenst … bist du mein Freund?« Mir schien das eine gute Frage zu sein, aber ich fand es schon gruselig, so alleine in der Dachkammer. »Also, ich würde gerne dein Freund sein«, sagte ich.

Das Gespenst seufzte tief, ein Seufzer, in dem ein Wimmern mitschwang. War das ein gutes Zeichen?

»Ich möchte deine Ruhe nicht stören, Gespenst«, flüsterte ich. Diesen Satz hatte ich mir aus einer von Duncans Geschichten gemerkt. »Wenn du die Ruhe eines Gespensts störst, wird es manchmal ziemlich wütend und dann macht es dir das Leben schwer«, hatte er mir versichert.

Wieder erklang ein Seufzer, aber nun kam das Geräusch von etwas weiter weg. Und dann war es vorbei. Die Flamme flackerte nicht mehr, der Vorhang hing wieder reglos vor dem Fenster, die Eule rief: »Uhu«. Sonst war es still. Das Gespenst war verschwunden.

Begeistert legte ich die Hände unter meinen Kopf. Mein erstes Gespenst. Das erste echte Gespenst meines Lebens!

Doch als ich Julian am nächsten Morgen erzählte, was passiert war, lachte er mich aus. »Du glaubst aber auch alles!«, sagte er herablassend.

Nichts anderes als Julians Gelächter war schuld daran, dass das Gespenst nach diesem Abend, wie oft ich auch im Bett lag und gewartet habe, nie wieder erschienen ist. Auch ein Gespenst möchte ernst genommen werden!

~

Mutter und Duncan begannen mit der Verzauberung von Charleston. Zuerst nahmen sie sich das Esszimmer vor.

Die Wände wurden nicht tapeziert, sondern bestempelt. Auf schwarzem Hintergrund wurde in langen Bahnen von der Decke bis zum Fußboden ein Muster aus goldenen Karos und gelben Dreiecken angebracht. Ein alter runder Tisch, den sie in Lewes aufgetrieben hatten, wurde abgeschliffen und mit blauen Kreisen und Kringeln bemalt. Vor den Kamin wurde ein mit gelben und weißen Blumen verzierter Schutzschirm gestellt. Die cremefarbenen Vorhänge wurden mit den seltsamsten Motiven bedruckt. Das Esszimmer war am Ende ein Fest aus Farben und Formen, und im Laufe unseres ersten Jahres in Charleston sollten alle anderen Zimmer die gleiche Verzauberung erfahren, Küche und die Toilette im Garten eingeschlossen. Keine Ecke, kein Stuhl, kein Schrank oder Hocker entging der Kreativität der beiden Künstler. Das Haus wurde ein Meisterwerk, das in meinen Augen nie mehr von ihnen übertroffen wurde, so schön ich ihre »normalen« Gemälde auch finde.

Walter nahm sich unterdessen den Garten vor. Er fällte alte Obstbäume (die beiden Apfelbäume, in denen wir unser Baumhaus bauen wollten, durften stehen bleiben), kaufte Erde, vermischte sie mit Jauche und schüttete damit den Garten auf, damit keine Matschpfützen mehr enstehen konnten, wenn es regnete. An der Mauer pflanzte er Glyzinien, Geißblatt und Kletterrosen.

Meine Mutter gab Anweisungen: »Dort möchte ich einen Gemüsegarten, hier will ich Digitalis, da Gartenwicke ...« So wie sie dem Haus mit Pinseln zu Leibe rückte, so malte sie mit dem Finger den Garten, den sie sich ausgedacht hatte.

»Und ich möchte dort gerne meine Kräuter aussähen«, sagte Grace. Sie deutete auf einen Streifen Erde unter dem Küchenfenster und rang meiner Mutter das Versprechen ab, dass niemand außer Grace selbst sich um den Kräutergarten kümmern durfte.

Julian und ich sammelten Bretter und Äste für unser Baumhaus, denn wir wollten die beiden Bäume verzaubern. Wir zogen das Holz mit Seilen hoch und hämmerten es mit Nägeln zusammen.

John, ein großer, dünner junger Mann mit glattem blonden Haar und hellgrünen Augen, half uns dabei. Er war Duncans neuer Freund. Sie waren sich in London begegnet, als Duncan dort war, um Farben und Pinsel zu kaufen. Schon wenige Tage später war John bei uns eingezogen. Wenn Duncan arbeitete, konnte er niemand anderen als meine Mutter in seiner Nähe ertragen. Dann hatte John Zeit genug, um Julian und mir zu helfen. Er wusste, wie man eine Hütte baute, denn er war Zimmermann. Er zimmerte eine Tür, ein Fenster, ein Dach und stellte sicher, dass der Fußboden für zwei Jungen, die keinen Moment still sitzen konnten, auch stabil genug war.

Nachdem wir uns bei John höflich für seine Hilfe bedankt hatten, schickten wir ihn hinaus, denn das Baumhaus war nun unser geheimer Ort. Im Haus suchten wir Sachen zusammen, mit denen wir unser neues Domizil einrichten wollten. Wir schleppten einen alten Teppich hinüber, holten unsere Lieblingsbücher vom Dachboden und bettelten Grace um Saft, Marmelade und Sandwiches an.

Feierlich gelobten wir, nur dann einen anderen in unser Baumhaus zu lassen, wenn wir beide damit einverstanden wären. Wir aßen und tranken, warfen einer Amsel, die auf der Gartenmauer saß, Brotkrümel zu und blickten gespannt aus dem Fenster, ob unten vielleicht jemand stehen und uns anflehen würde, sich unseren geheimen Ort ansehen zu dürfen. Natürlich würden wir das kategorisch ablehnen. »Du kommst hier nicht rein! Verschwinde!«, würden wir rufen. Doch es kam niemand und das enttäuschte uns zutiefst. Schnell begann uns diese Warterei zu langweilen. Wir sahen uns an.

»Wollen wir Krieg spielen?«, schlug Julian vor.

»Ja!«, rief ich. »Toll!«

»Bleib fünf Minuten hier sitzen. Mit geschlossenen Augen. Und dann kommst du mich suchen«, sagte er.

Ich blieb eine Minute sitzen, mit *fast* geschlossenen Augen, und sprang dann vom Baum. Julian hatte sich in den Rosensträuchern verschanzt. Das hatte ich schon von oben gesehen. Ich wusste sofort, dass es ein Hinterhalt war und blieb in sicherer Entfernung stehen. Mit meinem Gewehr, einer Astgabel, schlich ich durch ein Margeritenfeld. Puck wollte mitspielen und kläffte aufgeregt. Ich hielt ihm das Maul zu. »Spione machen keinen Lärm«, flüsterte ich. Der Hund verstand mich und blieb ruhig.

»Folgen Sie mir, Colonel Puck«, sagte ich.

Puck pinkelte und trippelte davon. Jetzt stand ich allein da.

Ich hörte Geraschel und mit einem Mal war Julian verschwunden. Um ganz sicherzugehen, schoss ich ein paarmal auf die Rosen, aber niemand schrie. Wo war Julian? Beklommen schaute ich mich um. Er war schlau, schlau genug, um mir immer einen Schritt voraus zu sein. Meistens gewann er, wenn wir Krieg spielten. Aber dieses Mal würde ich ihn überlisten. Ich beschloss, in unsere Baumhütte zu klettern, von der ich den ganzen Garten überblicken konnte. Wo er auch stecken mochte, ich würde ihn entdecken und siegen.

»Keine Bewegung oder ich schieße!«

Ich spürte etwas in meinem Nacken. Einen Gewehrlauf.

»Ha!«, rief Julian. »Verdammter Deutscher, hab ich dich.«

Ich war wütend. »Das nächste Mal bist du der Deutsche«, sagte ich. »Warte nur, was dann passiert.«

Julian lachte mich aus. Ich versetze einer Pflanze einen Tritt.

»Hast du wieder verloren, Junge?«, fragte mein Vater, der uns von der Tür aus beobachtet hatte. Er war am Tag zuvor angekommen und wollte eine ganze Woche bleiben, bevor er wieder nach London zurückfahren würde. Margaret war nicht mitgekommen. »Sie wollte nicht«, hatte mein Vater gesagt. »Und ich weiß auch nicht, ob sie je wiederkommt.« Er sah traurig aus. »So laufen die Dinge eben manchmal.«

»Ich spiele nie mehr Krieg mit Julian«, sagte ich noch immer wütend.

Mein Vater setzte sich zu uns auf die Bank. Er zündete seine Pfeife an und sagte: »Ich werde euch jetzt eine Geschichte über den Weltkrieg erzählen. Bei uns im Viertel hat es einen deutschen Bäcker gegeben, der das beste Brot von ganz London verkaufte. Zumindest dachten alle, dass er ein Deutscher wäre, denn er sprach Englisch mit starkem Akzent – aber gerade das fanden wir charmant. Von früh bis spät drängten sich die Kunden in seinen Laden. Bis der Krieg ausbrach. Plötzlich blieben die Kunden weg. Irgendjemand hatte gesagt: ›Wir kaufen nicht bei einem Deutschen‹, und das ganze Viertel beschloss, den Laden zu boykottieren. Als wäre der Bäcker höchstpersönlich für den Krieg verantwortlich. Eines Nachts wurden die Fenster eingeworfen und der Laden in Brand gesteckt. Der Bäcker war nun mittellos. Er hat England verlassen und ist nie mehr zurückgekommen. Und das alles nur, weil irgendjemand gerufen hatte: ›Wir kaufen nicht bei einem Deutschen.‹

Aber das Schlimmste von der Geschichte ist: Der Bäcker war gar kein Deutscher, er war Schweizer. Er hasste die Deutschen genauso wie die meisten Londoner. Seine Nachbarin, wohl die einzige, die ihm treu geblieben war, hat es mir erzählt.«

»Und dann?«, fragte ich.

»Ende der Geschichte«, sagte mein Vater.

»Weshalb erzählst du uns das?«, fragte Julian.

»Lauft nicht einfach irgendwelchen Schreihälsen hinterher«, sagte mein Vater. »Glaubt nicht einfach das, was irgendjemand euch erzählt. Denkt immer erst selbst nach. Deshalb habe ich euch diese Geschichte erzählt.«

So war mein Vater. Er spielte nicht mit uns wie Duncan. Er setzte sich nicht einfach zum Plaudern zu uns, sondern er sagte immer Dinge, die mich nachts wachhielten, weil ich mich fragte, was er wohl damit gemeint hatte. Denn eines war mir klar, es musste wichtig sein.

~

Nach einem halben Jahr war die Verzauberung unseres Hauses geschafft. Das Meisterwerk war vollbracht. Meine Mutter und Duncan schlossen sich zufrieden im Atelier ein.

»Sind sie endlich fertig?«, rief der Bauer zu unserem Baumhaus hoch.

»Ja, sie sind endlich fertig!«, rief Julian zu ihm hinunter.

Alles war bemalt, nur die Fußböden nicht: In jedem Zimmer lagen alte Perserteppiche, die mein Vater aus London hatte liefern lassen.

Meine Mutter erschien am Fenster des Ateliers und lud den Bauern zu einer Besichtigung ein. Er tippte sich an seine Kappe und ging hinein. Julian und ich verfolgten die Führung vom Baumhaus aus. Wir sahen ihn im Esszimmer, in Vaters Arbeitszimmer, im Atelier. Er nahm die Kappe ab, kratzte sich am Kopf und verschwand aus unserem Sichtfeld. Nach einer Viertelstunde kam er wieder heraus und setzte sich auf die Bank unter der Glyzinie.

»Und?«, fragte meine Mutter.

»Tja«, sagte der Bauer nach kurzem Zögern, »es ist anders, als es gewesen ist, oder? Ganz schön anders.« *Anders* klang wie *seltsam.* Dann deutete er auf unser Baumhaus und lächelte. »Hatte ich auch, als ich ein Junge war«, sagte er. »Ihr habt ein wunderbares Baumhaus. Passt bloß auf, dass sie das nicht auch noch verzaubern.«

Aus vollem Hals über seinen eigenen Witz lachend ging er hinüber zum Schafstall.

»Banause«, sagte meine Mutter.

Duncan lachte noch lauter als der Bauer.

Ich lachte auch laut und hoffte, der Bauer würde mich hören. Vielleicht würde er ja denken: ›Was für ein netter Junge, dieser Quentin! Vielleicht sollte ich ihm das Ferkel schenken.‹

Das Ferkel war übrigens nicht das von damals, als wir hierher gezogen waren. Kurz vor Weihnachten war Pigling mit einem Mal verschwunden. Niemand hatte mir erzählen wollen, wo es hingekommen war, aber nach ein paar Wochen war Pigling der Zweite gekommen, ein rosa Ferkel, das rasch größer wurde, weil Julian und ich ihn jeden Tag mit Äpfeln fütterten. Ich fragte meine Mutter, ob wir ein eigenes Ferkel in unserem Garten haben dürften, aber sie sagte: »Wir haben schon einen Hund und Mäuse. Findest du nicht, dass das reicht?«

»Nein«, sagte ich.

»Aber ich.« Und damit war das Thema für sie erledigt.

Sie rieb sich die Augen. Ich bemerkte, dass sie Augenringe hatte. Das war mir früher nie aufgefallen. »Wir arbeiten hart«, sagte sie. »Ich bin müde. Kommt, wir fahren zu Virginia und spielen Theater. Das wird uns bestimmt guttun.«

»Ausgezeichnete Idee«, sagte Duncan. »Lasst uns bei Virginia Theater spielen.«

Julian und ich sprangen auf. Tante Virginia! Onkel Leonard!

»Wartet mal«, sagte Duncan. »Was wird sie denken, wenn wir einfach so vor ihrer Tür stehen? Vielleicht arbeitet sie gerade. Ihr wisst doch, dass sie bei der Arbeit nicht gestört werden will.«

»Das werden wir dann sehen«, sagte meine Mutter.

»Hätten wir nur ein Telefon«, sagte Duncan. »Das wäre praktisch.«

»Mir kommt kein Telefon ins Haus«, sagte meine Mutter. »Ich weigere mich, mit Menschen zu sprechen, die ich nicht sehen kann. Ich schreibe lieber Briefe.«

»Immer mehr Leute haben heute ein Telefon«, sagte Duncan.

Meine Mutter schwieg trotzig. Wenn meine Mutter etwas nicht wollte, gelang es nicht einmal Duncan, sie umzustimmen. Er gab sich geschlagen. »Gut. Also los, gehen wir.«

John durfte mit, denn John hatte ein Auto.

~

Virginia Woolf war die Schwester meiner Mutter. Sie und ihr Mann Leonard wohnten in Rodmell, einem Dorf, das ein paar Kilometer von uns entfernt lag. Virginia war Schriftstellerin. Sie schrieb Romane, die Leonard und sie selbst druckten und an Buchhandlungen in ganz England verkauften. Leonard gab auch die Bücher von anderen Schriftstellern heraus, aber Virginias Romane seien die wichtigsten, meinte er.

In *Monk's House* roch es immer nach Tinte und Papier. Julian und ich waren gerne dort, denn Onkel Leonard hatte das sonderbarste Haustier, das ich je gesehen hatte: Ein Krallenäffchen, das Cäsar hieß und spitze Zähne hatte und scharfe Krallen, mit denen es fest zukneifen konnte. Es war ein griesgrämiges Tier, das nur Onkel Leonard mochte und alle anderen Menschen hasste. Am liebsten saß es auf Leonards Schulter und betrachtete von dort aus die Welt. Und wenn sein Herrchen einmal keine Zeit für ihn hatte, kletterte es schmollend aufs Bücherregal. Julian und ich versuchten immer, Cäsar zu füttern und zu streicheln, aber das Äffchen aß keinen Bissen von dem, was wir ihm hinhielten, und wenn wir näherkamen, versuchte es, uns zu beißen. Seine Bösartigkeit machte es für uns nur noch interessanter.

Wir liefen um das Haus herum. Niemand ging jemals durch die Eingangstür hinein. Die Rückseite von *Monk's House* lag niedriger als der Garten. Pflanzen klopften gegen die Fensterscheiben, als wollten sie hinein. Im Sommer gelang ihnen das sogar, denn dann standen die Fenster des

Wintergartens einen Spaltbreit offen. Pflanzen zurückzuschneiden, das empfand Onkel Leonard als Sünde.

Das Haus selbst war voll. Grün und voll. Die Wände waren grün, der Fußboden war mit grünen Fliesen bedeckt, die Möbel waren mit grünen Stoffen bezogen. Grün war Tante Virginias Lieblingsfarbe. Und in all dem Grün lagen stapelweise Bücher, die auf einen Käufer warteten. Ab und an machte sich Onkel Leonard auf den Weg, um mit Zug und Bus Buchhändler in ganz England zu besuchen. Das Äffchen wurde dann in einen Käfig gesperrt, in dem es traurig auf die Rückkehr seines Herrchens wartete.

»Wir wollen Theater spielen!«, sagte Duncan.

Julian und ich suchten erst einmal Cäsar.

Gebückt, damit sie sich den Kopf nicht an dem niedrigen Türrahmen stieß, kam Tante Virginia nach draußen. Sie war eine dünne Frau mit einem schmalen, spitzen Gesicht und Augen, die immer ernst blickten, selbst wenn sie lachte. Und sie lachte oft, vor allem, wenn wir gemeinsam Theater spielten. Onkel Leonard hatte buschige, schwarze Augenbrauen, die sich mit seinem Mund mitbewegten, wenn er redete. Er ging immer etwas krumm, als würden seine Schultern höher sitzen als bei anderen Menschen.

»Was haltet ihr von einem Lustspiel?«, fragte Virginia. »Die Passage, an der ich gerade arbeite, bereitet mir Kopfschmerzen. Es ist das Romanende, ihr wisst ja, wie ich immer mit dem Ende eines Buchs ringe.«

»Wann soll ich mit den Zeichnungen anfangen?«, fragte meine Mutter. Sie entwarf die Buchumschläge für Virginias Romane und auch andere Bücher des Verlags. Vielleicht war das der Grund, weshalb nicht allzu viele Exemplare verkauft wurden. Ihre Umschläge voller Spiralen und Kreise sahen mit den von Hand geschriebenen Titeln ganz anders aus als die meisten anderen Bücher. Die Leute wussten einfach nicht, was sie davon halten sollten. Sie waren an klare Druckbuchstaben und Abbildungen der Hauptpersonen gewöhnt. Sie wollten sofort wissen, was für eine Art Buch sie in den Händen hielten, sonst legten sie es wieder zurück.

Mit den Buchumschlägen meiner Mutter war es genauso wie mit ihren Gemälden: Sie machte einfach, was ihr gefiel, ohne sich darum zu kümmern, was gerade in Mode war. Dennoch bereitete ihr Virginias mangelnder Erfolg ein wenig Sorge. »Wenn du lieber jemand anderen für die Gestaltung deiner Bücher engagieren möchtest, ich wäre bestimmt nicht beleidigt«, hatte sie einmal gesagt. »Du verdienst einfach mehr Leser.«

Virginia hatte nichts davon wissen wollen. »Deine Umschläge sind wundervoll und genau das, was meine Bücher brauchen. Wenn die Menschen das nicht verstehen können, dann kaufen sie eben ein anderes Buch. Haben wir uns je um die Meinung anderer geschert?«

»Nicht, seitdem wir das nicht mehr müssen«, hatte meine Mutter zugegeben.

Die zwei Schwestern waren beide sehr eigensinnig. Das würde mit ihrer Jugend zusammenhängen, meinten sie.

Die Eltern meiner Mutter habe ich nicht gekannt. Sie waren schon tot, als ich geboren wurde.

Vanessa war die älteste der drei Geschwister, Virginia war zwei Jahre jünger und noch ein Jahr später kam ihr Bruder Thoby zur Welt. Sie wohnten in einem großen, düsteren Haus in einem Londoner Viertel, über dem der Himmel laut meiner Mutter immer grau gewesen ist.

Mein Großvater war viel unterwegs. Er war Mitglied des Unterhauses, dem Parlament, und seine Arbeit nahm fast all seine Zeit in Anspruch. Meine Großmutter kümmerte sich um Haus und Kinder. Sie achtete darauf, dass die Hausangestellten alles taten, was Großvater verlangte. An den Abenden, an denen er zu Hause war, kamen regelmäßig wichtige Gäste zum Essen: Minister und andere Politiker. Meine Großmutter war dann immer die lächelnde Gastgeberin. Die Kinder aßen in der Küche und hatten mit der Köchin und der Küchenhilfe ihren Spaß. Besonders Jane, die Küchenhilfe, war ihnen eine großartige Freundin. Vom Metzger brachte sie Tierreste mit, aus denen sie Musikinstrumente bastelte. Eine über ein Backblech gespannte Schweineblase wurde zur Trommel, zwei Hühnerknochen waren die Schlagstöcke. Aus länglichen, hohlen Knochen erklang ein Pfeifton, wenn man hineinblies. Und ein an einer Schnur befestigter ausgekochter Markknochen gab eine hervorragende Ratsche ab.

Meine Mutter erzählte einmal von einem Abend, an dem Jane singend durch die Küche getanzt war. Die Kinder waren trommelnd, flötend und ratschend als Knochenorchester hinter ihr hergelaufen, während die Köchin dem Umzug lauthals lachend zugesehen hatte, bis ihr die Tränen gekommen waren.

»Macht nicht so einen Krach!«, hatte sie die Kinder gewarnt. »Sonst hören sie uns noch im Esszimmer.« Sie hatte sich die Wangen mit der Schürze getrocknet.

»Na und? Da hinten können sie bestimmt etwas Fröhlichkeit gebrauchen«, hatte Jane frech geantwortet.

Aber man hatte sie gar nicht hören können, denn die Türen waren dick und das Esszimmer lag am anderen Ende eines langen Ganges.

»Das waren schöne Abende«, erzählte meine Mutter, »Die schönsten Abende meiner Kindheit. Es war mein größter Wunsch, *immer* in der Küche essen zu dürfen. Dort war es tausendmal schöner als im Esszimmer. Jetzt glaube aber nicht, dass ich deinen Großvater nicht gemocht habe. Er war ein lieber Mann, nur machte er nie einen Scherz. Dabei schmeckt es doch zehnmal besser, wenn man beim Essen lachen kann.«

Als an jenem Abend der lautstarke Umzug zum dritten Mal am Herd vorbeimarschiert war, hatte sich plötzlich die Küchentür geöffnet. Meine Großmutter war hereingekommen, todmüde, als wäre sie zu lange mit angehaltenem Atem unter Wasser geschwommen. Das Abendessen mit dem Minister war vorbei, das Fest in der Küche auch.

Meine Großmutter hatte sich an den Küchentisch gesetzt und seufzend Stirn und Nacken massiert. Die Kinder hatten die Instrumente weggelegt und sich zu ihr gestellt.

»Gebt dem Minister die Hand«, hatte sie gesagt, »und wünscht eurem Vater eine gute Nacht. Es ist Schlafenszeit.«

Die Kinder hatten gehorcht.

Vanessa und Virginia gingen nicht zur Schule. Sie wurden zu Hause von einer strengen Lehrerin unterrichtet. Thoby aber ging zur Schule, denn mein Großvater fand es für seine Erziehung wichtig, dass er mit anderen Kindern verkehrte. Er war immerhin ein Junge und sollte später jemand Wichtiges in der Gesellschaft werden. Dafür brauchte man Menschenkenntnis, die zum Heiraten und für die Kindererziehung – wie das von den Mädchen erwartet wurde – offenbar nicht notwendig war.

»Nimm dir ein Beispiel an deiner Mutter«, sagte mein Großvater zu Vanessa. »Sie ist der Engel im Haus.«

Meine Mutter runzelte die Stirn. ›Der Engel im Haus‹ zu sein, bedeutete ihrer Meinung nach nicht viel mehr, als dem Personal Anweisungen zu geben, dafür zu sorgen, dass die Kinder zu anständigen Erwachsenen heranwuchsen, und immer wieder lächelnd Gäste zu empfangen. Tagein, tagaus, jahrein, jahraus. Hatte das Leben denn nicht mehr zu bieten?

Meine Großmutter war vierundvierzig, als sie starb – müde und alt. Vanessa und Virginia mussten ihren Platz einnehmen, denn mein Großvater wollte, dass alles wie gewohnt weiterging. Er konnte nicht ohne Engel im Haus leben.

Mit einem Mal war es Vanessas Aufgabe, der Köchin mitzuteilen, was aufgetischt werden sollte. Da war sie gerade sechzehn Jahre alt.

Und wenn mein Großvater Gäste zum Abendessen hatte, mussten seine Töchter herausgeputzt im Abendkleid am Tisch sitzen und den Gesprächen, denen sie kaum folgen konnten, lauschen. Wie sehnten sie sich in die Küche und zu Janes Musikinstrumenten zurück.

Als die beiden volljährig wurden, beschlossen sie, Großvaters Haus so schnell wie möglich zu verlassen. »Wir wollten endlich leben«, sagte meine Mutter, »leben und Spaß haben. Wir wollten nicht mit Leuten am Tisch sitzen, die wir nicht kannten, wir wollten Trommeln aus Schweineblasen basteln.«

Thoby ging zum Studium nach Cambridge und so kam es, dass meine Mutter Clive Bell kennenlernte. Er studierte Kunstgeschichte, freundete sich mit Thoby an und besuchte ihn zu Hause. Auch Leonard gehörte dem Freundeskreis an. Wenn die jungen Männer in der Stadt ausgingen, waren Vanessa und Virginia dabei. Sie waren jung, hatten Spaß und waren froh über jeden Abend, an dem sie rauchen und tratschen und lachen konnten.

Dann kam der Kummer. Thoby, gerade einmal zwanzig Jahre alt, bekam Thyphus und starb. Mein Großvater starb ebenfalls. Meine Mutter meinte, Thobys Tod hätte ihm das Herz gebrochen. Drei Monate später heirateten meine Mutter und Clive. Sie mieteten zwei Stockwerke in einem Haus im Londoner Stadtteil Bloomsbury und zogen ein: Meine Mutter im Erdgeschoss, mein Vater in der Etage über ihr. Richtig mit ihm *zusammenwohnen* wollte meine Mutter nicht, dafür liebte sie ihre Freiheit zu sehr. Und sie hatte ganz sicher nicht vor, wieder der Engel im Haus zu sein. Mein Vater hatte sich mit ihren Forderungen abgefunden, ob er das nun mochte oder nicht.

»Warum hast du Papa eigentlich geheiratet?«, habe ich sie einmal gefragt.

»Er war ein hübscher junger Mann und sehr lustig«, antwortete meine Mutter. »Ehrlich gesagt, ich wollte überhaupt nicht heiraten. Niemanden. Ich wollte malen, das schien mir genug, um glücklich zu sein. Dein Vater hat sich in mich verliebt und mich gefragt. Ich habe zunächst Nein gesagt. Nachdem dann Thoby gestorben war, hat er mich noch einmal gefragt und da habe ich Ja gesagt. Es erschien mir logisch, dass dein Vater und ich auch nach Thobys Tod zusammenbleiben sollten.«

»Warst du in ihn verliebt?«

»Ich war verliebt in das, was er alles zu erzählen hatte, über Maler und über Frankreich und Italien, wo er oft war. Wir hatten mehr als genügend Gesprächsstoff, also würde eine Ehe mit ihm jedenfalls nie *langweilig* werden.«

Ich wusste nicht genau, was ich mit dieser Antwort anfangen sollte. Sollte ich jemals heiraten, dann ein Mädchen, in das ich bis über beide Ohren verliebt wäre. Nicht wegen dem, was sie vielleicht wusste, sondern wegen ihres Aussehens, wie sie roch und redete und sich mit der Hand durchs Haar strich. Aber ich habe nicht weiter nachgefragt, denn ich bemerkte, wie die Augen meiner Mutter abschweiften und sie etwas betrachtete, was im Tal zu sehen war. Sie meinte, sie hätte genug erzählt.

Als ich diese Geschichte hier aufgeschrieben hatte, fragte ich Tante Virginia: »Sind das vielleicht zu viele Erklärungen hintereinander?«

»Es ist ein gehöriger Batzen Text«, sagte sie, »aber lass ihn stehen, er ist wichtig für die Geschichte.«

»Aber was ist, wenn die Leser es zu lang finden? Oder zu langweilig?«

»Dann blättern sie halt weiter. Aber jetzt solltest du zurück zu dem schönen Herbsttag im Jahre 1926, als wir in meinem Garten Theater gespielt haben.«

Also gut, zurück ins Jahr 1926 und zu *Monk's House*. Julian und ich waren hineingegangen und liefen zwischen Bücherstapeln hindurch, um zu sehen, ob wir das Äffchen irgendwo entdecken konnten. Onkel Leonard hielt uns auf. »Cäsar liegt auf meinem Bett und schläft«, sagte er. »Lasst ihn bitte in Ruhe, denn wenn ihr ihn jetzt weckt, hat er den ganzen Tag schlechte Laune.«

»Schaut nicht so trübselig«, sagte meine Mutter, als wir enttäuscht zurück in den Garten kamen. »Lasst uns jetzt Theater spielen. Wie heißt das heutige Stück, Virginia?«

»*Die Witwe und der Apfelbaum*«, sagte Virginia. »Ich bin die Witwe.«

Ich seufzte. Wir hatten das Stück schon einmal gespielt und damals musste ich der Apfelbaum sein. Eine halbe Stunde lang schweigend stillstehen war nicht mein allergrößtes Talent.

Aber dieses Mal war es nicht so schlimm, denn ich durfte, genau wie Julian und Duncan, einen Apfel spielen. Das Stück handelte von einer Witwe, die untröstlich über den Tod ihres einzigen Sohnes war. Auch sie wollte sterben. Sie wusste, dass einer der Äpfel in ihrem Baum giftig war. Aber welcher? Denn die anderen Äpfel würden ihr das ewige Leben schenken. Würde sie in den falschen Apfel beißen, dann würde sie niemals sterben können und für alle Zeiten um ihren toten Mann und ihr Kind trauern müssen. Was nun? Was sollte sie tun?

»Sie sollte die Äpfel am Baum hängen lassen, sich die Jackentaschen mit Steinen vollstopfen und in den Fluss gehen«, sagte John. »Dann ertrinkt sie.«

»Verdirb uns das Spiel nicht«, sagte Duncan. »Sie muss einfach einen Apfel essen, das gehört zum Stück.«

»Ich meine ja nur«, sagte John.

Leonard war eine Schlange, die sich um den Baum schlängelte und »dieser Apfel … dieser Apfel …« flüsterte. Meine Mutter war der verstorbene Sohn, der mit erstickter Stimme »Mama, ich warte auf dich!« sagte. John war das Publikum.

Das Spiel hatte begonnen. Schluchzend ging die Witwe durch ihren Garten. »Oh Tod, wo bist du?«, rief sie aus. Aber immer, wenn sie die Hand nach einem Apfel ausstreckte, riefen die anderen: »Nein! Beiß nicht hinein! Nimm mich, nimm mich!«

Während wir spielten, kroch Angelica durchs Gras. Sie zog an Blumen, kniff in Ameisen und Käfer und quietschte vor Vergnügen.

Wir hatten einen fantastischen Mittag, bis ein lautes Piepsen aus dem Haus drang und unser Spiel beendete. Cäsar war wach.

Die Schlange rannte weg und verschwand im Haus.

»Leonard hätte gerne einen Sohn«, sagte Virginia.

Meine Mutter und Duncan lachten. Julian und ich sahen einander an. Wir begriffen nicht, weshalb das lustig sein sollte.

»Dürfen wir auch ins Haus?»

»Nur zu«, sagte meine Mutter, »aber passt auf, dass er euch nicht beißt.«

»Nehmt doch erst ein Stück Kuchen, die Köchin hat sich besonders große Mühe gegeben.«

»Keinen Appetit«, sagte Julian.

»Ich habe Bauchweh«, sagte ich. Wer denkt denn bitte an Kuchen, wenn Cäsar wach war?

»Geht schon«, sagte Virginia augenzwinkernd.

Onkel Leonard saß im Schneidersitz auf dem Fußboden des Wohnzimmers, das auch als Lager für den Verlag diente. Er hatte sich eine Pfeife angezündet und verpackte gerade Bücher. Auf seiner Schulter saß Cäsar.

»Ah, Hilfstruppen!«, sagte Leonard. »Trifft sich gut, denn ich muss ein paar Bestellungen verschicken.«

Cäsar lachte und entblößte dabei die Zähne. Ich streckte die Hand aus, um ihn zu streicheln.

»Tu das nicht!«, sagte Leonard. »Ein Affe, der seine Zähne zeigt, hat Angst, das weißt du doch? Bevor du weißt, wie dir geschieht, stürzt er sich schon auf dich.«

»Warum hat er denn immer Angst?«, fragte Julian. »Wir tun ihm doch nichts.«

»Er hat Angst, dass ihr mich ihm wegnehmen wollt«, sagte Leonard. Er knotete eine Kordel um ein Paket und legte es zur Seite. »Kommt zu mir herüber und setzt euch ruhig hin, dann geschieht nichts.«

Julian stieß mich an. Ich stieß zurück. Wir hatten beide keine Lust, bei der Arbeit zu helfen. Wenn wir nicht mit dem Äffchen spielen konnten, wollten wir lieber wieder nach draußen. Onkel Leonard hatte unsere Zeichen gesehen. »Schon gut«, sagte er, »ab in den Garten, ich schaffe das auch allein.«

Das Äffchen kletterte auf seinen Kopf und fing an, ihn zu entlausen. Julian und ich gingen zu den anderen und aßen Kuchen.

»Du hast keine Augenringe mehr«, sagte ich zu unserer Mutter. »Bist du denn nicht mehr müde?«

»Nein«, sagte sie und streckte sich im Gras aus. »Das Theaterstück hat mir gutgetan.«

Julian setzte sich zu ihr. »Mama, soll ich dir mal etwas sagen? Ich finde es fabelhaft, dass du unsere Mutter bist. Du machst immer so tolle Sachen mit uns.«

Meine Mutter lächelte. »Das ist lieb von dir.«

Julian schüttelte den Kopf. »Es ist nicht lieb, es ist die Wahrheit.«

Das sagte Julian, mein großer Bruder und bester Freund, an einem schönen Herbsttag im Jahr 1926.

Neun Jahre später sollte genau dieser Julian etwas ganz anderes sagen. »Sie haben uns belogen!«, sollte er wütend rufen. »Unsere Eltern haben uns ein Leben lang angelogen. Nie mehr glaube ich ihnen auch nur ein Wort!«

Die wunderbare Welt, in der ich aufgewachsen war, brach in sich zusammen.

1927

»Das Essen ist kalt«, sagte ich.

»Es soll kalt sein«, sagte meine Mutter. »Es ist ein kaltes Fleischgericht.«

»Gestern gab es auch nur Kaltes«, sagte ich.

»Das war kalte Gurkensuppe. Du hattest drei Teller voll.«

Julian stupste mich an. »Quengel nicht rum.«

»Wir müssen mit den Kohlen sparsam sein«, sagte meine Mutter.

»Wegen des Streiks«, sagte Julian.

Ich nickte. Zwar wusste ich nicht, was ein Streik war, aber ich hatte die Erwachsenen darüber reden hören, dass durch ›den Streik der Bergarbeiter‹ kaum noch Kohlen für Graces Herd aufzutreiben waren. Ich fand es ein schönes Wort: Streik. Aber ich dachte nicht weiter über seine Bedeutung nach. Für mich waren Bergarbeiter schlechte Menschen.

»Es war ein großartiger Streik«, sagte mein Vater. »Fast alle haben mitgemacht.«

»Solidarität ist eine schöne Sache«, meinte Lytton.

Ich seufzte. Das war wieder so ein Erwachsenengespräch, von dem ich kein Wort verstehen würde. Manchmal zogen sich dadurch unsere Mahlzeiten unerträglich in die Länge.

Meine Mutter sah mir meine Langeweile an. »Geht mal rüber zum Bauern und holt Holz«, sagte sie zu Julian und mir. »Wir müssen immer mehr Zimmer heizen.« Sie blickte Lytton an, der verlegen lächelte.

Froh darüber, endlich vom Tisch aufstehen zu dürfen, sprang ich auf. Julian blieb sitzen. »Geht das vielleicht auch später?«, fragte er. »Ich möchte gerne hören, was ihr hier beredet.«

»Na komm, Quentin«, sagte Duncan, »dann holen wir beide eben Holz.«

»Aber erst Pigling den Dritten füttern«, sagte ich.

»Ganz wie du willst.«

Wir verließen das Esszimmer. Christopher, Duncans neuer Freund, begleitete uns.

Dass immer mehr Zimmer beheizt werden mussten, lag an meinem Vater und Lytton. Mein Vater war in Charleston und hatte uns versprochen, eine Weile zu bleiben, weil er hier an einem langen Artikel für die Zeitung arbeiten wollte. Auch Lytton war schon seit ein paar Tagen bei uns. Da außer Christopher, der bei Duncan schlief, und Julian und mir mit unserem Dachzimmer sonst jeder sein eigenes Zimmer mit Kamin hatte, mussten wir oft Holz beim Bauern holen.

Lytton Strachey, Duncans Cousin und ein Studienfreund meines Vaters, war Schriftsteller und arbeitete an einem Buch über berühmte Briten. Ich hatte ihn schon öfter gesehen, aber da hatten wir noch in London gewohnt.

Eines Tages stand er, mit einem Koffer in der Hand und einem Filzhut auf dem Kopf, in Charleston vor der Tür und sagte: »Ich halte es in der Stadt nicht mehr aus. All diese Partys, all diese Verpflichtungen. So wird mein Buch nie fertig. Gebt mir bitte ein Zimmer, in dem ich in Ruhe schreiben kann, so lange, bis Carrington die Arbeiten an unserem Haus beendet hat.«

Mit Carrington, einer Malerin wie meine Mutter und Duncan, würde Lytton bald in einem Haus auf dem Land wohnen, eine halbe Stunde Autofahrt von uns entfernt. Carrington war gerade dabei, das Haus, es hieß *Ham Spray*, herzurichten. Erst wenn das erledigt war, wollte Lytton dort einziehen. Er konnte Durcheinander und Unruhe nicht ertragen, sagte er. Deshalb wollte er vorläufig bei uns wohnen.

Ich fand Carrington einen sonderbaren Namen für eine Frau.

»Sie heißt eigentlich Dora«, sagte meine Mutter. »Carrington ist ihr Nachname. Aber sag niemals ›Dora‹ zu ihr. Das mag sie gar nicht.«

»Warum nicht?«

»Sie meint, der Name erinnere sie an das Haus ihrer Oma.«

»Mag sie ihre Oma nicht?«

»Nenn sie einfach Carrington«, sagte meine Mutter, die eindeutig keine Lust auf weitere Erklärungen hatte. »So wie alle.«

Also fragte ich nicht mehr weiter, aber ich sah eine gemeine Großmutter vor mir, mit riesigen Warzen auf der Hakennase und mit einem Haus voller düsterer Zimmer, in denen man eingesperrt werden konnte, wenn man nicht gehorchte. Und so verstand ich Carrington sehr gut, dass sie nicht Dora heißen wollte.

Anfangs fand ich Lytton ein bisschen unheimlich. Er trug eine Brille mit dicken Gläsern und hatte dunkle Augen, mit denen er mich streng ansah und prüfend musterte. Wenn er sich auf einen harten Stuhl setzte, blies er zuerst einen Gummiring auf, legte ihn auf die Sitzfläche und nahm dann vorsichtig Platz. Julian sagte, dass Lytton Hämorrhoiden hatte.

»Was ist das?«, fragte ich.

»Juckende Quaddeln, die zwischen den Pobacken wachsen.«

Ich erschauderte.

Der lange Bart, hinter dem Lytton sein Gesicht verbarg, gefiel mir auch nicht. Wenn er Suppe aß, blieben darin immer ein paar Essensreste hängen. Ich nahm mir vor, ihm so gut es ging aus dem Weg zu gehen.

Zum Glück hatte Lytton nur wenig Interesse an mir. Den größten Teil des Tages schloss er sich in seinem Zimmer ein und wenn er ins Esszimmer oder in den Garten kam, hatte er immer ein Buch oder eine Zeitung dabei, sowie ein Notizheft, in das er Anmerkungen schrieb. Wenn er nicht arbeitete, zog er mit Duncan über junge Männer her oder saß bis tief in die Nacht mit meinem Vater in dessen Arbeitszimmer.

Von unserem Baumhaus aus beobachtete ich Lytton oft. Dann sah ich ihn dasitzen mit seinem Notizbuch und seinem Tintenfüller, und ich fragte mich, wie die juckenden Quaddeln zwischen seinen Pobacken wohl aussahen und an was für einer Geschichte er gerade schrieb. Vielleicht so etwas wie *Puh der Bär*? Würde er sie uns später vorlesen, wie es alle Schriftsteller, die wir kannten, *immer* taten? Und dann musste ich an das Regal in Vaters Zimmer denken, in dem unendlich viele Reihen Bücher standen, voller Wörter, die ich hoffentlich bald alle kennen würde, wenn ich bei den Schulstunden von Miss Bartlett gut aufpasste. Miss

Bartlett war Lehrerin und kam jeden Tag nach Charleston, um Julian und mich zu unterrichten. Und wenn ich erst alle Wörter lesen könnte, würde ich selbst auch eine Geschichte schreiben, zum Beispiel über das Schwein des Bauern. Das Schwein würde weglaufen und der Bauer vor Kummer nicht mehr schlafen können. Aber wenn alle schon denken würden, das Schwein wäre tot, würde ich es im Fluss finden, in den es hineingefallen und mit seinen Füßen im Matsch stecken geblieben wäre. Sein Rüssel würde nur knapp aus dem schwarzen Wasser herausragen. Der Bauer würde sich ungemein freuen und ich wäre der Held! Ja, so eine Geschichte zu schreiben, das wäre schon was.

An einem nasskalten Februartag im Jahre 1927 hockte ich mich zu Pigling dem Dritten, der eigentlich noch ein Ferkel war. Genau wie das erste Schwein hatte Pigling der Zweite kurz vor Weihnachten den Bauernhof verlassen. Ich hatte gesehen, wie der Metzger ihn mit dem Pferdewagen abgeholt hatte.

»Was machen Sie mit ihm?«, hatte ich ihn gefragt.

»Schlachten«, hatte der Metzger geantwortet.

»Was bedeutet das: schlachten?«

»Töten und in Stücke hacken«, hatte Julian gesagt.

Ich war schockiert gewesen und hatte angefangen zu weinen. Pigling den Zweiten töten? Wie schrecklich!

»Für jemanden, der fast acht ist, kannst du manchmal ganz schön kindisch sein«, hatte Julian dazu gesagt.

Der Metzger hatte sich zu mir hinuntergebeugt. »Isst du gerne Fleisch?«

Ich hatte genickt.

»Na also.« Der Metzger war auf den Kutschbock geklettert und weggefahren.

Manche Erfahrungen waren hart und direkt.

Wir fütterten das Ferkel und danach schob Duncan eine Schubkarre zu den Holzscheiten, die unter einem hohen Schutzdach aufgestapelt waren. Duncan und ich luden die Schubkarre voll und schoben sie nach Hause. Christopher schaute zu. Er schuftete nicht gerne, denn davon bekam er Rückenschmerzen. Christopher war zu uns gezogen, nachdem Duncan sich mit John gestritten hatte. Worum es bei dem Streit gegangen war, wusste ich nicht und es interessierte mich auch nicht. Ich war heilfroh, als John weg war, denn unser Baumhaus war fertig und seit John hier angekommen war, hatte Duncan kaum noch Zeit gehabt, um mit Julian und mir zu spielen.

Aber diesen Christopher mochte ich noch weniger. Er lungerte nur herum und sah Julian, Angelica und mich immer an, als wären wir Ratten. Und andauernd fragte er Duncan, ob sie nicht »etwas Schönes« machen wollten.

»Ich mache schon etwas Schönes«, sagte Duncan dann. »Ich male gerade.« Und an dem Blick, den er ihm dabei zuwarf, sah ich, dass Christopher nicht lange bleiben würde.

»Komm, setz dich mit mir in den Garten«, sagte Lytton zu ihm, als Christopher mal wieder von Duncan abgewiesen wurde. »Ich will alles über dich wissen.«

Christopher grinste und begleitete Lytton.

»Er geht seinen eigenen Weg«, sagte Duncan.

Meine Mutter kümmerte sich wenig um Christopher. Solange Duncan den größten Teil des Tages mit ihr zusammen im Atelier verbrachte, war sie zufrieden. Was er sonst tat, ging sie nichts an, fand sie.

Als wir abends im Bett lagen, erzählte Julian, dass er unsere Eltern um ein eigenes Zimmer bitten wollte. Er hatte den Erwachsenen zugehört, als sie über den Bergarbeiterstreik gesprochen hatten, und dabei fast alles verstanden. Deshalb sei er nun zu groß, um noch länger ein Zimmer mit einem kleinen Bruder zu teilen, der noch nicht allzuviel von den wichtigen Dingen des Lebens begriff.

Ich fand das eine gute Idee. Wenn Julian ein eigenes Zimmer hatte, konnte ich nachts nach den Gespenstern lauschen, ohne dass immer dazwischengeredet wurde.

»Was ist denn eigentlich ein Streik?«, fragte ich.

»Die Bergarbeiter verweigern die Arbeit«, sagte Julian, »und sie haben völlig recht.«

»Warum?«

Julian erklärte mir, dass es dreckig und gefährlich sei, in den Kohleminen zu arbeiten. Die Arbeiter bekamen wenig Lohn und wenn sie krank wurden, weil eine Menge Kohlenstaub in ihren Lungen steckte, bekamen sie gar kein Geld mehr. Das wollten sie nun nicht mehr akzeptieren und deshalb streikten sie. Fast alle in England gaben den Bergleuten recht und streikten mit: die Busfahrer, die Lokführer, die Postboten. Das ganze Land stand Kopf. Erst als die Regierung bereit war, die Streikenden anzuhören, hatten sie die Arbeit wieder aufgenommen. Aber da waren die Kohlevorräte aufgebraucht und es sollte noch eine Weile dauern, bis man die Kachelöfen und Küchenherde wieder befeuern konnte.

Julians Erklärung leuchtete mir ein. Und dann hatte ich eine Idee.

»Mama und Duncan müssen auch streiken«, sagte ich. Da sie nur ab und an ein Gemälde verkauften, verdienten sie nicht genug Geld. Vielleicht würden mehr Leute ihre Werke kaufen, wenn sie in den Streik treten würden.

»Haha!« Julian lachte laut. »Mama braucht überhaupt kein Geld, denn sie bekommt alles von Opa.«

Der Vater meines Vaters war reich, das wusste ich, denn wir besuchten ihn ab und zu. Wir, das waren meine Eltern, Julian, Angelica und ich. Duncan kam nie mit. Ich konnte diese Besuche nicht ausstehen. Meine Großeltern wohnten in einem großen, düsteren Landhaus in der Nähe von London, mit einem Park voller langweiliger Bäume und Sträucher. Mein Opa mochte keine Kinder, er mochte meine Oma nicht und auch nicht sein Personal. Er schnauzte jeden an. Ich erinnere mich noch daran, dass wir einmal im Winter bei ihnen waren und im ganzen Haus die Kachelöfen brannten. Damals dachte ich noch nicht darüber nach, aber später habe ich mich schon gefragt, wieso sie so viele Kohlen hatten. Wir saßen am Esszimmertisch. Mein Opa, groß und finster, starrte schweigend vor sich hin. Neben ihm saß, klein und verschreckt, meine Oma.

Ein Hausdiener in Livree stand an der Tür und hielt sie für die Küchenhilfe auf, die die Suppe brachte. Während sie um den Tisch ging, erklang das Klirren der vollen Schöpfkelle an den Tellern. Ansonsten war es totenstill.

Die Uhr schlug sieben. Die Küchenhilfe ging mit der Suppenterrine zurück in die Küche. Der Hausdiener schloss die Tür. Wir aßen.

»Herrlich, die Suppe«, sagte mein Vater.

»Wir haben eine neue Köchin. Die letzte habe ich entlassen müssen. So ist es doch?«, sagte Opa zu meiner Oma. »Die habe ich entlassen müssen.«

Meine Oma nickte und hielt ihren Blick auf den Teller gesenkt.

»Sie geht nicht streng genug mit dem Personal um«, sagte mein Opa.

Meine Oma betrachtete ihren Löffel.

Auch mein Vater und meine Mutter sagten kaum ein Wort. Selbst Angelica spürte, dass dies kein Ort war, um endlos draufloszubrabbeln, wie sie es zu Hause immer tat. Sie zerkrümelte ihr Brot. Ich aß, so schnell ich konnte, erst die Suppe, dann das Lammfleisch und zum Schluss den Pudding. Ich hatte die Hoffnung, dass ich dann vom Tisch aufstehen durfte und wir schnell wieder nach Hause fahren würden. Keiner von uns fühlte sich wohl.

»Wie gehen die Geschäfte, Vater?«

Mein Opa sah meinen Vater an. Seine buschigen Augenbrauen hingen ihm in die Augen. »Die Geschäfte gehen gut. Wieso fragst du?«

»Nur so«, sagte mein Vater, »es ist nur eine Frage.«

»Du brauchst dir keine Sorgen ums Geld zu machen«, sagte mein Opa.

Mein Vater schwieg. Meine Mutter runzelte die Stirn. Der Pudding zitterte auf den Tellern.

»Wir gehen eine Zigarre rauchen.« Mein Opa stand auf und verließ das Zimmer. Mein Vater ging ihm hinterher. Doch auch als sie weg waren, blieb es still am Tisch. Erst später am Abend, im Zug nach Lewes, wagten wir wieder zu plaudern und zu lachen.

Soweit ich mich erinnere, haben meine Großeltern uns niemals in Charleston besucht. Mein Opa fand, die Reise sei für seine Frau zu anstrengend, aber meine Mutter meinte, er hätte einfach kein Interesse an ihrer Arbeit.

Ich dachte darüber nach, was Julian mir erzählt hatte. »Wenn Opa Mama Geld gibt, ist er vielleicht doch ein netter Mann.«

»Kann schon sein«, antwortete Julian, »aber wenn wir wieder zu ihm fahren müssen, dann tue ich so, als sei ich krank und bleibe hier.«

»Bekommt Grace viel Geld von Mama für ihre Arbeit?«

»Weiß ich nicht. Wieso?«

»Na ja, wenn Grace irgendwann streikt, wer kocht dann für uns?«

»Grace wird nicht streiken«, sagte Julian. »Das hat Mama verboten. Dann müsste Mama selbst in der Küche stehen und du weißt, wie sie darüber denkt.«

»Ja«, sagte ich. »Dann wird das mit dem Geld schon in Ordnung sein.«

»Bestimmt. Schlaf schön, Quentin.»

»Gute Nacht, Julian.» Ich hielt den Mund, aber schlafen wollte ich noch nicht. Ich musste über vieles nachdenken.

~

Wir saßen in unserem Baumhaus und spionierten die Erwachsenen unter uns aus, die am Teich Tee tranken. Fasziniert beobachtete ich Carrington, Lyttons Freundin. Sie hatte glattes, kurz geschnittenes Haar und war lange nicht so alt wie Lytton. Außerdem trug sie Männerkleidung. Meiner Meinung nach tat sie nur so, als wäre sie eine Frau, und war in Wirklichkeit ein Junge. Jetzt verstand ich auch Lytton etwas besser. Mochte er nicht Männer? Was wollte er dann mit einer Freundin?

»Aber nein«, sagte Julian, »sie ist eine Frau.«

»Woher weißt du das?«, fragte ich.

»Sie hat Brüste. Schau hin.«

Ich sah mir Carrington genauer an und bemerkte, dass Julian recht hatte.

Grace brachte Törtchen. Schnell ließen wir uns vom Baum fallen, um als Erste zugreifen zu können.

»Wollen wir nicht ein Fest geben?«, hörte ich Duncan fragen.

»Ein Fest? Warum?«, fragte meine Mutter.

»Für die Leute aus der Gegend.«

Julian und ich sahen uns begeistert an. Ein Fest!

»Dürfen wir uns verkleiden?«, fragte Julian.

»Spielen wir Theater?«, fragte ich.

»Gebt Carrington erst einmal die Hand«, sagte meine Mutter. »Wir kennen doch fast niemanden in der Gegend.«

Wir schüttelten Carrington die Hand.

»Gerade deshalb«, sagte Duncan, »ist es an der Zeit, dass sich das ändert. Wir wohnen hier jetzt schon seit fast zwei Jahren.«

»Schönes Baumhaus, Jungs«, sagte Carrington. »Darf ich es mir ansehen? Ich liebe Baumhäuser. Und eures ist das schönste, das ich je gesehen habe.«

Ich mochte sie sofort.

»Muss das wirklich sein?«, fragte meine Mutter. Sie betrachtete Duncan wie ein Häppchen, auf das sie keinen Appetit hatte.

»In London haben wir fast jeden Monat ein Fest gegeben.«

»Das hier ist nicht London«, sagte meine Mutter. »Die Leute hier kümmern sich nicht viel umeinander.«

Damit meinte sie natürlich, dass sie sich selbst wenig um andere Leute kümmerte. In die Dörfer ging sie fast nie und nach Lewes nur, wenn sie in ein Geschäft wollte. Am liebsten war sie mit Duncan im Atelier oder saß am runden Tisch im Esszimmer, umringt von den Menschen, die sie liebte.

»Hör auf, Vanessa«, sagte Duncan. »Ich höre mir deine Einwände nicht länger an. Samstag geben wir ein Fest. Ein großes Fest.« Und damit war die Sache erledigt.

»Dürfen wir uns verkleiden?«, fragte Julian noch einmal.

Duncan grinste. »Haben wir je ein Fest gegeben ohne verrückte Kostüme? Na also! Carrington, Lytton, seid ihr dabei?«

Carrington schüttelte den Kopf. »*Ham Spray* ist fertig. Ich bin hier, um Lytton mit nach Hause zu nehmen.« Sie nahm meine Hand. »Gehen wir jetzt zum Baumhaus?« Ohne eine Antwort abzuwarten, stürmte sie los. Als sie auf den Baum kletterte, bekam ich wieder Zweifel. Sie kletterte wirklich wie ein Junge. Lytton schaute ihr zu.

»Ist Carrington deine Frau?«, fragte ich ihn.

Lytton tippte sich mit dem Finger an die Nase. »Sie ist meine Frau, genau wie Duncan der Mann deiner Mutter ist.«

»Papa ist der Mann meiner Mutter«, sagte ich.

»Komm schon«, sagte Julian zu mir. »Sonst kramt sie noch in unseren Sachen herum.« Er zog mich fort.

Aber sie kramte nicht in unseren Sachen. Sie saß im Schneidersitz in unserem Baumhaus und blickte sich zufrieden um. »Ich selbst habe nie ein Baumhaus gehabt. Aber eins gewollt habe ich immer.«

»Ist Lytton dein Mann?«, fragte ich, weil ich immer noch über Lyttons rätselhafte Antwort nachdachte. Sie lächelte. »Auch das hätte ich ganz gerne.«

»Du siehst aus wie ein Junge.«

»Quentin!«, fuhr Julian mich an. »Hör endlich auf.«

Ich schwieg. Normalerweise war ich nicht so vorlaut zu Leuten, die ich nicht kannte. Vielleicht kam es durch die Art, wie Carrington mich ansah, mit ihren hellen, weit geöffneten Augen, die mir das Gefühl gaben, ich könnte sie einfach alles fragen oder alles zu ihr sagen. Vielleicht kam es auch daher, dass sie wie ein Junge war? Nein, wie ein *Lausejunge*. Genau, das war's! Sie war genauso ein Lausejunge wie Julian und ich.

»Macht nichts, Quentin«, sagte sie. Sie steckte den Kopf hinaus. »Lytton! Pack deine Sachen zusammen, es wird Zeit, in unser eigenes Baumhaus zu fahren!«

Lytton winkte.

Es wurden Einladungen geschrieben und Einkaufslisten erstellt. Duncan ging zum Bauern hinüber und fragte, ob wir uns Pigling den Dritten ausleihen dürften. »Denn was wäre ein Fest ohne Ehrengast?«, meinte er.

Der Bauer verstand den Witz und war einverstanden.

Julian und ich radelten ins Dorf, um unsere Freunde zu fragen, ob sie auch kommen wollten. Anders als die Erwachsenen, hatten wir nämlich Freunde in der Gegend. Na ja, ich hatte einen Freund, aber der genügte mir auch. Er hieß Kevin, wohnte in Glynde, einem Dorf nur ein paar Meilen von Charleston entfernt, und war genauso alt wie ich. Sein Vater arbeitete in einem Büro in Lewes und seine Mutter war immer zu Hause, um für Kevin und seine Schwestern zu sorgen. Sie wohnten in einem kleinen grauen Haus mitten im Dorf. Ich fand es großartig bei Kevin, weil es vollkommen anders war als das, was ich kannte. Dort lebten ein Vater, eine Mutter und ihre Kinder, sonst niemand. Keine Freunde im Haus, keine Schriftsteller oder Maler, die sich den ganzen Tag in ihre Arbeitszimmer einschlossen, keine Köchin oder anderes Personal. Alle Wände waren weiß und nirgendwo entdeckte ich Bücherregale. Das müsste Onkel Leonard einmal sehen!

Kevin meinte, er müsse erst seine Mutter fragen, ob er auf unser Fest kommen dürfte. Sie war gerade einkaufen, also gingen wir in sein Zimmer und spielten.

»Wir dürfen kein Durcheinander machen«, sagte Kevin.

Ich verstand nicht genau, was er meinte. *Durcheinander* war für mich ein Gemälde von Duncan, das ihm misslungen war, denn das war das Wort, dass er immer benutzte, bevor er die Leinwand im Garten verbrannte. Kevin erklärte mir, dass ›kein Durcheinander machen‹ bedeute, dass wir alle Spielsachen, die wir benutzt hatten, sofort wieder in den Schrank räumen mussten.

Ich fand das blöd. Dann konnte man doch abends vom Bett aus gar nicht die Spielsachen betrachten, wenn man nicht einschlafen konnte.

Kevins Mutter erlaubte ihm, zum Fest zu kommen. Sein Vater würde ihn vorbeibringen und wieder abholen.

»Du musst dich aber verkleiden«, sagte ich streng.

Kevin nickte artig. »Ich gehe als Gespenst«, kündigte er an.

Auf dem Nachhauseweg erzählte mir Julian, dass seine Freunde Mark und Chris, die Söhne des Busfahrers, nicht kommen würden. Sie durften nicht.

»Schade.«

»Nicht so schlimm«, sagte Julian, aber ich sah ihm an, dass er es doch schlimm fand.

Am Samstagabend saß Angelica auf der Fensterbank, um die ersten Gäste ankommen zu sehen. Sie war ein Kaninchen. Duncan hatte sich als Herzkönigin aus *Alice im Wunderland* verkleidet. Meine Mutter war Scrooge, der alte Geizkragen aus der *Weihnachtsgeschichte* von Charles Dickens. Julian und ich gingen als Schweinehirten.

Mein Vater kam in einem Taxi und war als arabischer Scheich verhüllt.

»Der Taxifahrer hat mich komisch angesehen, als er hörte, dass dieser ausländische Scheich fließend Englisch spricht«, erzählte er. »Ich habe ihm Trinkgeld gegeben.«

Pigling der Dritte bekam einen Strick um den Hals und lief dann im Esszimmer umher. Ich schlug ihm mit einem

Stöckchen auf die Hinterbacken. Erschreckt versteckte er sich unter dem Tisch.

Dann kamen die Gäste. Die ersten, die ankamen, waren ein Radfahrer mit einem Gespenst auf dem Gepäckträger. Kevin! Der Bauer hatte sich als Bauer verkleidet. Colonel Kipling, der direkt nach ihm anmarschiert kam, sah aus wie ein Postbote in seinem besten Anzug. Der Pfarrer erschien als Pfarrer.

Niemand hatte sich verkleidet, nur wir und Kevin.

»Wir wussten nicht, dass es ein Kostümfest ist«, sagte Colonel Kipling, »das stand nicht auf der Einladung.«

Duncan und meine Mutter sahen sich an und kicherten.

»Habe ich ganz vergessen, auf die Karten zu schreiben.« Duncan wurde rot.

»Nicht einen Moment haben wir daran gedacht«, sagte meine Mutter. »Unsere Freunde wissen es, aber …«

»… unsere Nachbarn wissen das nicht«, ergänzte Duncan.

»Wie dumm von uns«, sagte meine Mutter.

»Nicht so schlimm. Es wird trotzdem ein tolles Fest.«

Grace hatte Punsch für die Erwachsenen gemacht und Zitronenlimonade für uns. Aus der Küche wehte der Duft von frisch gebackenem Kuchen.

»Esst! Trinkt! Und tut, wozu ihr Lust habt«, sagte der arabische Scheich.

Widerwillig liefen die Gäste durchs Haus, dicht gedrängt, wie Schafe, die Angst haben, die Herde zu verlieren.

»Noch nie so ein Haus gesehen.«

»Diese Farben, Kipling! Als wären wir in einem Zigeunerwohnwagen gelandet.«

»Oder in einem Spielzeugladen!«

»Und diese Leute! Wie die aussehen!«

»Kopf ab!«, rief die Herzkönigin.

Die Frau des Bäckers, die sich gerade ein Glas Punsch einschenkte, schrie auf und ergriff die Hand ihres Mannes.

»Vortrefflicher Kuchen«, sagte der Bäcker. »Grace, du hast dich selbst übertroffen.«

In der Halle saß Scrooge mit einer Geldkassette auf dem Schoß und beäugte die Gäste böse. »Keinen Penny, ihr kriegt keinen Penny!«

Der arabische Scheich lag auf dem Sofa in Vaters Arbeitszimmer und saugte an einer Wasserpfeife. »Salam alaikum«, murmelte er.

Pigling der Dritte rannte nervös von Zimmer zu Zimmer und kackte in die Halle.

»Wischt die Scheiße weg oder Kopf ab!«, brüllte die Herzkönigin Julian und mich an. Das Gespenst kletterte auf einen Tisch und wedelte furchterregend mit seinem Laken. »Gespenster gibt es nicht, aber mich schon!«, rief es. »Ich habe keine Angst vor der Herzkönigin.«

Es war ein Spiel, das wir in Charleston andauernd spielten. Aber unsere Gäste kannten es nicht und machten nicht mit. Einer nach dem anderen zog sich ins Esszimmer zurück, als ob dies der einzige sichere Ort im ganzen Haus sei. Zögernd tranken sie Punsch, aßen ein paar Häppchen, die ihnen Grace vor die Nase hielt, und unterhielten sich fast flüsternd über Dinge, die nichts mit dem Fest zu tun hatten.

»Was für ein nasser Sommer.«

»Ja, so nass, wie schon seit Jahren nicht mehr.«

»Da sagst du was! Die magerste Ernte seit Ewigkeiten.«

»Kopf ab!«

»Meine Pennies! Alles meine Pennies!«

Es muss ein sonderbarer Anblick gewesen sein: Charleston voll mit rennenden Kindern und verkleideten Erwachsenen, mit Ausnahme des Esszimmers, in dem sich die verschüchterten Gäste wie in einem Zufluchtsort verschanzt hatten. Zwei Welten unter einem Dach.

Julian und ich bemerkten wohl, dass das Fest anders verlief, als wir es gewohnt waren, aber das kümmerte uns wenig. Wir hatten unseren Spaß mit Pigling dem Dritten. Wir rannten und schrien und scheuchten ihn auf, und alle naselang schlichen wir ins Esszimmer, um aus der Schale ein paar Leckerbissen zu grapschen.

Auch Scrooge ging ins Esszimmer. Mit zusammengekniffenen Augen betrachtete er die Gäste und schnauzte: »All diese Häppchen, all die Getränke! Was für eine Verschwendung meiner sauer verdienten Pennies! Wer hat die Leute eingeladen? War das etwa mein fauler Schreiber? Wo hat sich dieser Flegel versteckt? Ich schmeiße ihn raus!«

Meine Mutter hatte Scrooge schon oft gespielt und uns damit immer zum Lachen gebracht. Aber die Frau des Metzgers lachte nicht, sie schnappte nach Luft. »Entschuldigen Sie bitte, wenn wir zu gierig sind.« Beleidigt legte sie das Salzgebäck zurück in die Schale.

Scrooge sah ein, dass sein Scherz falsch angekommen war und zog sich daraufhin wieder in die Halle zurück. Der arabische Scheich versuchte, die Situation zu retten, indem er Grace ins Esszimmer schickte, um die Gläser nachzufüllen.

Getrunken wurde zwar, aber es wollte keine Feststimmung aufkommen. Das Kaninchen warf dem Metzger, der am Tisch saß und mürrisch vor sich hin starrte, einen bangen Blick zu. Es lief zu Scrooge und krabbelte auf seinen Schoß. »Mama, der macht mir Angst.«

Gespenst Kevin dachte, dass sie über ihn sprach und zog sich das Laken vom Kopf. »Ich bin kein echtes Gespenst, weißt du?«

Die Herzkönigin setzte sich zu Scrooge und seufzte. Plötzlich war es im Haus ganz still, sogar Pigling hatte aufgehört zu kreischen.

Der Pfarrer blickte auf seine Uhr. »Schon so spät?«, sagte er etwas zu laut. »Leute, wir dürfen unsere neuen Freunde nicht länger als nötig beanspruchen.« Er bedankte sich herzlich bei meiner Mutter für ihre Gastfreundlichkeit, sagte zu Duncan, wie froh er sei, dass er seinen Kopf noch auf dem Körper habe und ging.

»Wir müssen morgen wieder früh aus den Federn«, sagte der Bäcker. Auch er und seine Frau brachen auf. Die anderen folgten ihnen.

Kevin wurde von seinem Vater abgeholt und fing sofort an, zu erzählen. »Und dann hatte Angelica Angst vor mir …« war das Letzte, was ich hörte, bevor sein Vater mit ihm um die Kurve fuhr.

Der Bauer, unser Vermieter, der schon einiges von uns gewohnt war, hatte den ganzen Abend mit breitem Lächeln auf einem Stuhl am Kamin gesessen, nicht allzu weit vom Tisch entfernt, auf dem der Punsch stand. Jetzt erhob er sich und sagte mit wackliger Stimme, dass es Zeit sei, den Ehrengast zurück in den Stall zu bringen. »Die werden noch lange über diesen Abend reden«, sagte er zu meinem Vater. Pigling der Dritte protestierte lauthals, als er an einem Seil weggeschleift wurde.

Das Haus war wieder unseres. Erschöpft setzte sich meine Mutter in einen Lehnstuhl. Duncan wischte sich den Lippenstift vom Gesicht und stellte sich neben sie. »Das war ja kein großer Erfolg, oder? Sie sind ziemlich früh aufgebrochen.«

»Bitte, versprich mir, dass wir nie wieder ein Fest geben«, sagte mene Mutter.

»Ich verspreche es dir. Vorläufig geben wir kein Fest mehr.«

Julian und ich waren enttäuscht. Wir würden am liebsten *jeden Tag* Schweinehirten sein. Und nun, da die Gäste wussten, dass sie sich verkleiden mussten, würden sie das das nächste Mal auch tun.

Angelica war erleichtert, dass der Metzger weg war. Sie setzte sich an den Tisch und machte sich über den restlichen Kuchen her. Puck half ihr beim Ablecken der Teller. »Nun gut«, sagte mein Vater, »jetzt wissen sie, wer wir sind.« Er zündete sich seine Pfeife an.

»Das wussten sie schon lange«, sagte meine Mutter. »Nicht wahr, Grace, das wussten sie schon lange. Dafür brauchten sie kein Fest.«

»Wenn Sie es sagen, Mrs Bell«, sagte Grace und dabei strahlten ihre Augen. Ich habe nie herausgefunden, weshalb.

1928

Das Erste, was wir von Lady Ottoline Morrell sahen, war ihr Hut, ihr riesiger Hut mit Straußenfedern. Als sie eintrat, musste sie den Kopf schief halten, um mit dem Hut nicht an den Türrahmen zu stoßen. Dann sahen wir ihr Kinn, ein spitzes, fast nicht enden wollendes Kinn, das auf uns deutete wie ein anklagender Finger.

Ihr purpurfarbenes Kleid bestand aus so viel Stoff, dass man daraus Vorhänge für drei Schlafzimmer hätte nähen können. Das Kleid knisterte bei jedem Schritt und die Brosche auf Ottolines Brust klackerte gegen die Perlenkette um ihren Hals.

Julian, Angelica und ich beobachteten sie mit angehaltenem Atem.

Lady Ottoline war eine Londoner Bekannte meines Vaters und, wie sie selbst sagte, »irrsinnig neugierig auf euch alle«. Sie redete so überkanditelt, wie sie aussah. »Clive hat so viel von euch erzählt.« Sie setzte sich, oder nein, sie nahm am Tisch Platz und legte ihre beringte Hand flach auf die Tischplatte.

»Mama, ist das eine Hexe?«, fragte Angelica, die Zuflucht auf Mutters Schoß gesucht hatte.

Einen Moment waren alle still. Ich war alt genug um zu wissen, dass man so etwas denken konnte, aber niemals laut aussprechen durfte. Mit weit aufgerissenen Augen sah Lady Ottoline meine Schwester an. Ich konnte ihrem Blick nicht entnehmen, ob sie zornig war.

Mein Vater kicherte. »Sieht sie nicht aus, als wäre sie einem Märchen entsprungen?«, fragte er. »Sie ist eine gute Fee, Angelica, aber nicht weitersagen. Es ist ein Geheimnis.«

Alle lachten. Angelica kletterte vom Schoß herunter, um die gute Fee vorsichtig zu berühren. Dann rannte sie in ihr Zimmer und holte ihr Märchenbuch.

»Ich bin verrückt nach kleinen Kindern«, sagte Lady Ottoline lächelnd zu meiner Mutter.

Grace brachte Tee und Törtchen.

»Eine Galerie in London möchte eure Bilder gerne ausstellen«, sagte Lady Ottoline und nippte an ihrem Tee.

»Eine Ausstellung?«, fragte Duncan.

»Eine Verkaufsausstellung. Ich bin mir sicher, es wird ein großer Erfolg. Wäre es sehr unverschämt, eure erste Käuferin zu sein?«

»Ottoline, du bist großartig!«, sagte mein Vater.

Meine Mutter machte ein nachdenkliches Gesicht. »Wieso will der Galerist unsere Bilder ausstellen? Er kennt unser Werk doch gar nicht.«

Lady Ottoline lächelte gönnerhaft. »Er kennt mich und das reicht.«

»Natürlich reicht das«, sagte mein Vater. »Hat dir jemals ein Mann widersprechen können?«

»Niemals«, sagte Lady Ottoline. »Jedenfalls nicht in meiner Anwesenheit.« Sie aß ein Törtchen.

»Aber Sie kennen doch unsere Arbeiten auch nicht«, meinte meine Mutter.

»Ach!« Lady Ottoline erhob sich und machte mit dem Arm eine Geste, die das ganze Zimmer umfasste. »Wenn eure Gemälde so prachtvoll sind wie dieses Zimmer, brauche ich sie mir nicht einmal anzusehen. Die Ausstellung wird ein Riesenerfolg sein.«

Ich sah meiner Mutter an, wie sehr sie den Augenblick herbeisehnte, in dem Lady Ottoline endlich aufbrechen würde. Duncan war aufgestanden und stellte sich ans Fenster. Ich hoffte, er würde vorschlagen, mit mir und Julian im Garten zu spielen, denn ich hatte genug von dieser wundersamen Besucherin.

Duncan drehte sich um. »Verflixt! Stimmt ja, ich hatte den Jungs versprochen, Schmetterlinge mit ihnen zu fangen. Wollen Sie uns bitte entschuldigen, Lady Ottoline?«

Julian sah mich an. Duncan hatte uns überhaupt nichts versprochen. Er wusste doch, dass wir nicht gerne Schmetterlinge fingen.

»Schmetterlinge! Fangt einen schönen, den hefte ich mir an meinen Hut.« Lady Ottoline lächelte. »Wie gerne würde ich mitkommen.« Sie schob ihren Stuhl nach hinten. »Hätte ich nur genügend Zeit dafür. Aber leider, liebe Freunde, wartet London auf mich. Ich muss gehen. Ihr hört noch von mir, darauf könnt ihr euch verlassen.«

»Fein«, sagte meine Mutter.

Mein Vater begleitete Lady Ottoline bis zur Auffahrt, wo das Taxi, mit dem sie gekommen war, noch wartete.

»Was für ein lustiger Vogel«, sagte Julian.

»Sie ist eine liebe Freundin«, sagte mein Vater.

Meine Mutter betrachtete ihn kritisch.

»Schau nicht so«, sagte er zu ihr. »Ottoline kennt ganz London. Die Ausstellung wird auf großes Interesse stoßen.«

»Also, ich brauche diese Ausstellung nicht unbedingt«, sagte Duncan.

»Stellt euch doch nicht so quer.«

»Dürfen wir draußen spielen?«, fragte ich.

Im Flur kam uns Angelica entgegen, die mit ihrem Märchenbuch unterwegs ins Esszimmer war. Sie zeigte uns eine Zeichnung von Aschenputtels böser Stiefmutter. »Das ist sie!«, sagte sie zufrieden.

~

Wie ich erwartet hatte, blieb Christopher nicht lange. Nach Christopher kam Bert und nach Bert kam Frank. Alle paar Monate zog ein neuer Freund von Duncan bei uns ein. Wenn Duncan jemanden traf, der ihm gefiel, war er innerhalb von fünf Minuten verliebt, und wenn er verliebt war, musste der Mann einfach bei ihm wohnen. »Sonst werde ich unglücklich und dann kann ich nicht malen.« Duncan sagte ziemlich oft, dass er ›sonst unglücklich‹ würde, wenn er seinen Willen durchsetzen wollte.

»Wie kommst du nur immer an diese hübschen Jungen?«, fragte Lytton neidisch. Wenn Duncan einen neuen Freund hatte, war Lytton stets der Erste, der ihn sich anschauen kam. Carrington ließ er dann zu Hause.

Duncan lächelte verlegen. »Ich begegne ihnen einfach.«

Dann kam David. Und mit David kam neuer Wind nach Charleston. David war klein und breit, hatte glattes, fast schneeweißes Haar und kornblumenblaue Augen. Sein Auto, ein Sportwagen mit offenem Verdeck, hinterließ eine

Staubwolke auf der Auffahrt. David bremste, drückte lange auf die Hupe und winkte Julian und mir in unserem Baumhaus zu.

»Wer ist das?«, fragte ich.

»Keine Ahnung«, sagte Julian.

Duncan kam nach draußen. David stieg aus und die beiden Männer umarmten sich. »David!«, rief Duncan.

»Duncan!«, rief David.

»Er heißt David«, sagte ich. Julian gab mir einen Stoß.

Duncans neuer Freund sah schick aus in seiner Lederjacke. Er hatte so krumme Beine, als wäre er gerade vom Pferd gestiegen.

»Tolles Auto«, sagte Julian voll Bewunderung.

Wir kletterten hinunter und liefen zu den beiden Männern hinüber.

David deutete auf uns. »Sind sie das?«, fragte David.

»Das sind sie«, sagte Duncan.

»Lust auf eine Spritztour?» David klopfte auf die Motorhaube des Sportwagens.

Eine Spritztour? Durften wir mit David mitfahren? Ich hatte früher schon mal in einem Auto gesessen, aber noch nie in einem Auto ohne Dach. Durften wir das wirklich?

»Na, und ob wir Lust haben«, sagte Julian.

»Worauf wartet ihr dann noch? Einsteigen!«

Zögerlich, denn das Auto glänzte, als hätte es noch niemand berührt, kletterten wir über die Vordersitze auf die Rückbank. Das Leder roch neu und knirschte. David setzte sich hinter das Lenkrad, Duncan auf den Beifahrersitz. Dann startete David den Motor und drehte sich zu uns um.

»Wohin soll's gehen?«, fragte er. »Sagt es nur. Nichts ist mir zu weit.«

»Nach London«, sagte Julian.

»Ans Meer«, sagte ich.

»Ans Meer. Ja!«, sagten Duncan und David gleichzeitig.

»Okay, ans Meer«, sagte Julian.

Wir fuhren los, besser gesagt: Wir brausten davon. Dass ein Auto so schnell fahren konnte, war kaum zu glauben. Am Ende der Auffahrt rasten wir auf die Straße. (Als Tante Virginia das gelesen hat, meinte sie, dass ›rasten wir auf die Straße‹ keine angemessene Sprache für so ein schönes Buch sei und damit hat sie natürlich recht, aber mir fällt einfach kein besseres Wort ein.)

Der Wind pfiff mir wie bei einem Sturm um die Ohren. In Wirklichkeit war es aber nahezu windstill.

Wir überholten mehrere Pferdewagen. Die Pferde wieherten vor Schreck, und Radfahrer und Fußgänger schauten uns mit offenen Mündern nach. Ich vermute, sie hatten nie zuvor ein Auto gesehen, das so schnell fahren konnte.

Duncan stellte sich auf und reckte einen Arm in die Luft. »Uns gehört die Welt!«, rief er laut. Ich versuchte, mich auch hinzustellen, aber der Wind drückte mich zurück in den Sitz.

»Fahren wir nach Brighton?«, fragte Julian.

»Nach Dover«, sagte David.

Brighton lag in der Nähe. Wir waren dort schon einmal gewesen, um den Pier entlangzuspazieren. Dover lag weiter weg, das war alles, was ich wusste. Was für ein Abenteuer! Ich wusste schon jetzt, dass ich diesen Ausflug niemals vergessen würde.

Nachdem wir eine Weile nach Süden gefahren waren, ging es weiter in Richtung Osten. Unterwegs passierten wir Dörfer und Menschen wie den Bauern, der mit einem Ochsenkarren sein Feld pflügte. Er schaute uns nach, wir winkten ihm zu, aber er winkte nicht zurück. Oder wie die Schulmädchen, die draußen spielten. Sie johlten, als sie uns sahen. Die Lehrerin saß auf einem Stuhl in der Sonne. Ich warf Julian einen Blick zu. Er würde auch bald zur Schule gehen. Er war jetzt zwölf und meine Eltern meinten, er wäre nun zu groß für den Unterricht bei Miss Bartlett. Sie hatten ihn an der weiterführenden Schule in Lewes angemeldet, so einer neuartigen Schule, in der Jungen und Mädchen zusammen in eine Klasse gingen. Ich fand es schade, denn wir würden nicht mehr den ganzen Tag zusammen sein. In meiner Erinnerung waren wir nie länger als ein paar Stunden voneinander getrennt gewesen, obwohl er seit Kurzem sein eigenes Zimmer hatte.

Bei Dover, einer Stadt, die viel größer war als Lewes, stieg die Straße mit einem Mal steil an. Es wurde kälter und die Luft roch anders. Wir waren in Küstennähe.

Als wir die Stadt hinter uns gelassen hatten, stellte David das Auto an den Straßenrand. »Das letzte Stück laufen wir. Ich will nicht, dass der Wagen in den Wellen verschwindet. Er gehört meinem Vater.«

Auf einer Hügelkuppe links von uns stand eine alte Burg, rechts verlief ein Pfad, der von Gras und Sträuchern gesäumt war.

»Gehen wir zur Burg?«, fragte ich.

»Später vielleicht. Gib mir deine Hand«, sagte Duncan.

»Warum?«

»Das wirst du gleich sehen.«

Mit meiner Hand in der seinen folgten wir David und Julian, die uns schon ein gutes Stück voraus waren.

»Julian!«, rief ich und wollte losrennen.

»Nicht loslassen!«, sagte Duncan. Er kniff mich und es tat weh. Ich verstand nicht, weshalb er so nervös war. Doch zwei Minuten später verstand ich es doch, denn plötzlich endete der Weg und England auch. Wir standen am Rande eines Abgrunds. Von hier aus ging das Land senkrecht hinab und verschwand dutzende Meter unter uns im Meer. So etwas hatte ich noch nie gesehen.

Während Duncan mich am Arm festhielt, blickte ich in die Tiefe. Weiße Kreidefelsen ragten aus dem Meer empor. Möwen kreisten über dem Wasser und folgten einem Fischerboot. Weiter entfernt lagen Passagiersschiffe im Hafen.

Julian hatte sich auf den Bauch gelegt und kroch vorsichtig zum Felsrand. David packte ihn am Fuß. »Und es ist auch nicht der Sinn und Zweck, dass *du* in den Wellen verschwindest.«

Enttäuscht stand Julian auf. »Ich wollte nur wissen, wie es sich anfühlt, hinunterzuschauen.«

David atmete tief ein. »Seeluft. Davon kriege ich immer Hunger.«

Er ging zum Auto zurück und holte einen Picknickkorb.

Wir setzten uns ein Stück vom Abgrund entfernt ins Gras. David stellte den Korb in die Mitte. »Na, wer hat Lust auf die Leckerbissen, die meine Mutter eingepackt hat?«

Der Picknickkorb bewegte sich. Er schien zu hüpfen. Erschrocken wich ich zurück.

Der Korb zitterte. Er machte sogar Geräusche.

Duncan und David blickten sich an. »Was soll denn das?«, sagte Duncan.

»Keine Ahnung«, sagte David. »Jungs, schaut doch mal nach, was mit dem Korb los ist.«

»Er bewegt sich.« Ich rührte mich nicht von der Stelle. Ich vertraute der ganzen Sache nicht.

Julian lief um den Korb herum und musterte ihn von allen Seiten. Der Korb zuckte, als hätte darin jemand Schluckauf.

»Soll das ein Scherz sein?«

»Ein Scherz?«, sagten Duncan und David gleichzeitig. Sie schauten uns mit unschuldigen Mienen an.

»So!«, rief Julian und öffnete den Deckel. Ich schrie auf. Ein Ferkel! Im Picknickkorb saß ein lebendiges Ferkel! Es steckte den Rüssel über den Rand und blickte mich böse an. Ich ging in die Hocke, um es zu streicheln und kicherte, als seine Zunge meine Hand kitzelte.

»Ein Geschenk für euch«, sagte Duncan. »Von uns und Vanessa. Ihr quengelt schon seit Jahren, also dachten wir: Na gut, ein Ferkel, dann sind wir das Gequengel los.«

»Ein Geschenk? Dürfen wir es behalten?«

»Nur wenn du es willst«, sagte Duncan.

Na und ob ich das wollte. Ein Ferkel! Und zwar keines, das dem Bauern gehörte, sondern uns, Julian und mir!

»Ist es wirklich für uns?«, fragte ich.

Julian schien gelangweilt. Offenbar war ich mit dem Geschenk glücklicher als er. Oder er wollte bloß nicht zeigen, wie sehr er sich über unser neues Haustier freute. Vielleicht fand er sich zu alt dafür? Mir war das egal, auch dass er bald zur Schule gehen würde. In der Zeit hätte ich das Ferkel ganz für mich alleine. *Pigling die Meine* würde ich die Sau nennen.

Dover interessierte mich nicht mehr und auch nicht die weißen Kreidefelsen und das Meer. Ich wollte nach Hause. Aber meine Geduld wurde ziemlich auf die Probe gestellt. Das Ferkel wurde wieder eingesperrt und aus dem Auto ein zweiter Korb mit Brot, Käse und Limonade geholt. Der Ausflug war noch nicht vorbei.

Das Ferkel wurde vorläufig zu Pigling dem Vierten in den Stall gebracht. Der Bauer war damit einverstanden. »Solange ihr selbst dafür sorgt, dass es was zu essen kriegt.«

»Wir fragen Walter, ob er einen Verschlag baut,« sagte ich.

Julian und ich beschlossen, dass David bleiben durfte. Wir fragten ihn, ob er sich unser Baumhaus ansehen wollte.

»Das darf nicht jeder!«, sagte Julian. »Das ist unser geheimer Ort.«

»Ich fühle mich geehrt«, sagte David. Er kletterte an den Ästen hoch, kroch hinein, sah sich um und blickte hinaus. »Fantastisch! Was für ein Blumengarten! Meine Bienen werden sich vielleicht wundern, wenn ich sie hole.«

»Deine *Bienen*?«, fragte Julian.

»Tausende. Ich bin verrückt nach ihnen. Sie sind jetzt noch in Brighton, im Garten meiner Eltern. Sind sie hier willkommen?«

»Genauso willkommen wie du«, sagte Duncan, der unten am Baum stand.

David deutete auf Angelica, die mit einer Puppe im Gras spielte. »Und wer ist das entzückende Mädchen?«

»Meine Schwester«, sagte ich.

»Mensch«, sagte David. »Sie ist ja noch hübscher als ihr zwei. Darf ich sie heiraten?«

Julian prustete los. »Sie ist doch noch ein Kind.«

»Aber nicht mehr lange«, sagte David.

»Sie ist ein *Mädchen*«, sagte ich. Duncans Freunde interessierten sich nie für Mädchen.

»Na und? Sei doch nicht so spießig.«

Ich wusste zwar nicht, was ›spießig‹ bedeuten sollte, fühlte mich aber zurechtgewiesen.

David reiste ab, aber am nächsten Tag war er wieder da. Auf dem Rücksitz seines Autos standen zwei Bienenkörbe. Ich ließ Pigling die Meine, auf die ich seit Stunden eingeredet hatte, allein, um mir die Körbe anzusehen. Die Öffnungen waren mit Korken zugestopft. Ich hörte grimmiges Summen.

»Sie sind von der Autofahrt ganz durcheinander«, sagte David. »Die nächsten Stunden dürfen sie nicht raus. Tausende Bienenstiche, das überlebt niemand.«

Ich schauderte und trat einen Schritt zurück.

Meine Mutter kam in den Garten. »Honig! Ich liebe Honig.«

»Ich nicht«, sagte David. »Honig ist mir zu süß.«

»Weshalb hast du dann Bienen?«, fragte Julian.

»Ich habe gerne viele Freunde.«

»Gefährliche Freunde«, sagte Duncan.

»Genau. So bleibt es spannend.«

Die Erwachsenen lachten. Ich verstand den Witz nicht. Julian auch nicht. Das sah ich ihm an, aber er lachte trotzdem mit.

~

»Alles schön und gut«, sagte Grace, »aber ich kann die ganze Arbeit nicht mehr alleine tun, mit den vielen Leuten im Haus.«

Da meine Mutter nicht bereit war, Grace in der Küche und im Haus zu helfen, kam ein Dienstmädchen, das Carol Jones hieß und so lange Schneidezähne hatte, dass sie unter ihrer Oberlippe herausschauten. Meine Mutter verbot Angelica und mir, die ganze Zeit auf die Zähne zu starren.

»Sie ist ein verzaubertes Kaninchen«, sagte Angelica.

»Sie ist die Zahnfee«, flüsterte ich.

Angelica schüttelte den Kopf. »Kaninchen.«

»Was soll ich tun?«, fragte Carol.

»Putzen«, sagte Grace, »denn sie machen aus dem Haus gerne einen Schweinestall.«

»Grace hat eine große Klappe«, sagte Duncan.

Ein paar Minuten nach Carol traf auch ihre Mutter ein. Mrs Jones war eine kleine Frau in einem zerschlissenen schwarzen Kleid. Sie hatte eine Hakennase, dünnes graues Haar und genau solche Schneidezähne wie Carol.

»Das ist die Zahnfee«, sagte Angelica entschieden.

»Ich möchte mit eigenen Augen sehen, ob dies eine anständige Stelle ist«, begründete Mrs Jones ihren Besuch. »Carol ist mein einziges Kind und man erzählt sich so einiges über dieses Haus.«

»Willkommen«, sagte Duncan. »Was redet man denn so?«

»Komische Geschichten«, sagte Carol, aber sie schwieg sofort, als ihre Mutter ihr einen strengen Blick zuwarf.

Duncan grinste.

»Och«, sagte Mrs Jones, »ich gebe nicht viel auf solche Geschichten. Ich mag keinen Tratsch.«

»Aber Sie wollen sich vergewissern.«

»So ist es.«

Grace gab Carol den Auftrag, den Küchenboden zu bohnern, der von den Fettspritzern spiegelglatt war. Am Abend zuvor waren Virginia und Leonard zu Besuch gewesen und Grace hatte Rindfleisch in Butter gebraten. »Der Eimer steht unter der Spüle.«

Mrs Jones schnaubte. »Den Küchenboden schrubben? Willst du das wirklich tun, Kind? Bei deinen Rückenbeschwerden.« Sie drehte sich zu meiner Mutter um. »Sie hat Rückenbeschwerden. Diese schwere Arbeit ist nichts für sie. Lassen Sie mich das tun. Geh ein Stück zur Seite, Schatz.«

Kurz darauf saß Carol mit einer Tasse Kaffee im Garten und Mrs Jones machte sich mit einer harten Bürste über den Küchenboden her. »Dass eine Frau in meinem Alter noch solch eine schwere Arbeit tun muss«, nörgelte sie. »Das sollte verboten sein. Wenn der selige Mr Jones mich so sehen würde.«

Duncan musste lachen. Meine Mutter nicht. Eine Woche und drei zänkische Besuche von Mrs Jones später wurde Carol auf Mutters Drängen fortgeschickt. »Ich will ein Dienstmädchen, das seine Familie zu Hause lässt.«

Am Morgen darauf stand eine wütende Mrs Jones vor der Tür. »Ist Ihnen meine Tochter nicht gut genug?« Ihre Hakennase zitterte.

»Also … «, begann meine Mutter, überrascht von diesem unerwarteten Besuch.

»Warum darf sie nicht mehr kommen?« Mrs Jones schüttelte ihren Regenschirm in unserer Halle aus.

»Wir fanden es besser, wenn …«, sagte meine Mutter.

»Ihr seid alle sehr komische Vögel!«

»Da haben Sie recht, gute Frau«, sagte Duncan. »Das sind wir: komische Vögel. Aber wir meinen es nur gut. Die Arbeit hier ist wirklich viel zu schwer für die arme Carol. Das konnten wir ihr wirklich nicht länger antun.«

»Und was soll sie jetzt machen? Glauben Sie bloß nicht, dass man sie das erste Mal weggeschickt hat.«

»Jemand, der so hübsch und klug ist wie Carol, findet binnen kürzester Zeit eine Arbeit, die zu ihr passt«, sagte Duncan und setzte das Grinsen auf, bei dem immer alle in die Knie gingen.

»Meinen Sie?«, fragte Mrs Jones.

»Ich bin mir sogar sicher. In einem Geschäft, einem Büro oder an einem anderen anständigen Ort. Glauben Sie mir. Was haben Sie nur für einen wunderbaren Kopf. Würden Sie für mich vielleicht einmal Modell sitzen?«

Mrs Jones blickte ihn zufrieden an. »Ich finde Sie einen netten komischen Vogel«, sagte sie und ging.

»Wenn ich dich nicht hätte«, sagte meine Mutter zu Duncan.

»Aber ich will eine neue Carol, wenn das geht«, sagte Grace. »Die Nichte meiner Nachbarin sucht Arbeit.«

»Hat sie Rückenbeschwerden?«, fragte meine Mutter.

»Sie ist so kräftig wie ein Schürhaken.«

»Und wie ist ihre Mutter?«, fragte Lytton.

»Bettlägerig. Kann das Haus nicht verlassen.«

Die Nichte der Nachbarin durfte kommen.

~

Nach dem täglichen Unterricht von Miss Bartlett waren Julian und ich gerne durch die Gegend gezogen, um Abenteuer zu erleben und mit den Kindern aus dem Dorf zu spielen.

Aber in letzter Zeit ging ich meist alleine los. Wenn Julian aus der Schule kam, blieb er mittlerweile lieber zu Hause, besonders wenn wir Besuch hatten. Dann hing er in dem Zimmer herum, in dem die Erwachsenen saßen, und hörte sich ihre Gepräche an. Manchmal, wenn der Besuch wieder gegangen war und ich Julian meine Erlebnisse erzählen wollte, war er schweigsam und es schien, als hörte er kaum zu.

»Wieso bist du so still?«, fragte ich ihn einmal.

»Ich denke nach.«

»Worüber?«

»Über alles«, sagte er. »Ich zweifle an allem. Wenn man nicht mehr zweifelt, scheitert man.«

Ich verstand kein Wort, vermutete aber, dass er ein Gespräch nachplapperte, das er belauscht hatte. Das tat ich manchmal auch, wenn ich interessant erscheinen wollte. Vielleicht hatte auch mein Vater ihm wieder eine seiner Lebensweisheiten mitgegeben.

An diesem Abend sagte ich zu Grace: »Ich zweifle an allem.«

Grace blickte mich ernst an. »Armer Junge.« Sie klopfte mir ermunternd auf den Arm. »Aber das wird vergehen, Quentin, mach dir da mal keine Sorgen.«

Ich beschloss, nie wieder das zu wiederholen, was Julian gesagt hatte.

Weil Julian mich nur noch selten begleitete, nahm ich manchmal, wenn ich auf Abenteuersuche ging, Angelica an die Hand. Mit ihren vier Jahren war sie trotzdem schon eine brauchbare Spielkameradin. Sie war fröhlich und quengelte nie, dass sie etwas anderes tun wollte als das, was ich vorhatte. Wichtiger aber war, dass sie zu mir aufschaute, so wie ich zu Julian. Aus dem *kleinen Bruder* war ein *großer Bruder* geworden und das gefiel mir gut.

Wir fütterten Pigling die Meine mit Äpfeln oder Rüben. Trotz meines Flehens hatte meine Mutter mir verboten, einen Schweineverschlag in unserem Garten zu bauen. »Schweine brauchen Gesellschaft«, hatte sie gesagt. »Lass sie schön bei Pigling dem Vierten.«

Wenn wir die Schweine gestreichelt hatten, krochen Angelica und ich durch das Heu in der Scheune oder hockten uns an den Bach, um Frösche zu fangen. Angelica war sich sicher, dass einer der Frösche ein verzauberter Prinz sein musste. Märchen waren für sie wahre Geschichten.

Ich, der große Bruder, versuchte ihr zu erklären, dass ein Frosch nie ein Prinz sein könnte und dass die Märchen reine Fantasie waren.

»Tante Virginia hat aber gesagt, dass es sein könnte«, sagte Angelica.

»Wie kommst du denn darauf?« Virginia schrieb Bücher für Erwachsene und ich konnte mir nicht vorstellen, dass so jemand an Märchen glaubte.

»Wir sind Hexen«, sagte meine Schwester.

»Wer?«

»Ich und Tante Virginia. Komm mit.«

Wir fuhren mit dem Rad zu *Monk's House*. Angelica saß auf dem Gepäckträger und schlang die Arme um meine Taille. Es war ein heißer Sommertag. Die Ligusterhecken blühten am Wegesrand und waren voller Schmetterlinge und Hummeln.

»Sind das welche von Davids Bienen?«, fragte Angelica.

»Wer weiß. Gut festhalten, sonst fällst du vom Rad.«

Tante Virginia saß in einem Gartenstuhl und las. Onkel Leonard war nirgends zu entdecken. Sobald Virginia uns sah, erschien ein Lächeln auf ihrem Gesicht. »Ach, kleine Hexe, da bist du ja!«

Triumphierend sah Angelica mich an. Ich gab mich geschlagen. »Wo ist Cäsar?«, fragte ich.

»Keine Ahnung«, sagte Virginia. »Und ich will es auch nicht wissen. Hol deinen Besen, kleine Hexe, dann zeige ich dir den Geschenkebaum.«

Ich lief ins Haus. Onkel Leonard saß im Wohnzimmer am Tisch, umringt von Bücherstapeln. Noch mehr als sonst roch es nach Papier und Leim. Cäsar lag in einem Lehnstuhl und schlief.

»Quentin. Was für eine Überraschung.«

»Sie spielen Hexen.«

»Lass sie nur«, sagte Onkel Leonard. »Das mögen sie nunmal.«

Ich nahm ein Buch vom Tisch. Duncan hatte die Zeichnung für den Umschlag gemacht: ein Mann in einem Ruderboot auf einem Fluss.

»Frisch von der Presse.« Onkel Leonard war stolz. »Riecht gut, was?«

»Ist bestimmt schön.« Ich blätterte im Buch. Es war ein Gedichtband.

»Was?«

»Na, dass man sich etwas ausdenkt und aufschreibt und dass dann ein Buch daraus wird, das jeder lesen kann.«

»Das ist auch schön«, sagte Leonard. »Aber noch schöner ist, wenn man in einer losen Blättersammlung lesen darf, was ein Schriftsteller sich ausgedacht hat, um später daraus ein Buch zu machen, das dann überall in den Buchläden ausliegen wird. Deshalb bin ich Verleger geworden. Verstehst du, was ich meine?«

Ich dachte nach. »Dann hast du aber Glück, dass Tante Virginia Schriftstellerin ist.«

Leonard kniff mich in die Wange. »Genauso ist es, Quentin.«

Als ich wieder draußen war, rannten Angelica und Virginia mit Besen zwischen den Beinen durch den Garten. Sie schrien und johlten. Ich setzte mich auf eine Bank und hätte gerne mitgemacht, aber ich fühlte mich dafür doch etwas zu alt. Julian würde mich auslachen, wenn er hören würde, dass ich mitgespielt hätte. Ziemlich anstrengend, gleichzeitig der kleine und der große Bruder zu sein!

»Tante Virginia, Quentin sagt, dass ein Frosch kein Prinz sein kann.«

Virginia stoppte bei einem hohlen Baum und klopfte dagegen. »Alles ist möglich«, sagte sie, »wenn man nur daran glaubt.« Sie steckte eine Hand in den Stamm. »Was ist denn das?«

»Der Geschenkebaum!«, rief Angelica. »Ich will ein Geschenk!«

»Verflixt«, sagte Virginia. »da liegen ja Päckchen im Baum. Seht nur, ein Geschenk für Angelica und auch eins für Quentin.«

»Siehst du!«, sagte Angelica.

Ich wollte kein Spielverderber sein und tat so, als wäre ich überrascht. »Wie kommen die denn dahin?« Ich war tatsächlich neugierig. Auch wenn klar war, dass Virginia die Päckchen im hohlen Baum versteckt hatte, riss ich mein Geschenk gespannt auf. Es war ein Buch. Was sonst? Es hieß Peter Pan. Ich kannte es nicht.

»Wenn du das gelesen hast, wirst du wissen, dass alles möglich ist, solange du nur daran glaubst«, sagte Virginia. »Zweifle nicht daran.«

Angelicas Geschenk war ein Spielzeugkaninchen mit langen Zähnen. Ich musste an Carol denken und was meine Schwester über sie gesagt hatte. Die Geschenke passten perfekt zu uns. Als könnte Virginia Gedanken lesen.

»Wusstest du, dass wir kommen wollten?«, fragte ich.

»Ich bin eine Hexe«, sagte Virginia. »Ich weiß alles.«

Und mit dieser Antwort musste ich mich zufriedengeben. Mit einer selbstgefälligen Hexe auf dem Gepäckträger radelte ich nach Hause. »Ich hab's doch gesagt!«, rief sie immerzu. »Ich hab's doch gesagt!«

»Wenn du weiter so schreist, stechen dich Davids Bienen.«

Abends im Bett gingen mir allerlei Gedanken durch den Kopf. Tante Virginia, die behauptete, dass alles möglich sei und dass ich daran nicht zweifeln dürfe. Julian, der bei uns zu Hause gehört hatte, dass man gerade an allem zweifeln solle.

Ich ging in Julians Zimmer und gab ihm einen Stubs.

»Was ist denn? Ich schlafe.«

»Was hast du genau gemeint?«, fragte ich.

»Womit?« Julian gähnte.

»Weshalb scheitert man, wenn man niemals zweifelt?«

Julian drehte sich zu mir um. »Weil es dann Krieg gibt. Bei einem Krieg gibt es keine Gewinner, nur Verlierer. Verstehst du?«

»Wer sagt das?«

»Papa. Lytton. Alle. Darf ich jetzt weiterschlafen?«

»Oh«, sagte ich. »Ja.«

Jetzt begriff ich überhaupt nichts mehr. Wem sollte ich glauben? Ich lag noch lange wach und als ich Duncan und David im Zimmer unter mir herumpoltern hörte und wusste, dass es nach Mitternacht sein musste, weil die Erwachsenen ins Bett gingen, beschloss ich, zu tun, was Julian gesagt hatte. Ich würde immer zweifeln. Nicht an Märchen zu glauben, das war nicht schlimm, Krieg schon. Ich wollte keinen Krieg, denn dann würden Menschen sterben. Keine Märchenfiguren, sondern richtige Menschen.

1929

David lag nackt auf einem Teppich, meine Mutter und Duncan standen hinter ihren Staffeleien. Lytton saß mit einem Buch in einem gemütlichen Sessel, las aber nicht. Er betrachtete David. Carrington war im Garten.

»Du liest ja gar nicht«, sagte ich, um ihn zu ärgern.

»Auf diesem Teppich sehe ich viel mehr Schönheit als in diesem Buch.« Lytton schaute mich schelmisch durch seine dicken Brillengläser an.

Ich wusste, dass Lytton David wundervoll fand. Er schaute gerne nach schönen Männern, er selbst aber war so hässlich, dass schöne Männer ihn nicht gerne ansahen. Julian und ich durften ihn nicht damit aufziehen, aber manchmal konnte ich es nicht lassen. Lytton war der Letzte, der das schlimm fand. »Es ist nur gut, dass ich nicht hübsch bin«, hatte er einmal gesagt. »So jemand wie ich hat wenigstens Zeit zu lesen und zu schreiben. Zum Glück bin ich unglücklich. Die Liebe! Verliebtheit! Ach, was für eine Vergeudung von kostbaren Stunden, Tagen, Jahren!«

»Erzähl nicht so einen Unsinn«, sagte Duncan.

Die Gemälde, an denen meine Mutter und er arbeiteten, waren die letzten für die Londoner Ausstellung. Lady Ottoline hatte ihr Versprechen gehalten. Sie hatte eine kleine Galerie gefunden, in der das Werk der beiden Maler willkommen war. »Der Galerist ist ein guter Freund«, hatte sie gesagt. »Wählt eure schönsten Gemälde aus, enttäuscht ihn nicht.«

Meine Mutter war beleidigt. »Wenn sie jetzt schon denkt, dass die Ausstellung eine Enttäuschung wird, mache ich gar nicht erst mit.«

»Hör auf«, sagte Duncan, »deine Arbeiten haben noch nie jemanden entäuscht, dafür sind sie viel zu gut.«

»Deine auch«, sagte meine Mutter dankbar.

»Schleimer«, sagte Julian.

Sie lachten und strichen Julian durchs Haar. Ich fühlte mich ausgeschlossen und wollte auch etwas Witziges sagen, aber mir fiel nichts ein. Julian war schlagfertiger als ich. *Meine* spitzen Bemerkungen kommen auch heute noch immer erst dann, wenn ich genügend Zeit habe, sie mir auszudenken, aufzuschreiben und endlos zu verbessern.

Ich ging in den Garten und traf auf Carrington, die einen Johannisbeerstrauch zeichnete. Die Beeren auf der Zeichnung sahen aus, als könnte man sie vom Papier pflücken und essen.

»Schön«, sagte ich.

»Geht so«, antwortete sie, »ich werde nie so gut malen wie deine Mutter oder Duncan.«

»Aber doch. Die Johannisbeeren sehen aus, als wären sie echt.«

»Du bist ein lieber Junge, aber es stimmt nicht.«

»Warum nicht?«

»Weil, wenn man schöne Dinge schaffen will, wie deine Mutter oder deine Tante, dann muss man Tag und Nacht hart arbeiten, als würde das Leben davon abhängen. Sonst wird das nichts.«

»Willst du nicht hart arbeiten?«

»Doch natürlich, aber ich möchte nicht nur malen. Wenn das Dach undicht ist, will ich es selbst reparieren, wenn das Obst reif ist, will ich es pflücken, und wenn Lytton zu Hause ist, will ich für ihn kochen. Das sind alles Dinge, die ich auch gerne mache, und darum werde ich nie eine so gute Malerin wie deine Mutter.«

Ich hatte meine Mutter oder Duncan noch nie das Dach reparieren sehen, das machte Walter. »Lytton kann dir doch helfen?«

Sie lachte. »Das ist nichts für Lytton. Wenn er eine Beere pflücken soll, fürchtet er, von einer Biene gestochen zu werden. Außerdem ist er nicht schwindelfrei.«

»Ich hatte zuerst Angst vor Lytton«, sagte ich.

»Ich war zuerst wütend auf Lytton«, sagte sie.

»Wirklich? Warum?«

»Er hat mich einfach geküsst.« Carrington legte vorsichtig ihren Zeichenblock zur Seite, zog sich Strümpfe und Schuhe aus und stellte sich barfuß in den Teich. »Ich möchte für meinen Teich einen Ableger von euren Wasserlilien.«

»Das ist doch nicht so schlimm«, sagte ich.

»Doch, ich habe es schlimm gefunden. Er hat mich aus heiterem Himmel geküsst. Wir hatten uns gerade erst kennengelernt. Wir sind mit ein paar Freunden durch die Hügel gewandert und mit einem Mal lief Lytton neben mir und gab mir einen Kuss.«

»Hat er gedacht, du wärst ein Junge?«

»Das war mir egal. Ich will nicht, dass mich wildfremde Männer einfach küssen. Ich war so wütend, dass ich ihm aus

Rache seinen Bart abschneiden wollte, als er einen Mittagsschlaf gehalten hat.«

Ich sah Lyttons Bart vor mir, voll mit Suppenresten, und zog ein angeekeltes Gesicht. »Hast du ihn wirklich abgeschnitten?«

»Fast. Ich bin in sein Zimmer geschlichen. Er hat geschlafen. Dich krieg ich!, habe ich gedacht. Aber genau in dem Moment, in dem ich die Schere ansetzen wollte, ist er aufgewacht. Er hat die Augen geöffnet und mich so lieb und unschuldig angesehen, dass ich sofort verrückt nach ihm war. Und das bin ich immer noch. Ich war nie wieder wütend auf ihn.« Sie steckte eine Hand ins Wasser und zog eine Pflanze aus dem Matsch. »So, die nehme ich mit. Holst du mir einen Eimer?«

Ich lief in die Küche und fragte mich, ob man sich wirklich auf so seltsame Weise verlieben konnte. Als ich mich umdrehte, sah ich einen Lausejungen mit Matsch an den Füßen im Gras sitzen.

~

Die Ausstellung im Erdgeschoss der kleinen Galerie in einem alten Herrenhaus im würdevollen Viertel Bloomsbury wurde ein Erfolg, auch wenn alle Käufer Freunde oder Verwandte waren.

Tante Virginia kaufte ein Gemälde, Carrington auch und Lady Ottoline gleich zwei. Ein Schriftsteller, den ich nicht kannte, aber dessen Bücher Onkel Leonard verlegte, kaufte Duncans Nacktporträt von David.

»Schade, dass wir es hergeben müssen«, sagte meine Mutter.

»Ach, ich habe den echten David lieber«, sagte Duncan.

»Das war erst der Anfang«, sagte Lady Ottoline. »Ich hänge meine Gemälde prominent in meinem Landhaus auf. Wartet nur, bis meine vielen Freunde sie sehen. Die Käufer werden nur so herbeiströmen. Malt weiter, malt auf jeden Fall weiter.«

»Ich hatte nicht vor, damit aufzuhören«, brummte meine Mutter.

Lady Ottoline brach auf. Als sie fast schon das Ende der Straße erreicht hatte, sah ich vom Fenster aus noch immer ihren wippenden Hut, der hoch über den Köpfen der anderen Fußgänger aufragte. Sie winkte, ohne sich umzusehen. Dutzende Leute starrten ihr nach.

»Diese Frau ist eine Sehenswürdigkeit«, sagte Lytton. »Ich war einmal mit ihr in einem Restaurant. Die Kellner kletterten auf die Tische, um sie besser anschauen zu können. Ihr ist das nicht einmal aufgefallen. Sie hat keine Ahnung, dass sie andauernd angestarrt wird.«

»Sie macht sich vielleicht nichts draus«, sagte Carrington.

»Ja, kann auch sein«, sagte Lytton.

~

Wir verbrachten den Sommer in Italien. Meine Mutter und Duncan hatten ein Haus am Rand eines Dorfes in den toskanischen Hügeln gemietet. Sie wollten unter freiem Himmel malen und vor allem die Kirchen in der Umgebung mit ihren Fresken besichtigen. Sie wollten die Farben studieren, um sie in England in ihren eigenen Werken zu verwenden.

Julian, Angelica und ich waren vorher schon ganz vernarrt in Italien, denn Colonel Kipling hatte uns erzählt, dass dort immer die Sonne schien. Außerdem würde unsere Lehrerin Miss Bartlett, die jetzt auch Angelica unter ihren Fittichen hatte, zu Hause bleiben. Auch Grace kam nicht mit. Sie versicherte mir aber, dass sie gut für Pigling die Meine sorgen würde. Kein Unterricht! Splitternackt in der Sonne spielen! Italienische Schweine füttern! Wenn wir bloß nicht ständig mit in die Kirchen mussten. Ich, geboren zwischen Farben und Pinseln, betrachtete Gemälde ganz gerne, aber nach zwei Minuten hatte ich meistens genug davon und wollte etwas anderes machen. Eine Kuh bleibt eine Kuh und es war mir ziemlich egal, ob sie einen blauen oder schwarzen Schwanz hatte oder an welcher Stelle die Augen gemalt waren. Meine Mutter und Duncan konnten eine halbe Stunde vor jedem Gemälde stehen und selbst dann glaubten sie, immer noch nicht alles gesehen zu haben, was es zu entdecken gab. In solchen Momenten vergaßen sie einfach, dass wir auch noch da waren und dass wir uns fürchterlich langweilten. »Wir Armen!«, riefen wir, bevor wir davonschlichen, um draußen zu spielen.

»Ihr müsst nicht immer mit, versprochen«, sagte meine Mutter. Beruhigt halfen wir dem Dienstmädchen beim Kofferpacken. Ich nahm alle meine Lieblingsbücher mit.

David und mein Vater sollten ein paar Tage später mit dem Auto nachkommen. Sie hatten noch einiges in England zu erledigen.

Ich hatte mich auf die Reise gefreut: Mit dem Schiff zum Festland übersetzen und danach im Zug durch Europa fahren.

Aber die Reise wurde zu einer Katastrophe. Im Hafen von Dover aßen wir Fisch und meiner war wohl verdorben. Ich saß in einem Liegestuhl auf dem Oberdeck der Fähre und musste mich pausenlos übergeben. Die raue See tat das Übrige. Ich fühlte mich noch elender. Im Zug kroch ich in die hinterste Ecke der Sitzbank. Im Halbschlaf hörte ich, wie die anderen lachten, redeten und bewundernde Bemerkungen über die vorbeiziehende Landschaft machten. Ab und zu erkundigten sie sich nach meinem Befinden. Aber nicht oft genug, wie ich fand. Ich fühlte mich einsam und schlapp und wollte nach Hause. Erst als wir bereits hinter der italienischen Grenze waren, gab mein Magen Ruhe und ich interessierte mich wieder für meine Umgebung.

»Iss etwas«, sagte Duncan. »Du bist ganz blass.«

»Ich bin krank.« Ich hoffte immer noch auf Mitleid und Trost.

»Das geht vorbei«, sagte meine Mutter. »Wir haben alle schon mal etwas Verkehrtes gegessen.«

Julian las und achtete nicht auf mich. Angelica schlief.

Eine grausamere Familie als meine gab es nicht. Aber als wir aus dem Taxi stiegen, das uns von Pisa zum Sommerhaus gebracht hatte, vergaß ich auf der Stelle, wie elend doch mein Leben war.

Das lachsfarbene Haus lag wie eine Art Treppe an einem Hügel, jedes Zimmer war einen Meter höher als das vorherige. An den Mauern standen blühende Oleander und im Garten, der aus Sand und Steinbrocken bestand, standen schief gewachsene Olivenbäume. Vom Haus aus hatte man Aussicht auf glühende Äcker mit Getreide und

Sonnenblumen und hier und da sah man einen Bauernhof oder eine Reihe Zypressen. Ich hörte das Bellen eines Hundes. Ein schwarzer Vogel schlüpfte unter einen Dachziegel. Auf dem Hügel lag ein Dorf, wo zweifellos viele Kinder wohnten. Vom Dorf führte ein schmaler, kurviger Weg zum Tal hinunter.

»Was für eine Aussicht«, sagte meine Mutter.

»Mir jucken die Finger«, sagte Duncan. »Was machen wir zuerst? Auspacken oder Malen?«

»Was denkst du denn?«

Sie zogen ihre Staffeleien aus dem Gepäck, stellten sie im Garten auf und holten den Koffer mit Farben und Pinseln.

»Dieses Licht«, sagte Duncan.

»Diese Farben«, sagte meine Mutter.

Julian und mir war sofort klar, dass wir uns ab jetzt selbst vergnügen konnten. Wir gingen hinein, inspizierten das Haus und suchten uns die schönsten Zimmer aus. Angelica kniete draußen im Sand und versuchte, einen Käfer zu fangen. Italien. Mein erstes Mal im Ausland.

Nach einer Woche waren wir vollzählig. Mehr als vollzählig, denn mein Vater hatte seine neue Freundin Beth mitgebracht, die wie er für die Zeitung arbeitete. Sie war klein und dünn und trug eine Brille, die vorne auf ihrer Nasenspitze saß. Beth schrieb Artikel über Kinder und Erziehung und beobachtete Julian und mich mit einem Blick, als würde sie jeden Moment sagen wollen, was wir für schlecht erzogene Kinder wären. Wäre es nach uns gegangen, hätte sie nicht hier sein müssen, aber wir vergaßen unsere wichtigste Hausregel nicht: Jeder ist bei uns immer willkommen.

Also waren wir höflich zu ihr, setzten uns aber bei Tisch möglichst weit weg. Und wenn sie wieder einmal laut sagte, dass es ihrer Meinung nach längst Zeit war, die Kinder ins Bett zu schicken, während die Blütengrillen ihr Abendlied zirpten und wir friedlich im Dunkeln saßen, reagierte niemand darauf.

Julian und ich wurden in diesem Sommer braun, unsere Haare waren lang und staubig, die Hände rau von den ganzen Steinen, die wir sammelten, um an einem geheimen Ort im Weißdornwald eine Hütte zu bauen. Unsere Knie waren voller Wunden und Schorf. Wir spielten (die Kinder) oder faulenzten und spazierten (mein Vater und Beth) oder malten (meine Mutter und Duncan). Mittags und abends saßen wir an einem langen Tisch, der draußen unter einer Pergola mit Weinranken stand, und aßen, was uns die Köchin aus dem Dorf vorsetzte.

David ging täglich auf die Suche nach Töpferwaren und kam meist erst spät zurück.

»Was machen wir bloß mit all den Schüsseln?«, fragte Duncan.

»Du und Vanessa bemalt sie«, sagte David, »und ich werde sie verkaufen.«

»Aha, und an wen?«

»An Lady Ottoline und ihre Freunde. Wenn wir wieder zu Hause sind.«

Duncan grinste. »Brilliante Idee.«

»Ich will auch einen Teil der Einkünfte«, sagte David. »Ich brauche Geld.«

»Wofür?«

»Um Flugstunden zu nehmen. Ich stelle es mir fantastisch vor, ein Flugzeug zu steuern. Seit ich über Charles Lindbergh gelesen habe, will ich fliegen.«

»Du Draufgänger«, sagte Duncan.

»Darf ich dann mit?«, fragte Julian.

»Ihr dürft alle beide mit.»

Ich schüttelte den Kopf. Ich stellte es mir schrecklich vor, in einem Flugzeug zu sitzen, das jeden Moment abstürzen könnte. Charles Lindbergh war ein weltberühmter Flieger, der in so einer lebensgefährlichen Kiste von Amerika nach Paris geflogen war.

»Keiner von euch beiden wird mitfliegen«, sagte meine Mutter. »Ich habe zwei Söhne und das soll auch so bleiben.« Sie musterte die Töpfe und Schalen. »Na gut, David, wir tun dir den Gefallen.« Aber ihre Augen funkelten dabei wie die eines Raubtiers, das gerade seine Beute aufgespürt hat. Während ich dies schreibe, frage ich mich, ob sie nie darüber nachgedacht hat, auch uns, ihren Kindern, mit dem Pinsel zu Leibe zu rücken. Es hätte mich nicht gewundert.

In dem Dorf auf den Hügeln fühlten mein Bruder und ich uns rasch zu Hause. Wir spielten mit anderen Jungen Fußball und hingen im Café in der Hauptstraße herum, wo alte Männer vor der Tür saßen und Wein tranken. Manchmal schickten uns die Männer mit einer Nachricht irgendwohin und dann gaben sie uns Geld, von dem wir uns Eis kauften. Wenn wir daran dachten, brachten wir auch Angelica eins mit. Sie durfte uns nicht ins Dorf begleiten, meine Mutter meinte, sie wäre noch zu klein. Wir protestierten nicht dagegen.

Es kostete mich nicht sonderlich viel Mühe, mich auf italienisch zu verständigen. Wenn man kein Wort von dem versteht, was die neuen Freunde sagen und man doch so gerne dazugehören will, lernt sich eine Sprache wie von selbst. Man muss nur zuhören, wiederholen und es behalten.

Ciao! Vieni! Grazie. Per favore. Mi chiamo Quentin. Andiamo. Calcio. Ich liebte den Klang der italienischen Wörter, besonders von denen, deren Bedeutung ich noch nicht kannte. Wusste ich sie dann, verflog die Magie.

In jenem Sommer hörte ich den Namen *Mussolini* zum ersten Mal. Benito Mussolini war Italiens Ministerpräsident.

»Ein großer Führer«, sagte unser Nachbar, ein Olivenbauer, der Englisch sprach, weil seine Mutter in Amerika geboren war. Ich kann mich nicht mehr an seinen Namen erinnern. Eines Abends saß er mit uns im Garten am Tisch und trank Wein. »Mussolini weiß, was gut für uns ist.«

»Ist das so?«, fragte meine Mutter.

»Dank Mussolini erholt sich unser Land wieder«, sagte der Nachbar. »Wir können wieder stolz sein.«

»Ach ja?«, fragte mein Vater.

»Na, und ob. Weißt du, wie es in Italien nach dem Weltkrieg ausgesehen hat? Wir hatten gegen den Feind gekämpft, unser Blut und unser Geld für die Freiheit von ganz Europa gegeben. Hunderttausende unserer Jungen und Männer sind gefallen und dann war der Krieg vorbei und Italien bettelarm. Und was bekamen wir dafür? Nichts! Die Hilfe anderer Länder? Aber nein, die hatten mit sich selbst zu tun. Wir befanden uns in totaler Auflösung. Der Krieg wurde vor allem mit unserer Hilfe gewonnen, aber wir haben uns wie

Verlierer gefühlt. In unseren Städten wohnten die Menschen in verdreckten Bruchbuden, die Straßen waren schlecht und es gab kein Geld, um sie zu reparieren. Und dann kam Benito Mussolini, *Il Duce*, der Führer!«

Ich nahm an, dass dieses Gespräch sich noch etwas hinziehen würde und machte eine Geste zu Julian. *Wollen wir nicht aufstehen und spielen gehen?* Julian sah es nicht, er hörte aufmerksam zu.

»Mussolini«, sprach der Nachbar weiter, »ach, ihr müsstet diesen Mann einmal reden hören. Ich bin extra nach Rom gefahren, um bei einer Rede dabei zu sein. Meisterhaft. Was für ein Redner! Und wie er ausgesehen hat! Piekfein gekleidet: ein Herr, wie man ihn nur selten sieht. Tausende Menschen standen auf der Piazza Venezia und jubelten ihm zu. ›Lang lebe Italien! Lang lebe der Führer!‹ Ich war zu Tränen gerührt.« Er fuhr sich mit der Hand über die Wange.

»Na, das muss ja eine Rede gewesen sein«, sagte mein Vater in dem Ton, mit dem er, wenn ich meinen Teller nicht leer gegessen hatte, manchmal zu mir sagte: »Das hat dir wohl gut geschmeckt, was?«

»Mussolini redet nicht nur, er tut auch etwas«, fuhr der Nachbar fort. »Ihm ist es zu verdanken, dass die Züge wieder pünktlich fahren, die Straßen ausgebessert wurden, es wieder genügend Krankenhäuser und Schulen gibt. Die Bruchbude, die unser Land gewesen ist, wird bald ein Palast sein. Meine Freunde, wir können wieder stolz sein.«

»Straßen, Krankenhäuser, Schulen. Das muss ja einiges gekostet haben«, sagte mein Vater. »Wo hat er das Geld her?«

»Dazu haben alle beigetragen und wir haben das gerne getan. Männer, Frauen, Kinder.« Er sah Julian und mich an und sagte: »Die Kinder in unserem Land … ach, wie ist es schön, die Kinder in ihren Uniformen durch die Straßen marschieren zu sehen.«

Jetzt blickte Julian auf. »Marschieren? Kinder? Warum? Kinder sind doch keine Soldaten?«

»Ist es nicht schon etwas spät für die Jungen?«, fragte Beth.

Wütend schaute Julian sie an. »Ich will das hören.«

»Zucht und Ordnung, mein Junge, darum geht's«, sagte der Nachbar zu Julian. »Du hättest die Kinder früher sehen sollen. Sie hingen auf der Straße in ihren heruntergekommenen Armenvierteln herum. Den Eltern war es egal, ob sie zur Schule gingen oder nicht, solange sie sie in Ruhe ließen. Es waren zerlumpte Herumtreiber und davon ist kein Wort gelogen. Hätten sie die Zukunft unseres Landes sein sollen, diese Bande Ungeziefer? Nein, so konnte es doch nicht weitergehen!«

»Und dann kam Mussolini«, sagte mein Vater wieder, »und mit ihm Zucht und Ordnung, wie beim Militär.«

»Ja, beim Militär lernt man Gehorsam. Man lernt für sich und seine Genossen zu kämpfen.«

»Und Befehle zu befolgen.«

»Genau. Ohne Disziplin kommt man nicht weit.«

Er klang jetzt wie Miss Bartlett an den Tagen, an denen Julian und ich keine Lust zum Lernen hatten und garstig zu ihr waren: »Wenn ihr jetzt nicht euer Bestes gebt, wird später nie etwas aus euch werden!«

»Dank unserem Führer lernen die Kinder ihr Vaterland lieben.« Der Nachbar steckte sich ein Stück Brot in den Mund.

»Und die Frauen?«, fragte meine Mutter. »Was haben sie beigetragen?«

»Die Frauen,«, sagte er leidenschaftlich, »die Frauen sind gute Ehefrauen und Mütter. Sie sorgen für ihre Männer und Kinder, damit die Männer ihre Arbeit tun können und die Kinder später gute italienische Männer oder Mütter sein werden.«

»Der Engel im Haus«, sagte Duncan grinsend.

Der Nachbar nickte. »Genau, der Engel im Haus. Schön gesagt.«

Meine Mutter nahm schnell einen Schluck Wein und schien gar nicht zu merken, dass mein Vater seine Hand auf ihre legte und sanft hineinkniff. Ich sah es und fand es lieb von ihm. Niemals würde irgendwer von meiner Mutter verlangen, der Engel im Haus zu sein.

»Das klingt ja alles ganz großartig«, sagte mein Vater.

»So ist es auch«, sagte der Nachbar.

»Aber ich habe gehört, dass man Mussolini nicht widersprechen darf. Stimmt das?«

»Weshalb sollte man ihm widersprechen? Warum sollte man dem Führer auf die Füße treten?«

»Vielleicht, weil man nicht mit allem einverstanden ist? Oder weil man seine Meinung überhaupt nicht teilt? Wer sagt denn, dass er der Einzige ist, der weiß, was gut für euch ist?«

Ich dachte daran, was mein Vater uns gelehrt hatte: Rennt nicht einfach irgendwelchen Parolen hinterher. Denkt immer selbst nach und macht den Mund auf, wenn ihr es nötig findet. Ich wusste also genau, was er über diese Dinge dachte und fühlte mich, weil ich dem Gespräch nun folgen konnte, mit einem Mal sehr groß und weise.

Der Nachbar brummte. »Natürlich gibt es Rädelsführer, die denken, dass sie es besser wissen und die sich querlegen und versuchen, andere zum Protest zu überreden. Aber mit denen weiß unser Führer schon umzugehen.«

»Wirklich? Was geschieht denn mit ihnen?«

»Ach!«, sagte der Nachbar so begeistert, als hätte er gerade ein wunderbares Buch gelesen. »Sie werden auf eine Insel im Mittelmeer geschickt, Lipari heißt sie.«

»Ein Gefängnis?«, fragte Julian. »Sie werden auf eine Gefängnisinsel gebracht?«

»Aber nein. Es ist einfach ein Ort, der weit genug entfernt ist, damit sie keinen Ärger mehr machen können. Ihnen wird kein Haar gekrümmt.«

»Hm«, sagte meine Mutter. »Wenn ich mit einem Gemälde fertig bin, mag ich es gerade, wenn meine Freunde mir sagen, was daran vielleicht nicht stimmt. So werde ich immer ein Stück besser.«

Der Nachbar sah sie zögernd an. »Ich glaube, ich verstehe nicht, was Sie damit sagen wollen.«

Ich verstand es auch nicht. Ich wusste wohl, dass sie immer etwas kratzbürstig wurde, wenn sie uns ein neues Gemälde zeigte und wir dann sagten, wie prachtvoll es sei. »Ach ja?«, sagte sie dann, »Seht ihr nicht, was daran nicht stimmt? Seht ihr denn nicht, dass der Hut misslungen ist und dass das Rot des Kleids viel zu rot ist?«

»Sie meint«, sagte mein Vater, »wir glauben nicht an große Führer, die behaupten, nur sie alleine wüssten, was gut für uns ist und die keinen Widerspruch dulden. So etwas bringt nur Elend mit sich, davon gibt es in der Geschichte unzählige Beispiele. Es freut mich für dich, dass es mit Italien bergauf geht und dass die Kinder wieder Gehorsam lernen und die Frauen so fürsorglich sind. Italien ist ein fabelhaftes Land, das der ganzen Welt viel Schönes gegeben hat. Musik! Bücher! Gemälde! So viel Schönes. Ich werde Italien mein Leben lang lieben. Aber ich möchte auch gerne einfach sagen können, was ich denke, ohne auf eine Insel verbannt zu werden.«

Der Nachbar sprang auf und hob die Hände zum Himmel. »Ach, jetzt verstehe ich«, sagte er wütend. »Jetzt wird mir plötzlich klar, mit wem ich es hier zu tun habe. Mit Anarchisten. Ihr seid verdammte Anarchisten. Ich vertue hier meine Zeit.« Er stand auf. Sein Glas war noch halb voll. »Ihr könnt froh sein, dass ihr Ausländer seid!«, rief er noch und verschwand.

»So«, sagte Duncan, »da haben wir's.«

»Gib mir noch einen Schluck Wein«, sagte meine Mutter.

Julian wollte wissen, was Anarchisten sind.

»Das sind Leute, die keinen Chef über sich haben wollen«, sagte mein Vater. »Keinen Polizisten, keinen Präsidenten, keinen König. Sie wollen tun, was sie wollen, ohne dass jemand dazu etwas sagt. Anarchisten sind Unruhestifter.«

»Wie Kinder, die nicht auf ihre Eltern hören«, sagte Beth.

»Rede kein dummes Zeug«, sagte mein Vater.

Ich beschloss, dass ich Beth nicht ausstehen konnte.

»Seid ihr Anarchisten?«, fragte Julian.

»Aber nein«, sagte mein Vater. »Wir haben nichts gegen einen Chef über uns.«

»Wie den Ministerpräsidenten?«

»Ja. Und seine Minister. Es ist gut, dass es Menschen gibt, die die wichtigen Dinge regeln, jedenfalls solange sie nicht meinen, alles besser zu wissen.«

»So wie Mussolini?«

»Genau«, sagte mein Vater. »Merkt euch gut, was ihr heute Abend gehört habt, Jungs.«

Beth gähnte. »Ich kann nicht mehr«, sagte sie. »Ich bin müde, ich gehe aufs Zimmer. Kommst du mit, Clive?«

»Bald«, sagte mein Vater. »Ich bleibe noch kurz sitzen. Gute Nacht.«

Als wir an diesem Abend im Bett lagen, hörte ich, wie sich mein Bruder herumwälzte. Kurz danach saß er aufrecht im Bett. Sein Gesicht sah im Mondlicht ganz bleich aus.

»Was ist los?«, fragte ich.

»Ich kann nicht schlafen«, sagte Julian, »ich muss die ganze Zeit nachdenken.«

»Worüber?«

»Über die Bergarbeiter in England. Sie waren anderer Meinung als ihre Chefs und haben gestreikt. Sie waren keine Anarchisten, sie wollten ihre Chefs nicht absetzen. Sie wollten nur, dass man ihnen zuhört. Alle haben mitgemacht und die Bergarbeiter bekamen ihren Willen.«

»Weiß ich«, sagte ich.

»Ja, aber wenn man hier in Italien dem Führer nicht widersprechen darf, darf man dann trotzdem streiken? Oder wandert man dann sofort ins Gefängnis? Darüber muss ich die ganze Zeit nachdenken.«

»Oh«, sagte ich. Ich hatte gerade an das Fußballspiel am Nachmittag gedacht. Ich hatte ein fantastisches Tor geschossen.

»Es ist nicht richtig«, sagte Julian. »Es ist nicht richtig, dass die Chefs alle Macht besitzen und die Knechte nichts dagegen unternehmen dürfen. Wenn das alles wahr ist, was der Nachbar gesagt hat, finde ich Italien ein lausiges Land. Ich hoffe, wir fahren bald nach Hause.«

»Ich nicht«, sagte ich.

Zwei Tage später reiste Beth ab. Sie vertrage die Hitze nicht, behauptete sie, deshalb wolle sie nach London zurück. David brachte sie zum Bahnhof nach Pisa. Ich habe sie nie wiedergesehen.

Wir blieben noch drei herrliche Wochen in unserem Ferienhaus. Der Nachbar besuchte uns kein zweites Mal und von dem, was sonst im Land geschah, bekamen wir nichts mit. Wir spielten noch ein paarmal mit den Dorfjungen Fußball, aber sahen nie Kinder in Uniform durch die Straßen marschieren. Ich nahm an, der Olivenbauer hatte sich nur eine Geschichte ausgedacht, wie Tante Virginia das auch immer machte. Es musste wundervoll sein, Geschichten zu erfinden, die andere Leute dann auch glaubten.

~

Zurück in England überlegten meine Mutter und Duncan mit Feuereifer, dass sie mit dem, was sie in Italien gesehen hatten, in Berwick die Kirche ausgestalten könnten. Berwick war ein winziges Dorf bei Charleston mit knapp hundert Einwohnern. Die Kirche war klein und schlicht. »Und langweilig«, sagte Duncan. Über den Kirchenbänken hingen dunkle Gemälde von Jesus und Maria, die Wände waren grau und nackt. Das könnte gerne etwas fröhlicher sein, fanden sie.

»Die Leute sollen mit Freude in die Kirche gehen«, sagte meine Mutter.

»Besonders diejenigen, die daran zweifeln, ob Gott existiert«, sagte Duncan.

»Die wollen nicht den Predigten lauschen, die wollen um sich blicken. Aber dann muss auch etwas *zu sehen* sein.«

»Genau«, sagte meine Mutter.

Sie machten mit dem Pfarrer einen Termin aus und fuhren an einem grauen Herbsttag mit den Rädern nach Berwick, um über ihr Vorhaben zu sprechen. Julian und ich waren froh, dass sie weg waren, denn wir wollten Angelica unser Baumhaus zeigen. Uns gefiel der Gedanke, unsere kleine Schwester als eine Art Puppe oder Haustier an unserem Geheimort zu haben. Wir hatten unsere Mutter schon einmal gefragt, ob sie das erlauben würde, aber sie fand es viel zu gefährlich. »Sie ist erst fünf, stell dir nur vor, sie fällt vom Baum.« Aber wenn wir dabei wären, würde Angelica bestimmt nicht vom Baum fallen. Außerdem lag so viel Laub im Garten, dass sie sich wahrscheinlich nicht schlimm verletzen würde, wenn sie herunterfiel.

Wir fanden sie in der Küche, wo sie am Kohlenherd mit ihrem Plüschkaninchen spielte. Grace und das Dienstmädchen waren nirgends zu sehen. Sehr gut. Wir erzählten ihr, was wir vorhatten, aber sie wollte nicht mitkommen. »Hat Mama verboten«, sagte sie.

Ja, das wussten wir auch. »Nein, nein, wir müssen nur vorsichtig sein«, sagte ich.

Angelica schüttelte störrisch den Kopf. »Verboten.«

Ich gab es auf und wollte schon gehen, als Julian sagte: »Wir haben Süßigkeiten in unserem Baumhaus.«

Auf einmal wollte sie doch mit. »Was für Süßigkeiten?«

Julian sagte, dass sie das erst im Baumhaus erfahren würde.

Neugierig lief sie hinter uns her. Puck trippelte ebenfalls mit, entdeckte aber an der Gartenmauer eine Katze und verlor das Interesse an uns. Puck wurde allmählich alt. Seine Schnauze war grau und eine Pfote kam nicht mehr mit den anderen mit.

Angelica blickte zum Baumhaus hinauf. »Das ist aber hoch«, sagte sie.

»Es ist unser geheimer Ort«, sagte ich. »Niemand sonst darf dort rein, nur du.«

»Keine großen Menschen«, sagte Angelica.

»Genau«, sagte Julian. »Komm, ich helfe dir beim Hochklettern.«

»Ja.« Angelica versuchte, ihre Arme um den Stamm zu legen, aber der war viel zu dick. Sie hob einen Fuß, erreichte aber den niedrigsten Ast nicht. Julian hockte sich neben sie und faltete die Hände, damit Angelica den Fuß darauf setzen konnte. Aber damit kamen wir auch nicht weiter. Was wir auch probierten, sie war zu klein, um auf den Baum zu klettern. Was nun?

Ich hatte eine Idee. Wir hatten Puck einmal an einem Seil hinaufgezogen, das könnten wir doch auch mit Angelica tun. Julian klopfte mir auf die Schulter. »Gute Idee.« Er holte das Seil vom Dachboden und band es um Angelicas Taille. Dann kletterte er zum Baumhaus hinauf. Ich sollte Angelica hochheben und Julian würde sie nach oben ziehen, bis sie in unserem Haus wäre.

»Jetzt«, rief er und ich griff ihr unter die Arme. Aber sie war schwerer, als ich dachte. Es kostete mich Mühe, sie vom Boden zu bekommen.

»Hochziehen!«, rief ich.

Julian zog am Seil. Zwei kleine Mädchenfüße baumelten etwa zehn Zentimeter über dem Gras. Angelica schrie auf. »Das tut weh! Ich will nicht, lasst mich runter!«

»Jammer nicht, sonst kriegst du keine Süßigkeiten«, sagte Julian. Wieder zog er kräftig am Seil. Ich umklammerte Angelicas Arme noch fester.

Angelica strampelte und trat gegen meine Knie. »Ich will nicht!« Sie schrie die ganze Gegend zusammen. »Mama! Mama soll kommen!«

»Komm, lassen wir's sein«, sagte ich aus Angst, jemand könnte uns hören. Ich wollte keinen Ärger bekommen.

»Noch kurz durchhalten, alles wird gut!«, rief Julian von oben und zog noch einmal am Seil.

»Nein! Aua! Autsch!«

»Hör auf mich zu treten!«

»Um Himmels willen, was ist denn hier los?« Völlig unerwartet stand Grace vor uns und stemmte grimmig die Arme in die Hüfte. Ich hatte sie nicht kommen hören.

Julian ließ das Seil los, Angelica fiel zu Boden. Erschrocken machte ich einen Schritt nach hinten. Grace hob Angelica hoch und drückte sie tröstend an sich.

»Ich will nicht, ich will nicht«, schluchzte Angelica.

»Beruhige dich, Mädchen«, sagte Grace. »Weine nicht, es ist vorbei.«

Julian kletterte vom Baum und versuchte sich hinter mir zu verstecken. Betreten blickte ich die Köchin an.

Grace brummte. »Eure Mutter hat recht. Ihr seid keine Master, sondern Lausejungen. So etwas dürft ihr nie wieder tun.«

»Du verrätst uns doch nicht, oder Gracie?«, flehte Julian. Wenn er etwas von ihr wollte, nannte er sie immer *Gracie.*

»Das Problem ist gelöst, warum sollte ich also etwas zu deiner Mutter sagen?« Sie nahm Angelica bei der Hand und verschwand mit ihr im Haus.

Mein Bruder und ich standen bei Grace in der Kreide. Falls sie je in Schwierigkeiten kommen sollte, würden Julian und ich sie retten. Das versprachen wir einander. Wir kletterten in unser Baumhaus und aßen die ganzen Süßigkeiten auf, zufrieden mit diesem tollen Nachmittag.

Es war schon dunkel, als meine Mutter und Duncan nach Hause kamen. Sie sahen nicht besonders fröhlich aus. Kurze Zeit fürchtete ich, dass sie doch gehört hatten, was Julian und ich ausgefressen hatten, aber ihre düsteren Mienen kamen von dem Gespräch mit dem Pfarrer. Sie durften die Kirche nicht verschönern.

»Ihre Gemälde sind so vollkommen anders als alles, woran wir gewöhnt sind«, hatte der Pfarrer gesagt. »Ich persönlich mag sie, aber die Dorfbewohner werden sie nicht verstehen. Die wollen Jesus und Maria an den Kirchenwänden.«

»Wir sind bereit, Jesus und Maria zu malen«, hatte Duncan gesagt.

»Einen fröhlichen Jesus und eine fröhliche Maria«, hatte meine Mutter ergänzt, »damit die Leute die Kirche nach dem Gottesdienst vergnügt verlassen.«

»Es tut mir leid.« Und damit hatte der Pfarrer das Gespräch beendet.

Meine Mutter setzte sich an den Tisch. Grace brachte Wein. Duncan legte meiner Mutter den Arm um die Schultern. »Sie gewöhnen sich schon an uns«, sagte er. »Unsere Stunde kommt noch.«

Angelica hat nie verraten, was am Nachmittag passiert war. Wir hatten sie mit dem Versprechen bestochen, dass wir ihr eine Woche lang jeden Abend vorlesen würden.

1930

»Die Menschen sind unzufrieden«, sagte mein Vater. Er war zu Besuch, diesmal ohne Freundin. »Die schönen Jahre sind vorbei. Es grummelt in der Welt.«

»Sie sind nicht unzufrieden, sie haben Angst vor der Zukunft«, sagte Lytton. Er wollte noch etwas sagen, griff sich aber an den Bauch und rang nach Worten. »Entschuldigt, ich habe Bauchkrämpfe«, ächzte er.

»Die hast du in letzter Zeit häufiger«, sagte Carrington. »Geh zum Arzt.«

Lytton nahm einen Schluck Wasser. »Nicht nötig, ich fühle mich gut.« Der aufblasbare Gummireifen, auf dem er saß, quietschte.

»Du bist blass«, sagte meine Mutter.

»Ich sitze zu viel drinnen«, sagte Lytton, »aber ich muss fertig werden.« Er arbeitete immer noch an seinem Buch. »Es wird ein Meisterwerk oder ein totaler Reinfall.«

»Ein Meisterwerk«, sagte mein Vater.

»Ohne Zweifel«, fügte Duncan hinzu.

Lyttons Wangen bekamen wieder etwas Farbe. »Meint ihr wirklich?« Es klang selbstgefällig.

»Natürlich«, sagte Carrington. »Ich sage ständig vergeblich zu ihm, dass er sich öfter zu mir in den Garten setzen soll.«

»Wenn ich im Garten sitze, möchtest du, dass ich die Eier einsammle. Aber du weißt doch, ich finde Hühner unheimlich.«

Carrington küsste ihn auf die Wange. »Wenn dein Buch fertig ist, werde ich dich zwingen, mit mir im Garten zu sitzen. Und du brauchst bestimmt keine Eier einzusammeln.«

Grace brachte Tee und Sandwiches. Meine Mutter betrachtete sie. »Deine Haare sehen komisch aus«, sagte sie streng. »Du hast Locken. Warum?«

»Man nennt es *Wasserwelle*«, sagte Grace. »Das ist die neueste Mode. In London haben alle Frauen eine Wasserwelle.«

Meine Mutter seufzte. »Wir waren schon lange nicht mehr in London. Ich bin überhaupt nicht mehr auf der Höhe der Zeit.«

»Das warst du doch noch nie«, sagte Duncan und zog seine verschlissene Hose hoch.

»Da hast du recht«, gab meine Mutter zu. »Deshalb fühle ich mich auch so wohl mit dir.«

Mein Vater schnaubte. »Und was ist mit mir?«

»Mit euch«, sagte meine Mutter. »Ich habe mit euch beiden Glück.«

Die beiden Männer nickten. »Wir haben alle Glück.«

Ich war erstaunt über das, was ich hörte. Bei uns zu Hause wurde nie darüber gesprochen, dass wir froh miteinander waren. Wir waren es einfach und jeder wusste es auch, aber wir sagten es nicht. Das schien uns überflüssig.

Also wieso gerade jetzt? War es wegen des *Börsenkrachs* in Amerika und den Folgen, die er für unser Land hatte? Die Zeitungen waren voll davon und mein Vater brachte immer die neuesten Nachrichten aus London mit. Zweifellos würde er dies besser erklären können als ich. Ökonomie hat mich nie interessiert, bis heute nicht, aber es war ungefähr so: Viele amerikanische Firmen hatten Aktien, die man an der New Yorker Börse kaufen konnte. Wer eine Aktie kaufte, wurde Miteigentümer eines solchen Unternehmens. Wurden Gewinne erzielt, bekam der Aktionär einen Teil davon ab. Je mehr Aktien man besaß, umso mehr Geld konnte man verdienen. Und je größer der Gewinn war, den so eine Aktie einbrachte, desto wertvoller wurde die Aktie.

Lange Zeit ging es diesen Unternehmen gut. Die Wirtschaft blühte, Fabriken und Läden machten gute Geschäfte. Unzählige Amerikaner haben Aktien gekauft, denn das war die einfachste Art, Geld zu verdienen, und wer nicht gleich zahlen konnte oder wollte, konnte bei den Banken problemlos Geld leihen.

Ende der Zwanzigerjahre ging es der amerikanischen Wirtschaft plötzlich schlechter. Es wurden nicht mehr so viele Produkte verkauft, es wurde weniger Geld verdient. Niemand störte sich daran, die Aktien waren begehrter denn je, ihre Preise stiegen weiter.

Bis es schiefging. Im Oktober 1929 war es, als hätten alle zur gleichen Zeit bemerkt, dass die Aktien viel zu teuer geworden waren und es besser war, sie sofort zu verkaufen, weil man jetzt noch daran verdienen konnte. Aktien wurden plötzlich massenhaft zum Verkauf angeboten, aber es fanden sich kaum Abnehmer, denn keiner vertraute der ganzen Sache noch. Binnen kürzester Zeit waren die Aktien wertlos geworden. Das war der *Börsenkrach*, der Bankrott der Börse. Es wurden riesige Verluste gemacht, Darlehen konnten nicht zurückgezahlt werden. Die Banken, die die Kredite verliehen hatten, kamen in Geldnot und gingen bankrott. Auch

Menschen, die niemals Aktien gekauft hatten, sondern einfach ihre Ersparnisse auf der Bank deponiert hatten, verloren dadurch ihr Geld – denn die Banken hatten es an andere verliehen und nun war es in Rauch aufgegangen.

Amerika war plötzlich bettelarm, und weil das bis vor Kurzem noch so reiche Land viele Produkte aus England und anderen europäischen Ländern importierte, waren die Folgen des Börsenkrachs in New York schon bald bei den englischen Fabriken zu spüren. Der große Kunde war weg, die Produkte blieben unverkauft. Tausende Arbeiter wurden entlassen.

Hinzu kam, dass Amerika während des Weltkriegs unserem Land Geld geliehen hatte, damit wir Waffen kaufen konnten. Viel Geld. Und nun wollte Amerika dieses Geld unverzüglich zurückhaben. Die englische Staatskasse war daraufhin leer. Unternehmen und arbeitslose Menschen konnten nicht mehr unterstützt werden.

Die Erwachsenen in unserem Haus sprachen auffällig oft darüber und sogar Colonel Kipling äußerte uns gegenüber seine Meinung, als er unsere Post brachte. »Was für eine Lage in Amerika. Nur gut, dass die Leute weiterhin Briefe schreiben.«

Wie auch immer, an diesem Morgen im Esszimmer fand ich es sonderbar, dass meine Eltern, die immer wussten, was sie wollten, mit einem Mal unsicher wurden, umso mehr, weil unsere Zukunft, die Zukunft der Bewohner von Charleston, gerade sehr gut aussah. Die Gemälde verkauften sich immer besser. Lady Ottoline hatte recht gehabt: Die Ausstellung in London war nur der Anfang gewesen. Leute, die wir nicht kannten, sahen die Werke von meiner Mutter und Duncan bei denen, die sich Gemälde gekauft und aufgehängt hatten, und wollten dann auch eins. Offenbar hatten sie keine Angst vor der Zukunft, aber sie arbeiteten auch nicht in den Fabriken, die ihre Produkte nach Amerika verkauften.

David holte die Krüge und Schalen, die er in Italien gekauft hatte, aus dem Schuppen und beauftragte meine Mutter und Duncan damit, sie zu bemalen. Den Schuppen baute er zu einem kleinen Laden um, in dem er die verzierten Tonarbeiten verkaufen wollte.

»Krüge sind keine Gemälde«, sagte meine Mutter.

»Wen kümmert's?«, sagte David. »Solange sie von dir oder Duncan bemalt sind. Eure Arbeiten sind in Mode.«

Er schrieb Lady Ottoline einen Brief, in dem er ihr von seinem Laden erzählte. »Ein Brief an sie genügt, schon weiß ganz London Bescheid«, sagte er. »Damit kann es keine Zeitungsannonce aufnehmen.«

Er behielt recht. Gleich nach der Eröffnung fand ›ganz London‹ den Weg zu seinem Laden und innerhalb weniger Wochen war alles verkauft. David fuhr mit dem Auto zu allen Töpfern in den entlegensten Winkeln von Sussex und Kent, um Nachschub zu holen.

»Er ist meine große Liebe«, sagte Duncan, wenn David wieder einmal winkend in die Auffahrt einfuhr. »Auf so jemanden wie ihn habe ich lange gewartet.«

»Wir haben für die Liebe kaum noch Zeit«, sagte meine Mutter. »Wir arbeiten Tag und Nacht, es ist nicht mehr wie früher.«

Sie übertrieb, aber es stimmte zum Teil auch. Das Leben in Charleston hatte sich verändert. Fast jeden Tag liefen Fremde über unser Grundstück, Menschen, die sich für einen Krug oder ein Gemälde interessierten. Und obwohl David den Laden führte, fanden es die Kunden irrsinnig interessant, den immer berühmter werdenden Malern persönlich zu begegnen.

»Solange ich keinen Tee mit ihnen trinken muss«, sagte meine Mutter, die sich am liebsten in ihrem Atelier einschloss, wenn Bewunderer hier waren.

Duncan hingegen fand die ganze Aufmerksamkeit einfach nur fantastisch. Er nahm sich alle Zeit für seine Bewunderer und war David zufolge dazu in der Lage, ein Gemälde zu einem viel zu niedrigen Preis zu verkaufen, wenn er jemanden sympathisch fand.

»Ich muss nicht reich werden«, verteidigte sich Duncan.

»Überlass das Geschäftliche einfach mir«, sagte David.

Das Baumhaus wurde von Efeu überwuchert. Weil Julian so oft von zu Hause weg war, interessierte es mich nicht mehr. Ich unternahm mit meiner Schwester Streifzüge durch die Umgebung. Angelica war nun sechs und kein kleines Kind mehr, sondern ein Mädchen.

Wir bauten ein Floß und erlitten auf dem Teich Schiffbruch. Wir pflückten wilde Hagebutten, aus denen Grace Marmelade kochen musste. »Als hätte ich nicht schon genug zu tun«, klagte sie, aber wir wussten, dass sie es nicht so meinte.

Wir warteten abends in der Dunkelheit auf Gespenster, die nicht kamen, und spielten Vater, Mutter, Kind. Letzteres gefiel mir erst mal gar nicht, aber als Angelica vorschlug, dass Pigling die Meine unser Kind sein sollte, fand ich es ein wunderbares Spiel.

Pigling die Meine war eine dicke, ausgewachsene Sau, die diesen Frühling Gesellschaft von Pigling dem Sechsten bekommen hatte. Sie sah zufrieden aus, wenn sie mich mit ihren schwarzen Augen anblickte.

»Reif für die Schlachtbank«, sagte der Bauer, der am Zaun lehnte und zusah, wie Angelica und ich unser Kind in eine Matschpfütze trieben.

»Nie im Leben!«, sagte ich wütend. »Sie ist *mein* Pigling.«

Ich stellte mich vor das Tier und stemmte meine Hände angriffslustig in die Hüfte.

Der Bauer lachte. »Mach dir keine Sorgen, ich will dich nur ärgern.«

Pigling durfte nicht sterben. Puck auch nicht, aber er starb trotzdem. An Altersschwäche. Angelica war untröstlich. Das Tier hatte jede Nacht am Fußende ihres Betts geschlafen.

Meine Mutter versprach ihr einen neuen Hund.

Es waren solche kleinen und größeren Veränderungen, die uns in Charleston in Beschlag nahmen. Ich war glücklich und dachte keine Sekunde mehr an ›Leute, die Angst vor der Zukunft haben‹.

Grace' Haushaltshilfen blieben meistens nur kurz bei uns, bevor sie entlassen wurden und für immer aus unserem Leben verschwanden. Sie kamen und gingen, so wie früher Duncans Freunde und auch stets die Freundinnen meines Vaters. Meine Mutter fand alles gut und überließ es Grace, eine neue Hilfe zu finden. Es kam regelmäßig vor, dass ich morgens in der Küche ein Mädchen antraf, das ich nic zuvor gesehen hatte. Und jedes Mal erklärte ich so einem neuen Dienstmädchen in strengem Ton aufs Neue, dass sie alle, wirklich alle Schalen für Pigling die Meine aufheben musste.

Die größte Veränderung im Haus aber kam durch meinen Vater.

Er beschloss, dass eine Telefonverbindung ins Haus kommen sollte, damit die Käufer uns finden konnten.

»Kommt gar nicht infrage«, sagte meine Mutter. »Du weißt, dass ich nichts davon halte.«

Sie war mit ihrem Widerstand allein.

»Ich muss Clive zustimmen«, sagte Duncan. »Ein Telefon ist wirklich praktisch. Ich will mit David sprechen können, wenn er nicht da ist.«

»Und für meine Arbeit ist es auch nützlich«, sagte mein Vater. »Dann kann ich gleichzeitig hier und in London sein.«

»Macht, was ihr wollt«, sagte meine Mutter. »Ich will nichts damit zu tun haben.« Mit ihren Gemälden war sie ihrer Zeit voraus, wenn es aber um moderne Apparate ging, hinkte sie Jahre hinterher. Wegen ihr hatten wir immer noch keinen Strom in Charleston. »Was ist falsch an Kerzenlicht?«, sagte sie immer, wenn das Thema zur Sprache kam.

Nur mit einer Toilette war sie sofort einverstanden gewesen, vor allem deshalb, weil sie es nicht mochte, im Winter immer zum Verschlag im Garten gehen zu müssen. »Lass uns doch auch gleich ein richtiges Bad einbauen. Die Zinkwanne ist undicht.«

»Eine Badewanne, die wir anmalen können«, sagte Duncan begierig.

»Selbstverständlich werden wir die Badewanne bemalen.«

Als ein paar Tage später die Handwerker die Telefonleitung legten, hatte meine Mutter so schlechte Laune, dass David mich bei der Hand nahm und flüsterte: »Komm, wir verdrücken uns.«

»Und was machen wir?«, fragte ich.

»Wir gehen angeln. Sie liebt doch Forellen. Wenn wir mit einem Eimer voller Forellen nach Hause kommen, hat die arme Frau die Sache mit dem Telefon vergessen.«

Es kam nicht oft vor, dass meine Mutter ›die arme Frau‹ genannt wurde. Ich fand es nett von David, dass er sie trösten wollte. Obwohl sie eigentlich nur schlechte Laune hatte, weil es ihr dieses Mal nicht gelungen war, ihren Willen durchzusetzen.

Wir nahmen die Fahrräder und fuhren durch die Felder zu einem rauschenden Bach, der laut David voller Fische war. Es war September. Die meisten Äcker waren abgeerntet, nur der Mais stand noch. Ich beobachtete einen Fuchs, der in einer Hecke verschwand.

An einer Bachbiegung, an der Steine glänzend aus dem Wasser ragten, stieg David ab. »Die Stelle ist perfekt, ich spüre, dass wir hier einen großen Fang machen werden.«

Ein Stück weiter angelte ein alter Mann. Er nickte uns zu und lüftete die Kappe. Wir winkten. David half mir, einen Wurm an meinen Haken zu stecken, dann warfen wir die Angeln aus.

Wir warteten und schwiegen. Die Leinen lagen schlaff auf dem Wasser. Der Mann mit der Kappe hatte etwas am Haken und zog eine Forelle aus dem Bach.

Wir warteten. Eine Bachstelze ließ sich auf einem nassen Stein nieder und putzte ihr Gefieder. Der alte Mann fing wieder einen Fisch.

Wir warteten. Eine Wolke schob sich vor die Sonne. In dem plötzlich dunklen Wasser sah ich einen Forellenschwarm. Aber kein einziger Fisch interessierte sich für unsere Würmer. Der Mann mit der Kappe hatte schon wieder einen Fisch am Haken.

David warf die Angel hin. »Wie kann das sein?« Wütend lief er zu dem Angler hinüber. Ich rannte hinterher. »Wie kriegen Sie das hin? Wir fangen nichts und Sie …«

»Mit Speck«, sagte der Mann. »Forellen mögen keine Würmer. Sie wollen Speck. Sie sind verrückt danach.«

»Speck?«

Der Mann grinste. »Tja, Jungs, ihr mögt zwar auf dem Land wohnen, aber viel Ahnung habt ihr anscheinend nicht.« Seine Leine verschwand im Wasser. »Hier«, sagte er und schob uns ein Päckchen Speck zu. »Für euch. Viel Erfolg und grüßt mir Grace. Wie sie die Forellen mit Mandeln zubereitet … Ihr seid Glückspilze!«

Wir gingen zu unseren Angeln zurück.

Zwei Stunden später lieferten wir unseren Fang bei Grace ab: sechs schöne Forellen. Ich erzählte ihr von unserer Begegnung mit dem alten Mann.

»Das ist bestimmt Dick gewesen«, sagte Grace, »der beste Fischer der Gegend.«

»Du kennst den Mann?«, fragte David.

»Er ist mein Schwager.«

Mehr als fünf Jahre wohnten wir hier schon, aber es gab viel, sehr viel, das wir von den Menschen außerhalb von Charleston nicht wussten.

~

Das Telefon klingelte.

»Telefon«, rief mein Vater, der gerade Kaminholz hereinbrachte.

Meine Mutter saß am Tisch und schrieb die Einkaufsliste für das Dienstmädchen. »Das höre ich«, sagte sie. Sie machte keinerlei Anstalten aufzustehen.

Wieder klingelte das Telefon. Mein Vater brummte, ließ wütend das Holz fallen und nahm den Hörer ab. Er nannte seinen Namen und lauschte. »Es ist für dich«, sagte er.

»Ich bin nicht da«, sagte meine Mutter.

»Es ist Virginia.«

»Ich bin nicht da.«

»Es ist Virginia, deine Schwester.«

»Ich bin nicht da.«

»Sie sagt, sie sei nicht da«, sagte mein Vater zu Virginia und musste über das, was Virginia antwortete, lachen. Dann legte er auf.

»Und?«, fragte meine Mutter. »Was wollte sie?«

»Sie schreibt dir einen Brief«, sagte mein Vater.

Meine Mutter war zufrieden über ihren Triumph.

Virginias Brief wurde am nächsten Morgen von Colonel Kipling zugestellt und handelte von einem Theaterstück, das sie für uns geschrieben hatte.

»Näht Kostüme und macht Bühnenbilder«, schrieb sie. »Leonard und ich kommen Samstagabend. Dann wird gespielt.« Das Theaterstück selbst steckte auch in dem Umschlag und auf einem Blatt Papier stand die Rollenverteilung, die Virginia sich ausgedacht hatte:

Kaiser von Burgund: Virginia
Frau des Kaisers: Duncan
Thron des Kaisers: Lytton
Hund des Kaisers: Leonard
Sklave: Vanessa
Sklave: Julian
Sklave: Quentin
Mitglied des Rats: Clive
Unredlicher Untertan: David
Goldiges Töchterchen des Kaisers: Angelica

Lytton, den Virginia auch angerufen hatte und der zur gleichen Zeit wie der Brief bei uns eintraf, klatschte vor Vergnügen in die Hände, als meine Mutter das vorlas. »Ich wollte schon immer mal ein Thron sein«, sagte er. »Was für ein wunderbares Theaterstück!«

Wenn wir Theater spielten, war Lytton gerne ein Möbelstück und keine Person. Seine Lieblingsrolle war ›ein Bücherregal voller Meisterwerke‹. Natürlich ein sprechendes Bücherregal, das bei allem und jedem dazwischenfunkte.

Lytton wollte noch etwas sagen, doch er griff sich an den Mund und rannte hinaus. Ich hörte, wie er sich übergab.

Als er wieder hereinkam, blickte meine Mutter ihn über den Rand ihrer Lesebrille besorgt an. »Musst du nicht nach Hause und ins Bett? Du bist krank. Carrington hat recht. Geh zu einem Arzt.«

»Unsinn«, sagte er, »ich habe gestern Abend Austern gegessen, die vertrage ich nicht besonders. Lass mich das hinreißende Stück lesen.« Er schob einen Stuhl zum Kamin und zog sich eine Decke über die Beine.

»Warum müssen wir Sklaven sein?«, fragte ich. »Julian will bestimmt auch kein Sklave sein.« Julian war nicht da, deshalb meinte ich, für uns beide sprechen zu müssen. »Wir wollen lieber die Hunde des Kaisers sein.«

»Beklag dich nicht«, sagte meine Mutter. »Ich bin auch ein Sklave. Es wird ein einzigartiger Abend.«

Ich nörgelte nicht weiter, sie hatte ja recht. Die Theaterabende waren immer ein Fest und es war ganz egal, welche Rolle man spielte.

Lytton kicherte über irgendetwas, das er las.

»Sie spielt natürlich wieder die Hauptrolle«, sagte David amüsiert.

»Natürlich tut sie das«, sagte Lytton. »Ein Schriftsteller spielt in seinen eigenen Geschichten immer die Hauptrolle.«

Ich dachte darüber nach, was Lytton gerade gesagt hatte, verstand aber nicht, was er damit meinte. Mir erschien es gerade schön, über andere zu schreiben, wie bei diesem Buch. Über mich zu schreiben, langweilt mich schnell. Zu erzählen, wie wir Lady Ottoline kennengelernt haben, gefällt mir besser. Über mich weiß ich doch alles, über andere nicht. Also kann ich über andere ab und zu auch etwas schreiben, was ich nicht sicher weiß, von dem ich aber vermute, dass es die Wahrheit sein könnte. Das ist doch viel spannender.

»Wo ist Carrington?«, fragte ich. »Sie soll auch mitspielen.« Wenn Carrington Sklave war, könnten wir Hunde sein.

»Sie ist bei ihrem Verlobten«, sagte Lytton.

»Bei ihrem Verlobten? Das bist doch du.»

»Nein, nein. Er heißt Ralph. Ein richtiger Schatz. Von mir aus kann er bei uns wohnen.«

Weil kein Erwachsener über diese Antwort erstaunt zu sein schien, fragte ich nicht weiter. Aber manchmal war ich doch verblüfft über die Erwachsenen, bei denen ich aufwuchs. Was sollte Carrington mit einem fremden Verlobten, wenn sie doch in Lytton verliebt war?

Duncan schneiderte Kostüme aus alten Kleidern, meine Mutter malte das Bühnenbild auf einen Wandschirm, Grace wurde damit beauftragt, für ein Mahl nach der Vorstellung zu sorgen und David holte Virginia und Leonard mit seinem Auto ab.

Staffeleien wurden beiseitegeschoben, das Atelier wurde unser Theater.

Da es für jeden eine Rolle in dem Stück gab, saß niemand im Saal, aber das kümmerte uns nicht. Wir spielten nicht für ein Publikum, sondern zu unserem eigenen Vergnügen.

Es war eine Geschichte voller Arglist, Betrug und Mordanschlägen, aus der der Kaiser von Burgund am Ende als Sieger hervorging. Eine Heldenrolle hatte der Hund, der den unredlichen Untertan entdeckte, welcher sich mit einem

Gifttrank hinter dem Thron versteckt hatte. Ehrlich gesagt, half der Thron dem Hund dabei, denn er rief »Er ist hinter mir!« und kicherte.

Wir spielten unsere Rollen so, als würden uns im Saal tausend Leute zuschauen, und applaudierten uns am Ende jeder Szene selbst.

»Beugt euch oder sterbt, ihr Sklaven!«, brüllte Virginia. Meine Mutter, Julian und ich krochen über den Boden und streichelten demütig ihre Beine.

Der unredliche Untertan wurde abgeführt, die Sklaven eingesperrt und der Kaiser von Burgund sagte, dass er bald abdanken würde, um Platz für sein goldiges Töchterchen zu machen. Vorhang. Applaus von uns, für uns.

Kostümiert und noch voll in unseren Rollen gingen wir ins Esszimmer, wo Grace den Tisch gedeckt hatte.

»Ich esse nicht mit, ich muss Tom Eliot vom Bahnhof in Lewes abholen«, sagte Leonard. Tom Eliot war ein Dichter. Seine Bücher erschienen in Leonards Verlag. »Er bleibt über Nacht.«

»Wir kommen mit«, sagte Duncan. »Wir essen später, wenn alle wieder da sind.«

»Kommt, wir holen ihn verkleidet ab«, sagte Virginia.

»Ja, wir fahren verkleidet!«, riefen alle. »Wir nehmen Davids Auto.«

»Findest du es sehr schlimm, wenn wir erst später essen, liebe Grace?«, fragte meine Mutter. Grace fand es nicht schlimm.

Für Grace war selten etwas schlimm, wenn meine Mutter sie darum bat. Sie zog sich die Jacke an, um Walter Bescheid zu sagen, dass es spät werden würde.

Das Auto war für uns alle natürlich zu klein und wenn ich an den Abend zurückdenke, weiß ich wirklich nicht, wie wir es geschafft haben, für jeden einen Platz zu finden. Ich erinnere mich aber noch daran, dass es mir unterwegs Mühe bereitet hat zu atmen, weil mir irgendein Ellenbogen in den Bauch stach, eine harte Schulter gegen meinen Hinterkopf drückte und Julians Kopf so nah war, dass ich die Pickel auf seinem Kinn zählen konnte.

Laut singend fuhren wir durch die dunklen Hügel. Auf halbem Weg hielt David am Straßenrand an, weil der Hund des Kaisers pinkeln musste.

Außer einem Bauernkarren mit klappernden Milchkannen begegneten wir keinem anderen Fahrzeug und auch im Dorf war es still auf den Straßen. Die Bewohner in dieser Gegend gingen früh zu Bett.

David parkte. Wir kämpften uns aus dem Auto und liefen zum Bahnhofsgebäude. Plötzlich hatten wir doch Publikum. Auf dem Bahnsteig standen wartetende Reisende, die verwundert von ihren Zeitungen oder Koffern aufblickten, als wir auftauchten. Sie glotzten uns an und betrachteten unsere Kostüme, als hätten sie so etwas nie zuvor gesehen.

»Gafft nicht so, ihr Wichte!«, rief der Kaiser. Er klopfte mit seinem Stab auf den Boden. »Sklaven, beschützt uns vor dem Volk.«

»Wir sterben lieber, als dass Euch etwas zustößt, oh, unser Herrscher«, sagte Sklave Vanessa laut.

Es wurde gekichert. Jemand tippte sich an die Stirn. »Das sind diese Leute von Charleston«, sagte ein Frau und beugte sich wieder über ihre Zeitschrift.

Aus der Dunkelheit drang das Pfeifen einer Dampflok. Der Zug fuhr ein.

»Wo ist unser Thron?«, sagte der Kaiser. »Wir empfangen Dichter nie stehend.«

Der Thron machte eine einladende Armbewegung. Der Kaiser setzte sich auf seinen Schoß, der Hund rollte sich an seinen Füßen zusammen.

Ich sah ein Blitzlicht. Ein Fotograf betrachtete zufrieden seine Kamera.

Der Hund stand auf. »Er ist von der Zeitung«, sagte Leonard. »Ich hatte ihn gebeten herzukommen, um Tom Eliot zu fotografieren, aber ich weiß nicht, ob er jetzt noch Lust dazu hat. Hier läuft bestimmt auch ein Reporter herum. Das wird eine schöne Story geben.«

»Wer über uns schreibt, muss auf seine Worte achten«, sagte der Kaiser von Burgund. »Denn sonst …«

»Kopf ab«, sagte die Frau des Kaisers.

»Schweig, Frau!«

Der Thron ächzte.

Leonard winkte jemandem zu, der aus dem Zug stieg. »Tom!«

»Leonard!« Ein kleiner, magerer Mann mit glattem, schwarzem Haar und einer braunen Reisetasche kam auf uns zu. »So ein Empfangskomitee habe ich nicht erwartet«, sagte er amüsiert.

Der Kaiser hob den Stab. »Wer ist er? Er sieht aus wie ein Dichter.«

Mr Eliot verbeugte sich. »Zu Euren Diensten, Tom Eliot«, sagte er.

»Er ist ein Dichter! Er darf unser Hofpoet werden. Küsse er uns die Hand, Dichter.«

Leonards Besucher kniete sich hin und tat, wie ihm befohlen.

»Bring uns nach Hause, unredlicher Untertan«, befahl der Kaiser.

Und mit Getöse verließ der Hofstaat den Bahnhof. Selbst für Mr Eliot fand sich noch Platz im Auto, auch wenn einige von uns nun auf der Rückbank stehen mussten. Im Schritttempo, um keinen Passagier zu verlieren, fuhr David nach Hause und wir sangen noch lauter als auf dem Hinweg.

Bevor ich ins Bett ging, fragte ich meine Mutter: »Mama, bist du in Duncan verliebt?« Es war eine Frage, die mich schon seit Stunden beschäftigte.

»Wieso möchtest du das wissen?«

»Carrington ist in Lytton verliebt«, sagte ich, »und sie wohnen im selben Haus. Aber nun hat Carrington einen anderen Verlobten.«

»Ralph«, sagte meine Mutter.

»Ja.«

»Tja, und ich wohne mit Duncan in einem Haus, bin aber mit Papa verheiratet.«

»Ja.«

»Quentin, ich liebe Duncan und ich liebe deinen Vater, aber ich bin in niemanden verliebt.«

»Oh«, sagte ich, »was für ein Glück!«

»Wieso?«

»Duncan verliebt sich nur in Jungen, genau wie Lytton. Wenn du in Duncan verliebt wärst, dann wärst du vielleicht traurig.«

»Ich bin nicht traurig.«

»Nein. Und Carrington? Hat sie diesen Verlobten, weil Lytton sie nicht heiraten will?«

»Das musst du sie selbst fragen«, sagte meine Mutter.

Am nächsten Tag stand in der Zeitung:

›KAISER VON BURGUND‹ HOLT
DICHTER VOM BAHNHOF AB

Die Leute rümpften die Nase. Von ›diesen Leuten aus *Charleston*‹ hatte man so etwas natürlich erwarten können.

Ich nahm mir vor, Onkel Leonard zu fragen, ob ich etwas von Mr Eliot lesen dürfte. Er hatte am Abend zuvor aus seinem Werk vorgelesen und alle haben ihm still und bewundernd zugehört. Meine Neugierde auf Onkel Leonards und Tante Virginias Welt wurde immer größer.

1931

Onkel Leonard saß in einem Baum.

»Wieso sitzt du im Baum?«, fragte ich. Den Apfelkuchen, mit dem Grace mich nach *Monk's House* geschickt hatte, stellte ich ins Gras.

Leonard deutete nach oben. Ein paar Zweige höher saß Cäsar. »Er weigert sich herunterzukommen. Ich bin heute Morgen in London gewesen und habe vergessen, ihn zu streicheln, bevor ich los bin. Jetzt ist er wütend. Bitte! Es tut mir leid.« Lockend hielt er ihm eine Birne hin, aber der Affe rührte sich nicht.

»Na los«, sagte Leonard. »Du liebst doch Birnen.«

Cäsar drehte ihm den Hintern zu. Ich kicherte.

»So wird das nichts, ich sitze hier schon eine Viertelstunde.« Onkel Leonard sprang vom Ast. »Wir brauchen Hilfe. Virginia!« Er rannte ins Haus.

Tante Virginia war in ihrem Zimmer und schrieb. Sie zu stören, war höllisch gefährlich.

»Geht weg«, brummte sie, als wir in ihr Zimmer kamen.

»Dies ist ein Notfall«, sagte Leonard. »Komm mit.«

»Ist es wieder so weit? Na gut, aber nur kurz.« Virginia stand auf und kam schweigend hinter uns her.

Sie stellten sich unter den Baum. Leonard umarmte Virginia. Mir wurde mit einem Mal bewusst, dass ich nie zuvor gesehen hatte, dass sich mein Onkel und meine Tante berührten. Virginia sah aus, als würde sie erwürgt werden.

Cäsar, der von dem hohen Ast herunterstarrte, brüllte vor Eifersucht, sauste hinunter und schlang seine Ärmchen um Leonards Kopf. Mir, du gehörst mir! Mein Onkel packte ihn am Nackenfell und drückte ihn sich liebkosend an die Brust.

»Darf ich jetzt wieder an die Arbeit?«, fragte Virginia und würdigte den Affen keines Blickes.

»Entschuldige die Störung«, sagte Leonard.

Virginia ging in ihr Zimmer zurück, ich lief ihr hinterher.

»Na, komm kurz rein.« Sie zündete sich eine Zigarette an.

Das Arbeitszimmer lag auf der rechten Seite des Hauses und hatte einen eigenen Eingang. Es war ein kleiner Raum mit Kamin, Bett, Schreibtisch und übervollen Bücheregalen. Außer den Büchern und dem Schreibtisch war auch hier alles grün, sogar die Tagesdecke, die über dem Bett lag. Dies war die Welt, in der Virginia sich ihre Geschichten ausdachte.

Auf dem Schreibtisch lagen dicht beschriebene Blätter Papier mit Streichungen und Anmerkungen am Seitenrand. Genauso hatte ich mir die Arbeit eines Schriftstellers vorgestellt, wenn er mit einem Buch beschäftigt war.

»Worüber schreibst du?«, fragte ich.

»Über Menschen und darüber, was diese Menschen denken und fühlen.«

Ich ging zum Schreibtisch und las ein paar Seiten. Virginia blickte missbilligend zu mir herüber, als wäre ich einen Schritt zu weit gegangen. Aber sie sagte nichts.

»Da steht nicht, was sie denken und fühlen«, sagte ich. »Da steht, dass es regnete und dass Carol, die im Park spazieren geht, nicht merkt, wie nass sie wird.«

»Genau«, sagte Virginia, »und dadurch begreift man, dass sie über etwas nachdenkt, sonst würde der Regen sie bestimmt stören. So ist es für den Leser interessanter.«

Ich fand das eine großartige Bemerkung und ich beschloss, dass Virginia die beste Schriftstellerin der Welt war.

»Ich will auch Schriftsteller werden«, gab ich zu.

Virginia blies Rauch aus. »Das weiß ich, denn ich habe dich beobachtet. Es erscheint mir vernünftig, wenn du ab und zu vorbeikommst und dir einen Rat abholst.«

Begeistert sah ich sie an. »Oh ja.«

»Aber nur, wenn du deine Mutter und die anderen zu Hause lässt«, sagte sie. »Die mischen sich überall ein, aber eine Erzählung ist kein Gemälde. Sie haben keine Ahnung, wie eine Geschichte sein muss, auch wenn sie denken, sie wüssten es.«

Als sie das sagte, sah sie plötzlich wieder wie der Kaiser von Burgund aus.

Ich brauchte keine weitere Ermutigung. Ab diesem Moment war ich Tante Virginias Schüler. Ganze Nachmittage verbrachte ich bei ihr und fragte ihr Löcher in den Bauch.

»Mach eine Hauszeitung«, sagte sie, als ich sie danach fragte, wie ein Schriftsteller dahinterkommen könnte, ob seine Arbeit etwas taugte. »Schreib auf, was in Charleston oder meinetwegen auch im Rest der Welt passiert. Lass die Zeitung jeden im Haus lesen und frage sie danach, was sie davon halten. Höre gut zu, was sie zu sagen haben. Wenn sie etwas anderes verstanden haben, als du gemeint hast, taugt die Geschichte nicht. Geh dann noch einmal drüber und noch einmal, so lange, bis du den Leser dort hast, wo du ihn haben willst. So lernst du schreiben. Und lies! Lies alles, was du in die Finger kriegst. Ein Schriftsteller muss lesen und andere Schriftsteller studieren.«

Also las ich. Ich plünderte zu Hause die Bücherregale und las. Die Theaterstücke von William Shakespeare, auch wenn ich nicht mal die Hälfte verstand. *Gullivers Reisen, Ivanhoe, Moby Dick, Tom Sawyer*. Aber ich mochte vor allem die Romane von Charles Dickens. Wenn ich sie las, sah ich die Straßen vor mir, die Schurken und Helden, die ärmlichen Wohnräume. Bei ihm wurde das Schicksal der Hauptfigur zu meinem Schicksal. War es das, was Tante Virginia gemeint hat? Hatte Charles Dickens mich dort, wo er mich haben wollte?

~

Julian war viel unterwegs. Er zog mit seinen Schulfreunden herum und kam oft erst nach Hause, wenn Grace das Essen fertig hatte. Mit drei Jungen aus seiner Klasse hatte er einen Debattierklub gegründet. Nach Schulschluss trafen sie sich bei Rick, der in Lewes wohnte, und diskutierten.

»Worüber?«, fragte ich ihn eines Abends, als wir am Tisch saßen. »Über Politik«, sagte Julian. »Ich finde Politik großartig. Später werde ich Mitglied des Unterhauses, genau wie Opa.«

Meine Mutter machte ein besorgtes Gesicht. Julian bemerkte es nicht. Er schaufelte sich den Teller zum zweiten Mal mit Kartoffeln und Erbsen voll und sagte: »Ich habe übrigens eine Freundin. Sie heißt Jennifer. Wir haben uns geküsst, aber ich glaube nicht, dass es was Ernstes wird.«

»Jennifer?«, fragte meine Mutter.

»Ich erzähl's dir später genauer. Sie findet Politik langweilig. Wusstet ihr, dass es jetzt auch Faschisten in England gibt?«

»Die hat es hier schon immer gegeben«, sagte mein Vater.

»Was sind Faschisten?«, fragte ich.

»Ja, aber jetzt gibt es sie wirklich«, sagte Julian. »Hast du es nicht in der Zeitung gelesen? Sie haben eine Partei gegründet, die *British Union of Fascists*. Sie werden immer mächtiger, genau wie in Italien.«

»Was sind Faschisten?«

»Gefährliche Idioten«, sagte Julian.

Ich wartete auf weitere Erklärungen, aber Julian meinte wohl, seine Antwort sei eindeutig genug gewesen und schwieg.

Meine Mutter sagte: »Ich denke, sie sind alles andere als Idioten. Sie sind schlau und berechnend. Und das macht sie so gefährlich.«

»Warum sind sie gefährlich?«, fragte ich.

»Erinnerst du dich an Italien?«, sagte Julian. »Da hast du doch gehört, was der Nachbar gesagt hat. Mussolini ist ein Faschist.«

Duncan beteiligte sich nicht am Gepräch. Das machte er nie, wenn über Politik geredet wurde. David sagte auch nichts, hörte aber aufmerksam zu.

»Sie fürchten sich vor den Kommunisten«, sagte Julian.

»Wer?«, fragte ich.

»Die Faschisten natürlich. Mussolini verbannt die Kommunisten auf die Gefängnisinsel, weil er Angst vor ihnen hat.«

»Du weißt ja eine ganze Menge«, sagte meine Mutter.

»Ja.«

Ich fühlte mich klein und dumm, stellte aber trotzdem meine Frage. »Was sind Kommunisten?«

»Kommunisten wollen keine Macht«, sagte Julian, »sie wollen, dass alle gleich sind. Der Präsident ist nicht wichtiger als der Bäcker. Der Bäcker ist wichtiger, wenn es ums Brot geht, der Präsident, wenn es darum geht, ein Land zu lenken. Jeder hat seine Aufgabe, jeder leistet seinen Beitrag. So, und das ist genau das Gegenteil von dem, was Mussolini will. Wenn der Bäcker nicht tut, was Mussolini sagt, blüht ihm was. Frag Papa.«

»Wie geht denn das, dass alle gleich wichtig sind?«, fragte ich. »Macht dann nicht jeder nur noch das, wozu er Lust hat? Und niemand darf dagegen etwas sagen. Stell dir vor, dass das Dienstmädchen nicht mehr auf Grace hört. Schöne Bescherung.«

»Das geht, wenn man nur will«, sagte Julian. »Menschen, die den ganzen Tag nur tun, wozu sie Lust haben, sind Egoisten. So sind Kommunisten aber nicht. Die arbeiten hart, auf dem Land oder in Fabriken, und sorgen dafür, dass alle zu essen haben. Wenn sie Hunger haben, nehmen sie nicht mehr als nötig. Der Rest ist für die anderen. Kommunisten wollen, dass der Arztbesuch nichts kostet und das Krankenhaus und die Schulen auch nicht und dass man keine Miete mehr zahlen muss. So gibt es keinen Unterschied mehr zwischen arm und reich. Das ist doch großartig!« Er schob seinen Teller weg. »Darf ich aufstehen? Ich habe mich mit meinen Freunden verabredet.«

Er durfte und Julian stand auf. »Der Kommunismus ist genau wie dieser Tisch«, sagte er.

»Wie meinst du das?«, fragte mein Vater.

»Er ist rund«, sagte Julian. »Niemand sitzt am Kopfende.« Nach diesen Worten verließ er das Zimmer.

»Julian wird groß«, sagte meine Mutter.

»Julian wird erwachsen«, sagte mein Vater.

»Hör doch auf«, sagte meine Mutter. »Er ist fünfzehn und hat das erste Mal ein Mädchen geküsst.«

»Eben«, sagte mein Vater. »Bald brauchen wir ihm nichts mehr zu erzählen. Dann hört er nur noch auf sich und seine Freunde.«

»Darf ich auch aufstehen?«, fragte Angelica, die während des Gesprächs gelangweilt ihre Serviette immer wieder zu neuen Figuren gefaltet hatte.

»Na los«, sagte Duncan.

»Papa«, sagte ich, »gibt es wirklich Kommunisten in England?«

»Aber ja«, sagte er.

»Aber wir haben auch einen König und einen Ministerpräsidenten. Die sind wichtiger als andere Menschen. Wollen die Kommunisten die beiden loswerden?«

Mein Vater lächelte. »Ich kann es in deinem Gehirn brodeln hören, Quentin. Mach dir keine Sorgen. Hier gibt es nur wenige Kommunisten und Gott sei Dank auch nicht allzu viele Faschisten. Außerdem ist ein Kommunist etwas anderes als ein Anarchist. In England wird alles bleiben, wie es immer gewesen ist. Die Menschen in unserem Land mögen keine Veränderungen.«

»Genau«, sagte Duncan. »Das haben wir ja gemerkt, als wir nach Charleston gezogen sind.«

»Übertreib nicht so«, sagte meine Mutter. »Es war doch halb so schlimm.«

»Wollt ihr lieber zurück nach London?«, fragte mein Vater.

Ich betrachtete die Erwachsenen, verlor aber langsam den Gesprächsfaden. Was war denn passiert, als wir nach Charleston umgezogen sind?

Duncan lachte und massierte Davids Nacken. »London ist lange her«, sagte er. »Mir geht's hier gut.«

»Ich würde schon gerne mal hin«, sagte ich.

»Was?«

»Na ja, nach London und an der Straße stehen, wenn der König vorbeikommt. Grace sagt, dass sei das Allerschönste gewesen, das sie in ihrem Leben erlebt hat. Alle Leute haben gejubelt und der König hat Grace zugewunken.«

Meine Mutter schnaubte. »Quentin, bitte! Ich stelle mich bestimmt nicht an die Straße und jubele jemandem zu, der zufällig König geworden ist, nur weil seine Großmutter es auch gewesen ist. Du weißt, wie wir über solche Dinge denken.«

»Du brauchst ja nicht mitkommen«, sagte ich gekränkt.

»Wir brechen lieber in Jubel aus, wenn Virginia wieder ein gutes Buch geschrieben hat», sagte mein Vater. »Oder nach einer Theatervorstellung.«

Manchmal konnten meine Eltern schreckliche Miesmacher sein. Auch ich würde Virginia ja bejubeln, aber das bedeutete doch noch lange nicht, dass ich nicht auch mal den König sehen wollte.

»Kommunisten!«, brummte ich.

David lachte. »Die Leute haben recht. Ihr seid ein merkwürdiges Gespann.«

»Na, und ob. Wir sind ein merkwürdiges Gespann», sagte meine Mutter. »Grace, wo bleibt der Nachtisch?«

~

»Ist die Post schon da?«, fragte Lytton.

»Du bekommst sie gleich, ruh dich erst etwas aus«, sagte Carrington, die ihm im Gras zu Füßen saß. Ralph, Carringtons Verlobter, grub weiter hinten etwas im Garten um. Sein nackter, muskulöser Oberkörper glänzte vor Schweiß. Major Ralph war ein schweigsamer Griesgram, der nicht allzu schnell mein Freund werden würde. Aber vielleicht hatte ich auch zu rasch geurteilt. Ich sah ihn heute erst zum zweiten Mal. Ich hatte mit ihm bislang nur ein paar Worte gewechselt und eigentlich wusste ich nicht mehr von ihm, als dass er in der Armee gewesen war.

Wir waren mit Davids Auto unterwegs und hatten in *Ham Spray* angehalten, um Tee zu trinken. Das Haus, in dem Carrington mit ihren beiden Freunden wohnte, war viel kleiner als Charleston, aber auch hier waren die meisten Wände bemalt. Eine Rasenfläche hinterm Haus grenzte an eine Pferdekoppel. Hühner und Gänse liefen frei herum.

Carrington hatte mir das Haus gezeigt, denn ich war noch nie hier gewesen. Ich fand, sie hatte recht mit dem, was sie einmal zu mir gesagt hatte: Meine Mutter und Duncan konnten besser malen. Die Menschen und Gegenstände auf Carringtons Wandmalereien steckten voller Details und ähnelten der Wirklichkeit. Die Werke meiner Mutter und Duncans waren spröder und ließen meiner Fantasie mehr Raum. Das mochte ich lieber, aber natürlich sagte ich das Carrington nicht. Nach der Führung gingen wir wieder in den Garten und setzten uns zu Lytton.

Lyttons Buch war vor zwei Monaten erschienen und ein großer Erfolg. Es lag stapelweise in den Londoner Buchhandlungen aus und war schon in der dritten Auflage – ein großer Triumph für Onkel Leonards Verlag. Nie zuvor hatte er ein Buch so oft neu drucken lassen müssen. Es lief sowieso immer besser mit den Büchern, die er herausgab. Deshalb wollte er jemanden einstellen, der ihm beim Einpacken und Verschicken der Bestellungen half, denn allein war das nicht mehr zu schaffen.

»Es ist allein *meine* Schuld, dass der Verlag so gut läuft«, sagte Lytton zufrieden. Am liebsten wäre er durchs Land gereist, um Lesungen zu halten und seine Bewunderer zu treffen, aber seine Gesundheit ließ das nicht zu. Er war krank, wirklich krank. Er war spindeldürr, ihm wurde beim Essen immer schlecht und oft musste er sich dann übergeben. Der Arzt hatte gesagt, dass er in ein Krankenhaus müsse, aber Lytton wollte nichts davon wissen. »In einem Krankenhaus sterbe ich«, sagte er.

»Wenn du dich nicht behandeln lässt, stirbst du auch«, sagte meine Mutter.

Lytton lächelte. »Mit euch an meiner Seite bin ich dem gewachsen.«

Trotzdem genoss er seinen Ruhm. Täglich bekam er Briefe von Lesern, die er alle beantwortete, während er mit einer

Decke über den Beinen in seinem Zimmer oder im Garten saß.

»Ralph, setz dich doch zu uns!«, rief Carrington.

Ralph winkte. »Erst bringe ich das hier zu Ende.«

Ich war froh, dass Ralph blieb, wo er war.

Wir spielten auf dem Rasen Krocket und ließen Angelica gewinnen. Lytton machte nicht mit. Ein Huhn flüchtete laut gackernd hinter einen Baum, nachdem es beinahe von einem Ball, den ich geschlagen hatte, geköpft worden wäre.

Carrington lachte. »Eigentlich hacke ich ihre Köpfe immer mit dem Beil ab, aber das ist auch eine Möglichkeit.«

»Du tötest die Hühner selbst?« Angelica war schockiert. »Macht das nicht der Bauer?«

»Ich bin der Bauer«, sagte Carrington. Sie zeigte auf Lytton. »Er ist einmal in Ohnmacht gefallen, als er gesehen hat, wie ich ein Huhn geschlachtet habe«, flüsterte sie.

Lytton hatte sie gehört. »Ich kann nun mal kein Blut sehen«, sagte er. »Die Hühner sehe ich am liebsten erst, wenn sie gebraten auf meinem Teller liegen. Ralph, bist du immer noch nicht fertig mit der Graberei? Komm, leiste mir Gesellschaft. Sie spielen alle Krocket, ich bin einsam.«

Ralph warf die Schaufel hin und tat, um was ihn Lytton gebeten hatte: Er setzte sich neben ihn ins Gras. Lytton strich ihm durchs Haar. Ralph blickte Carrington an.

Als wir am frühen Abend wieder ins Auto stiegen, um nach Hause zu fahren, setzte ich mich auf die Rückbank und träumte vor mich hin. Ich konnte es beinahe nicht erwarten, bis ich, genau wie Lytton, Briefe von Leuten, die ein Buch von mir gelesen hatten, erhalten würde. Die Post würde ich nicht selbst erledigen, dafür hätte ich keine Zeit, denn ich wäre zu sehr mit meinem nächsten Buch beschäftigt, das ein noch größerer Erfolg werden würde. Ich würde eine Sekretärin einstellen, vielleicht Angelica, wenn sie alt genug wäre.

Vorläufig widmete ich mich noch keinem Buch, sondern meiner Hauszeitung. Bewaffnet mit Notizheft und Bleistift schlich ich wie ein Spion durchs Haus und schrieb alles auf, was ich sah und hörte.

Ich sah, wie der Hund des Bauern Lammfleisch aus Grace' Küche stahl. Aber sie wurde nicht böse, sondern jagte den Hund mitsamt seiner Beute hinaus und fuhr zum Metzger, um neues zu kaufen.

Ich sah meine Mutter, die eines Abends kichernd aus Duncans Zimmer kam und ihre Kerze fallen ließ. Im dunklen Flur entdeckte sie mich nicht. Ich beschloss, darüber nichts zu schreiben. Ich hatte nämlich bald Geburtstag und vermutete, dass sie gerade eine geheime Besprechung wegen meines Geschenks gehabt hatten. Ich hatte immer noch genauso gerne Geburtstag wie damals, als ich klein war.

Ich sah Lady Ottolines Hut wegwehen und meinen Vater niederknieen, um ihn aus einer Pfütze zu ziehen. Lady Ottolines schallendes Gelächter war bestimmt bis Berwick zu hören.

Es waren kleine, für einen anderen vermutlich unbedeutende Ereignisse, aber für mein Ziel waren sie gut genug. Ich machte aus ihnen Geschichten, die ich in *Monk's House* auf einer alten Schreibmaschine von Tante Virginia abtippte.

Als die Zeitung fertig war, legte ich sie gut sichtbar auf den Esszimmertisch und wartete dann ungeduldig auf Leser und

Komplimente. »Und?«, fragte ich, wenn ich jemanden meine Zeitung lesen sah.

»Du hättest Lewes schreiben sollen«, sagte mein Vater.

»Lewes?«, fragte ich.

»Ottolines schallendes Gelächter war bis Lewes zu hören. Aber sonst ist es eine gute Geschichte.«

Ich war stolz.

»Grace weiß genau, dass dieser Hund nicht ins Haus darf«, sagte meine Mutter. »Sie soll ihm kein Lammfleisch geben.«

»Hat sie doch auch nicht. Da steht doch, dass er es stibitzt hat. Du musst schon sorgfältig lesen. Gefällt dir die Geschichte?«

»Ja«, sagte meine Mutter und verschwand in der Küche, um ein ernstes Wort mit Grace zu sprechen. Ich ging hinterher, um zu lauschen, damit ich in meiner nächsten Ausgabe ›Das gestohlene Lammfleisch, Teil 2‹ schreiben konnte.

Auch Virginia las meine Zeitung und ihr Kommentar brachte mir am meisten.

»Das ist sehr gut«, sagte sie. »Man sieht einfach vor sich, was geschieht. Aber dies hier hätte auch kürzer sein können und darüber hättest du gerne etwas ausführlicher schreiben können. Was ist weiter mit dem Hut passiert? Ist er kaputtgegangen? Ist sie ohne Hut nach Hause gegangen? Wie hat das ausgesehen, Lady Ottoline Morrell ohne Hut? Kam sie dir nackt vor? So etwas wollen die Leser wissen, Quentin.«

Ich behielt jedes Wort von Virginia und wusste, dass die nächste Hauszeitung noch viel besser werden würde als die erste Ausgabe.

Eines Nachmittags traf ich Lytton in unserem Garten, wo er in einem bequemen Sessel saß. Um ihn herum lagen Zeitschriften und Papiere. Die Sonne schien, Davids Bienen schwirrten geräuschvoll umher.

»Ist Carrington auch da?«

»Sie ist mit Ralph in *Monk's House*«, sagte Lytton. »Ralph sucht Arbeit und dein Onkel Leonard sucht jemanden, der hart arbeiten will. Carrington und Ralph wollen heiraten, deshalb braucht er Geld.« Er legte die Zeitschrift, in der er gelesen hatte, auf den Boden und warf einen Blick auf das Notizheft in meinen Händen. »So, Quentin, du bist also bei Virginia in der Lehre?«

»Ja«, sagte ich. »Sie weiß genau, was ein Schriftsteller tun muss, um Erfolg zu haben. Ich höre immer gut zu, wenn sie etwas sagt.«

Lytton schaute mich durch seine dicken Brillengläser an. »Ist das so?«, fragte er. »Weiß sie das wirklich? So gut verkaufen sich ihre Bücher nun auch wieder nicht.«

»Stimmt«, sagte ich, »aber das findet sie nicht schlimm.«

Er trommelte gegen seine Lippen. »Ich habe sie natürlich gelesen. Sie sind gut, Quentin, wirklich gut. Aber nun zu sagen, dass sie genau weiß, was einen guten Schriftsteller ausmacht, scheint mir etwas übertrieben.« Er hustete und wischte sich mit einem Taschentuch den Mund ab.

»Ich finde, sie schreibt hervorragend«, sagte ich. »Wenn es regnet und man merkt das gar nicht, dann …«

Er ließ mich nicht ausreden. »Hast du schon mein Buch gelesen?«, fragte er.

»Noch nicht. Es ist kein Kinderbuch.«

»Du bist zwölf«, sagte Lytton. »Ich denke nicht, dass es für dich zu schwer ist. Ein gutes Buch begreift jeder. Hol es dir einfach aus meinem Zimmer und lass mich wissen, was du davon hältst, wenn du es ausgelesen hast.«

»Mach ich«, sagte ich. »Vielen Dank.«

»Und klopf ruhig an meine Tür, wenn du Rat brauchst. Versprochen?«

»Gerne«, sagte ich.

Lytton griff nach seinem Spazierstock und stand mühsam auf. Er hatte Schweißtropfen auf der Stirn. »Ich mache einen Spaziergang. Ganz in der Nähe ist eine entzückende kleine Kirche. Ein wundervoller Ort für eine Hochzeit. Oder für ein Begräbnis. Kommst du mit?«

»Nein«, sagte ich, »ich muss Pigling füttern.« Verwirrt ging ich von Lytton weg. Wieso äußerte er sich mit einem Mal so kritisch über Tante Virginia? Sie waren Freunde! Sie waren Kollegen! Ihre Bücher wurden von Onkel Leonard verlegt! War er so, weil er krank war? Oder war er eifersüchtig, weil ich nicht ihn um Rat gefragt hatte?

Dies war das erste Mal, dass ich miterlebt habe, dass sich zwei Schriftsteller genauso anstellten wie zwei Marktweiber.

1932

Ich ging nun zur Schule und anfangs gefiel es mir gar nicht. Angelica ging auch zur Schule, obwohl sie erst acht war. »Warum dürfen Quentin und Julian zur Schule und ich nicht?«, hatte sie gefragt.

»Quentin ist dreizehn«, hatte meine Mutter geantwortet.

»Aber ich habe Angst vor Miss Bartlett.«

»Rede keinen Unsinn.«

Duncan hatte seinen Pinsel zur Seite gelegt. »Weißt du noch, wie es bei dir früher gewesen ist? Weißt du noch, wie es sich angefühlt hat, als dein Bruder zur Schule durfte und du nicht?«

»Hm«, erwiderte meine Mutter, »der Engel im Haus, meinst du das? Angelica wird kein Engel im Haus.«

»Das weiß ich. Aber das habe ich nicht gemeint.«

»Du hast recht«, hatte meine Mutter nach kurzem Nachdenken schließlich gesagt.

»Ja.«

Meine Mutter und Tante Virginia inspizierten alle Grundschulen in Lewes, bis sie endlich eine fanden, mit der sie mehr oder weniger zufrieden waren.

Angelica fand ihre Schule fantastisch. Schon in der ersten Woche hatte sie Freundinnen, die sie zu uns nach Hause zum Spielen einlud.

Dass ich mich zuerst schwertat, lag vor allem daran, dass ich nicht daran gewöhnt war, mit über zwanzig anderen

Kindern in einem Raum zu sein, den ganzen Tag, jeden Tag aufs Neue. Mir fehlte unser Garten, wenn ich aus dem Fenster sah, und die vertrauten Hintergrundgeräusche von Charleston. Und ich hasste die Schuluniform. Wenn ich sie trug, glich ich allen Jungs aus meiner Klasse. Nie zuvor hatte ich ausgesehen wie alle anderen.

Doch, wenn ich ehrlich bin, hatte ich es ziemlich gut auf der Schule. Die meisten Fächer fesselten mich, mit meinen Klassenkameraden kam ich gut aus, obwohl ich nicht sofort Freundschaften schloss, und der Klassenlehrer Mr Crockett war ein toller Typ. Wie ein besorgter Vater wachte er über die riesige Schulbibliothek, die in hohen, dunklen Schränken im Gang stand. Wer ein Buch ausleihen wollte, musste zuerst erklären, dass er aufrichtiges Interesse daran hatte. Konnte man Mr Crockett überzeugen, dann erzählte er alles, wirklich alles, über die Bücher, die wir in der Schule hatten. Mit ihm über Literatur zu reden war anders als mit Tante Virginia. Wenn sie ein Buch schlecht fand, wollte sie darüber kein Wort hören. Gegenargumente wedelte sie beiseite wie Fruchtfliegen auf einem überreifen Pfirsich. Aber als ich bei Mr Crockett ein Buch verteidigte, das er verurteilt hatte, blickte er mich nachdenklich an und sagte nach einer Weile: »Hm. Meinst du wirklich? Vielleicht sollte ich *Die Reise zum Mittelpunkt der Erde* doch noch einmal lesen. Es ist interessant, was du da sagst, mein Junge, sehr interessant.«

Er gab mir das Gefühl, gleichwertig zu sein, statt nur ein Schulknabe in Uniform, dem allmählich der Bart am Hals wuchs und der gerade entdeckt hatte, dass abends im Bett mit sich zu spielen ein sehr schönes Gefühl hervorrief.

»Es gibt hier einen Leseklub in der Schule«, sagte Mr Crockett, »eine Gruppe von Jungen und Mädchen, die Bücher lieben und mit anderen darüber debattieren. Sie kommen jeden Freitagnachmittag zusammen. Hast du Lust, da mitzumachen?«

Ich schüttelte ihm die Hand. »Gerne! Vielen Dank.« Ich gehörte dazu!

Aber gerade als ich mich in der Schule besser eingelebt hatte, weigerte sich Angelica plötzlich, aus dem Haus zu gehen. Der Grund war Bert, der junge Beagle. Duncan hatte ihn für sie von einem Bauern in Heathfield gekauft, der Hunde für die Fuchsjagd züchtete. Angelica war bis über beide Ohren in Bert verliebt und nicht gewillt, ihn auch nur einen Moment allein zu lassen. Sie nahm ihn auf den Arm und trug ihn durchs ganze Haus.

Als meine Mutter zu ihr sagte, dass sie trotzdem in die Schule müsse, da sie sich ja selbst dazu entschieden hatte, und Bert am Nachmittag gewiss noch da sein würde, machte Angelica eine Szene. Sie brüllte wie ein Kleinkind. »Ich will nicht!«

Meine Mutter verschwand schweigend im Atelier.

Duncan schmierte sich eine Scheibe Toast und schaute Angelica an. »Wenn du versprichst, morgen nicht wieder zu kreischen, darfst du heute zu Hause bleiben«, sagte er.

Angelica zog eine Schnute. »Mama hat es verboten.«

»Ich rede mit ihr«, sagte Duncan.

Angelica setzte Bert auf dem Tisch ab, rannte zu Duncan und umarmte ihn. »Warum bist du nicht mein Vater?«

»Also bitte, Angelica!«, sagte Duncan.

Im Nachhinein bedauerte ich, dass ich nicht auch gejammert hatte, zu Hause bleiben zu wollen, denn David landete an diesem Mittag mit einem einmotoringen Flugzeug auf einer Weide des Bauern. Er hatte angerufen und sein Kommen angekündigt, damit alle draußen standen, wenn er angeflogen kam. Nachdem er die Maschine auf den Boden gesetzt hatte, stieg er winkend aus, als hätte er gerade, wie Charles Lindbergh, den Ozean überflogen. Der Flug von einem kleinen Flugfeld in der Nähe von London bis hierher war das Großartigste, das er je in seinem Leben erlebt hatte, beteuerte er. Es wurde applaudiert, auch von den Bewohnern aus der Nachbarschaft, die zugeschaut hatten. David wurde wie ein Held gefeiert. Es muss ein prächtiges Erlebnis gewesen sein, nur war ich leider nicht dabei gewesen. Ich hätte zu gerne darüber in meiner Hauszeitung berichtet.

»Ah!«, sagte Tante Virginia, als ich ihr davon erzählte. »Zeit für den nächsten Schritt, mein kleiner Poet. Frag die anderen, was genau passiert ist und mach daraus eine Geschichte. Und sorge dafür, dass sie sich liest, als hättest du alles mit eigenen Augen gesehen. Du musst nicht selbst überall dabei gewesen sein, solange der Leser denkt, dass du es doch warst.«

Ich machte mich an die Arbeit und interviewte jeden, der bei Davids Landung zugesehen hatte. In der Schule brüstete ich mich mit meinem abenteuerlustigen Freund, verschwieg aber, dass ich alles verpasst hatte.

»Schöne Geschichte«, sagte meine Klassenkameradin Brenda. »Nimmst du mich einmal mit nach Charleston?« Sie hatte kurzes braunes Haar und Lippen, die immer glänzten.

Sonst wusste ich nichts von ihr. Die Pausen verbrachte sie immer mit ihren Freundinnen und nach Schulschluss ging sie sofort nach Hause. Ihre Frage überfiel mich.

Ich wurde rot. »Wieso?«, fragte ich unbeholfen und starrte auf ihre Lippen.

»Das wäre doch toll», sagte Brenda. Sie lächelte.

»Na gut«, sagte ich und schlug mir an den Kopf, weil ich nicht begeistert genug geklungen hatte.

~

Mit England und Europa ging es immer noch nicht bergauf. Julian, der in der Bibliothek von Lewes alle Zeitungen las, die er bekommen konnte, berichtete uns ständig die Neuigkeiten. Immer mehr Menschen wurden entlassen. Über zwanzig Prozent der Briten waren arbeitslos, in Deutschland verloren noch viel mehr Menschen ihre Arbeit. Fast alle europäischen Länder wurden hart getroffen, nur die Sowjetunion schien davonzukommen.

»Wegen Stalin«, sagte Julian voller Bewunderung. »Ich denke, ich werde später Kommunist.«

Stalin war der Führer der Sowjetunion, ein Land, in dem fast jeder Kommunist war. Ich war richtig froh, dass ich das in der Schule gelernt hatte und nicht wieder eine blöde Frage stellen musste.

»Wieso *später*?«, fragte mein Vater.

»Ich will erst noch etwas mehr darüber lesen«, sagte Julian.

»Sehr vernünftig«, sagte mein Vater.

»Hast du mir doch beigebracht«

Mein Vater nickte. »Ich weiß.«

»Aber ich bin schon recht gut auf der Höhe. Wäre England kommunistisch, dann gäbe es hier keine Probleme mehr.«

»Wirklich nicht?«, fragte ich.

»Nein. Kommunisten teilen alles mit ihren Genossen.«

»Ist es nicht etwas komplizierter?«, fragte mein Vater.

»Du kannst es so kompliziert halten, wie du willst«, sagte Julian, »aber was ich sage, ist wahr. Oder warum geht es der Sowjetunion so gut und England schlecht? Sieh dich doch um, Papa. In Berwick und Lewes haben etliche Menschen ihre Stelle verloren. Fabrikarbeiter, Knechte, Männer und Frauen, die die schmutzige Arbeit tun. Und warum? Weil die Chefs habgierig sind. Sie denken nur an sich selbst, wenn die Geschäfte schlecht gehen. Wenn sie damit aufhören würden, könnten die Probleme gelöst werden. Aber ich glaube nicht, dass das hier geschehen wird, denn England mit seiner *Upper Class* und seiner *Lower Class* ist ein Land von Herrschern und Beherrschten. Wir haben nicht umsonst die Kolonien, in denen wir Herrscher spielen können.«

»Interessant«, sagte mein Vater.

»Was ist interessant?«

»Du bist interessant. Was du sagst, ist interessant. Wir haben Kolonien. Ist die Unterdrückung der eigenen Landsleute, wie es etwa Mussolini tut, schlimmer als für die Menschen, die auf der anderen Seite der Welt leben? Gut, dass du diesen Vergleich ziehst.«

»Genau«, sagte Julian.

»Und dennoch frage ich mich, was Stalin mit den Russen macht, die keine Kommunisten werden wollen. Lässt er sie in Ruhe oder nimmt er ihnen den Besitz weg, um ihn ehrlich zu verteilen?«

»Unsinn«, sagte Julian. »Warum sollte es Russen geben, die keine Kommunisten werden wollen? Man wird doch unendlich glücklich, wenn man sieht, dass niemand es besser oder schlechter hat als man selbst?«

»Meinst du, alle denken so darüber?«

Julian zog den Mund straff. »Du versucht, mich zum Zweifeln zu bringen.«

»Natürlich versuche ich das. Ich bin dabei, dich zu erziehen.«

Julian lachte. »Dauert das noch lange?«

»Bis zu meinem letzten Atemzug«, sagte mein Vater.

»Was für eine schreckliche Aussicht.«

»Zu welcher Klasse gehören wir eigentlich?«, fragte ich. Darüber hatte ich noch nie nachgedacht.

»Was denkst du?«, fragte mein Vater. »Weshalb haben wir Freundinnen wie Lady Ottoline?«

»Ah!«, sagte ich. »Ich verstehe schon.«

»Zur *Upper Middle Class*«, sagte mein Vater.

Wir hatten mittlerweile andere Sorgen als die Arbeitslosigkeit. Bei uns hatte immerhin keiner eine normale Stelle, die man verlieren konnte. Seltsam sein und der *Upper Middle Class* anzugehören, das hatte so seine Vorteile. Und Kunden, die Gemälde kauften, kamen natürlich weiterhin, denn auch sie waren nicht betroffen, wenn wieder einmal eine Fabrik geschlossen wurde. Das England der Arbeiter war ein anderes als unseres.

Unsere Sorgen, vor allem die meines Vaters und Duncans, galten dem todkranken Lytton. Mein Vater erzählte, dass schon seit einigen Wochen jeden Tag eine Krankenschwester nach *Ham Spray* kam, um sich um Lytton zu kümmern. Er kam nicht mehr aus dem Bett und musste gewaschen und gefüttert werden. Carrington las ihm die Briefe seiner Bewunderer vor.

An einem Samstagabend im Oktober rief Ralph an, um uns zu sagen, dass Lytton Blut gespuckt habe, als er sein Essen erbrochen hatte, und dass wir kommen sollten. Wir brachen sofort auf.

Im Haus war es bedrückend, alle Fenster waren fest verschlossen. Aus Lyttons Zimmer drang ein ekliger Geruch. Angelica und ich durften nicht hinein. Die anderen blieben lange bei ihm. Als sie aus dem Zimmer kamen, stand in ihren Gesichtern geschrieben, dass ich Lytton nie mehr lebend sehen würde.

»Bleibt heute Nacht bei uns«, sagte Carrington.

Wir blieben: Julian und ich gemeinsam auf dem Dachboden, Angelica bei meinen Eltern und Duncan und David schliefen auf einer Matratze in Carringtons Atelier.

»Weckt mich bitte, wenn es notwendig ist«, sagte mein Vater.

Ich rannte hinauf. »Geht das auch etwas leiser?«, fragte meine Mutter.

Julian und ich zogen uns aus, krochen aber nicht sofort ins Bett. Wir stellten uns ans Fenster und betrachteten den Sternenhimmel, so wie früher in Charleston.

»Wie sah er aus?«, fragte ich.

»Grau«, sagte Julian. »Papa hat sich fürchterlich erschrocken. Er ist sein bester Freund.«

»Stinkt er?«

»Ziemlich. Er ist innerlich vollkommen verfault, sagt David. Er hat Krebs.«

Die Gänse gackerten. Ein Hund bellte. Ich sah Carrington draußen im Garten. Sie saß auf einem Baumstumpf und blickte zum Haus.

»Julian«, sagte ich, »ich finde es schade, dass du zu Hause ein eigenes Zimmer hast. Manchmal vermisse ich es, dass wir abends nicht mehr miteinander reden, so wie jetzt.«

Julian drehte sich zu mir um. »Weißt du, wenn man so alt ist wie ich, will man nicht mehr mit seinem kleinen Bruder schlafen, sondern mit seinem Mädchen. So ist das nun einmal.«

Ich sagte nichts mehr, spürte aber den großen Abstand zwischen Julian und mir, obwohl er brüderlich den Arm um mich legte.

Lytton starb in dieser Nacht. Die Krankenschwester erzählte es uns am Morgen. Wir gingen zu ihm. Jetzt durften Angelica und ich mit.

Das Fenster war geöffnet, im Zimmer roch es nach gemähtem Gras. Lyttons Kopf lag tief im Kissen, die Decken waren bis zu seinem Bart hochgezogen. Er hatte seine Brille nicht auf. Ich hatte ihn noch nie ohne gesehen und erkannte ihn kaum. Seine eingefallenen Augenhöhlen waren dunkelblau. Die Brille lag neben einem aufgeschlagenen Buch auf dem Nachtschrank. Ich betrachtete den Umschlag. Es war Lyttons eigenes Buch.

»Ihr habt uns nicht geweckt«, sagte mein Vater. Er küsste Lyttons Stirn.

»Ich wollte seine Hand nicht loslassen, als es so weit war«, sagte Ralph.

»Ich habe die ganze Nacht draußen gesessen«, sagte Carrington. »Ich habe mir vorgemacht, dass es nicht passieren würde, wenn ich nicht dabei bin.«

Ralph zitterte. Ich blickte ihn an und sah einen völlig anderen Mann als den griesgrämigen Major, der den Garten von *Ham Spray* umgegraben hatte. Mein Vater legte Ralph die Hand auf die Schulter. Carrington setzte sich auf das Bett und strich mit den Fingern über Lyttons Bart. Ich sah plötzlich eine Schere vor mir.

Lytton wurde an einem regnerischen Mittwochmorgen auf dem Kirchhof von Berwick begraben, an einer Stelle, die er selbst ausgesucht hatte. Es war eine schlichte Zeremonie, mit der Lytton, wenn ich heute zurückdenke, nicht zufrieden gewesen wäre. Er liebte die Aufmerksamkeit und viele Bewunderer um sich herum, aber außer uns, drei Londoner Freunden und einem Fotografen der *Times* war niemand zum Begräbnis gekommen.

Ich fand das seltsam für jemanden, der so berühmt gewesen war, aber meine Mutter erzählte mir, dass Carrington keine Fremden hatte dabeihaben wollen. Lytton gehörte uns und vor allem ihr.

Das Grab war bereits ausgehoben, der Sarg stand daneben und wir versammelten uns darum herum. Virginia las ein Gedicht vor, das ich nicht verstand, Leonard legte ein

Exemplar von Lyttons Buch auf den Sarg. Wir hatten alle unsere Namen auf die erste Seite geschrieben.

»Jetzt, da ich für dich arbeite, kann ich dafür sorgen, dass sein Buch ein noch größerer Erfolg wird«, sagte Ralph zu Leonard. »Und das werde ich tun, das kannst du mir glauben. Es werden mehr Exemplare über den Ladentisch gehen als je zuvor.« Er hatte Tränen in den Augen. »Ich habe ihn geliebt.«

»Wir haben ihn alle geliebt«, sagte meine Mutter.

»Ich hatte früher Angst vor ihm«, sagte ich.

»Ich war früher wütend auf ihn«, sagte Carrington. »Und jetzt bin ich es wieder. Er hätte nicht sterben dürfen.«

Keinen Monat später war auch Carrington tot. Mit der Schrotflinte, mit der sie im Frühjahr die Kaninchen jagte, die die Gemüsebeete kahl fraßen, hatte sie sich in den Mund geschossen.

»Sie wollte nicht ohne Lytton leben«, sagte Ralph.

»Sie wollte schon, aber konnte es nicht«, sagte Tante Virginia.

»Ich habe versucht, sie zu trösten«, sagte Ralph. »Ich habe es wirklich versucht. Verdammt.«

»Gib nicht dir die Schuld«, sagte Virginia.

»Jetzt habe ich niemanden mehr.«

»Du hast uns«, sagte meine Mutter.

»Nein«, sagte Ralph.

Es gab kein offizielles Begräbnis. Carrington wurde eingeäschert und ihre Asche unter einem Loorbeerstrauch im Garten von *Ham Spray* begraben.

Ralph, der vor Kummer völlig fertig war, kündigte bei Onkel Leonard und zog nach London, wo er einen Buchladen eröffnete. Mein Vater hat mir später erzählt, dass Lyttons letztes Buch dort jahrelang im Schaufenster auslag und darüber hing ein Porträt von ihm, das Carrington gemalt hatte.

»Meinst du, das geht?«, fragte ich Tante Virginia.

»Was?«

»Gleich nach Lyttons Begräbnis über den Tod von Carrington zu schreiben?«

»Weshalb sollte das nicht gehen?«

»Ist das nicht zu schnell hintereinander? Muss dazwischen nicht noch etwas kommmen?«

»Was soll denn dazwischen noch kommen?«

»Ich weiß es nicht. Ein anderes Ereignis.«

»Sodass Carringtons Tod für den Leser unerwartet kommt und umso schockierender ist? Meinst du das?«

»Ja.«

»Unsinn. Ihr Selbstmord hatte ausschließlich mit Lyttons Tod zu tun. Eigentlich ist sie schon während Lyttons Begräbnis gestorben.«

»Ja«, sagte ich.

»Ich habe Carrington besucht, als Lytton gerade eine Woche tot war«, sagte Virginia. »Sie sah aus wie ein junges, dürres Vögelchen, das von seinen Eltern im Stich gelassen worden ist. So verzweifelt, den Schnabel weit geöffnet, vergeblich nach Futter verlangend. Damals sah ich, dass ihr niemand helfen konnte, Ralph nicht und bestimmt nicht wir.«

Nach Lyttons Begräbnis ging Duncan in die kleine Kirche, um mit dem Pfarrer zu sprechen. Angelica und ich liefen von Grab zu Grab, um zu sehen, wie alt die Toten gewesen waren, als sie starben. Bei den Kindergräbern schauderten wir vor Mitleid und Faszination.

Ich musste an etwas denken, das vor Jahren geschehen war. Wie alt war ich damals? Fünf oder sechs, glaube ich. Wir wohnten noch nicht in Charleston. Irgendwo in einem Park in London lag ein toter Igel. Julian und ich gingen in die Hocke und ich stocherte mit einem Stöckchen in dem toten Tier herum.

»Wie schrecklich, dass manche Menschen und Tiere sterben«, sagte ich ernst.

»Manche? Jeder stirbt eines Tages«, sagte Julian.

»Ich nicht«, sagte ich. Ich wollte damals Polizist werden und Einbrecher schnappen und das würde nicht gelingen, wenn ich tot wäre.

»Doch natürlich«, sagte Julian. »Wenn du alt bist, stirbst du und dann stecken sie dich unter die Erde und es ist vorbei.« Er grinste.

Ich war wütend. Wie konnte Julian nur so etwas Gemeines zu mir sagen? Ich gab ihm einen Tritt und rannte zu meiner Mutter, um von ihr zu hören, dass das nicht wahr sei, was Julian behauptet hatte. Zu meinem großen Erstaunen fing sie zu lachen an, als ich ihr erzählte, was passiert war. »Ach, mein Junge.«

»Ich will nicht sterben«, schrie ich.

»Du stirbst nicht. Noch lange nicht. Vielleicht in achtzig Jahren, aber jetzt noch nicht.«

Achtzig Jahre klang nach einer sehr langen Zeit und das beruhigte mich ein bisschen. Vorläufig brauchte ich mir also noch keine Sorgen zu machen. Und doch betrachtete ich seit diesem Tag das Leben mit anderen Augen. Eines Tages würde es aufhören und dann *war es vorbei*. Es war ein brandneuer Gedanke für mich.

Als wir wieder zu Hause waren, lief ich zu Puck. Ich blickte ihn streng an und sagte: »Eines Tages stirbst du und dann ist es vorbei!« Das erleichterte mich.

Duncan kam wieder heraus und machte ein düsteres Gesicht.

»Und?«, fragte meine Mutter.

»Nein«, sagte er, »sie möchten es immer noch nicht.«

»Ihr beiden habt Arbeit im Überfluss«, sagte David. »Wieso wollt ihr um Himmels willen unbedingt die Kirche bemalen?«

»Lytton liegt hier«, sagte Duncan.

»Du wolltest das schon, als Lytton noch lebte«, sagte David.

»Ja, wir wohnen hier. Ich will meine Gemälde an Leute aus der Gegend und nicht nur an Leute aus London verkaufen.«

»Aha, du möchtest akzeptiert werden.«

»Das ist es«, sagte Duncan. »Was ist falsch daran? Es gefällt mir hier.«

»Und du, Vanessa?«

»Ihr ist es egal, was die Leute von uns halten«, sagte Duncan. »Solange sie in ihrem Atelier malen kann, ist sie zufrieden. Für sie ist die Kirche nur eine leere Leinwand, die geradezu nach Farbe schreit.«

»Genau so ist es«, sagte meine Mutter.

~

Kurz nach dem Abschied von Lytton und Carrington folgte der von Pigling der Meinen. Ohne es vorher mit mir besprochen zu haben, hatten meine Eltern beschlossen, dass Pigling auf einem Bauerhof an der Küste Zuchtsau werden sollte. Sie würde nicht geschlachtet werden, versprachen sie mir.

»Warum muss sie weg?«, fragte ich wütend.

»Weil der Bauer keine Zeit hat, für sie zu sorgen«, sagte meine Mutter.

Ich lief rot an, denn mir wurde bewusst, dass ich mich in der letzten Zeit wenig um sie gekümmert hatte. Ich hatte mit der Schule, dem Leseklub und meiner Hauszeitung viel um die Ohren. Jeden Nachmittag nach dem Unterricht hatte ich mir vorgenommen, nach der Sau zu schauen, sie zu füttern und ein wenig mit ihr zu reden. Aber einmal zu Hause, hatte ich mein Vorhaben meist gleich wieder vergessen oder ich dachte: Der Bauer wird ihr schon etwas geben. Ich sehe morgen nach ihr.

Und dann kam Brenda zu uns zu Besuch und Pigling musste wieder warten.

Brenda hatte bereits ein paarmal gefragt, wann sie nach Charleston kommen dürfte. Ich verstand nicht genau, weshalb sie so drängte, denn in der Schule beachtete sie mich kaum.

»Du gehst doch nach der Schule immer sofort nach Hause«, sagte ich.

»Ja«, sagte sie. »Soll ich dich Freitag begleiten?«

»Gut«, sagte ich. »Toll.« Diese Antwort klang schon besser als damals, als sie mich das erste Mal gefragt hatte. Und ich glaube, sie bemerkte gar nicht, dass meine Stimme ein bisschen zitterte.

Am Freitag radelten wir durch Lewes. »Dort wohne ich«, sagte sie und zeigte auf ein frei stehendes Haus am Stadtrand mit einem verwilderten Garten. Wir fuhren weiter. »Meine Mutter liest Bücher«, sagte sie. Es fing zu regnen an, wir beeilten uns. »Mein Vater stellt Dinge her«, sagte sie. »Er ist Klempner, aber wenn er freihat, macht er Gegenstände.«

Wir fuhren die Auffahrt von Charleston entlang und stellten unsere Räder ab. »Ich bin so gespannt«, sagte sie.

Wir gingen ins Haus. Sie sagte nichts mehr, sondern schaute nur noch.

Wir liefen durch das Arbeitszimmer meines Vaters. Sie schaute. Wir gingen ins Atelier. Sie schaute. Ich stellte sie meiner Mutter und Duncan vor. Sie schaute und holte ein Päckchen aus ihrer Jackentasche. »Mit den besten Empfehlungen meines Vaters«, sagte sie zu meiner Mutter. Es war ein Holzkästchen, in das Tierfiguren geschnitzt waren.

»Wie lieb von ihm«, sagte sie überrascht.

»Er mag Ihre Gemälde«, sagte Brenda.

Duncan grinste.

»Und meine Mutter findet, dass Ihre Schwester schöne Bücher schreibt«, sagte Brenda. »Sie hat sie alle gelesen.«

Ich war enttäuscht. Sie war nicht meinetwegen nach Charleston gekommen. Duncan kniff mich in den Arm.

»Darf ich das ganze Haus sehen?«

Ich führte sie herum. »Hier hat Lytton gearbeitet, jetzt ist er tot. Das ist Julians Zimmer. Hier schlafen Duncan und David ...« Diese Lippen! Die machten mich ganz verrückt.

Entzückt klatschte Brenda in die Hände. »Es ist noch schöner als man sagt.«

»Wer?«

»Jeder. Du weißt doch, was über euch geredet wird? Über eure Feste und die Theaterstücke und wer hier alles wohnt.«

»Ja, das weiß ich, aber es kümmert uns nicht.«

»Nein«, sagte sie.

Wir gingen in den Garten. Grace brachte Limonade.

»Meine Eltern würden es hier großartig finden.»

»Wieso?«

»Meine Mutter wäre gerne die beste Freundin deiner Mutter«, sagte sie, »oder die deiner Tante Virginia.«

»Meine Mutter hat keine Freundinnen.«

»Nein?«

»Nein. Doch, ihre Schwester und Lady Ottoline, aber die ist keine richtige Freundin.«

»Wer ist Lady Ottoline?«

Ich erzählte es ihr. Sie prustete los. »Gibt es echt so große Hüte?«

»Und ob«, sagte ich. Weil ich wollte, dass sie noch mal so loslachte, damit ich ihre glänzenden Lippen anschauen konnte, erzählte ich von Lytton und wie viel Angst ich anfangs vor ihm hatte. Und von David, der Pigling die Meine mitgebracht hatte, und von Cäsar, der sich geweigert hatte, aus dem Baum zu klettern.

Eine Biene setzte sich auf Brendas Kopf. Sie merkte es nicht. Ich pustete sie weg und berührte dabei ihr Haar mit der Nase. Es roch nach Lavendel.

Sie trank ihr Glas aus. »Wir ziehen vielleicht um«, sagte sie.

Ich erschrak. »Echt? Warum?«

»Weil in Lewes keine Leute wie ihr wohnen, sagt mein Vater. Er will nach London, wo man tun kann, was man will, ohne dass alle ein Auge darauf haben, sagt er.«

»Oh«, sagte ich, »aber du kannst so oft zu Besuch kommen, wie du willst. Und deine Eletrn auch.«

Wieso sagte ich das? Ich wusste doch, dass meine Mutter schlechte Laune bekommen würde, wenn sie das hörte. »Du weißt, dass ich keine Lust auf Bewunderer im Haus habe, Quentin.«

»Sie sind etwas schüchtern«, sagte Brenda.

»Ich fände es schade, wenn du umziehst.«

»Ja. Aber vorläufig bleiben wir noch hier. Meine Mutter meint, dass die Häuser in London viel zu teuer für Leute wie uns sind.«

Ich finde dich ziemlich toll, hätte ich gerne gesagt, traute mich aber nicht.

Sie stand auf. »Ich werde zu Hause alles erzählen«, sagte sie.

Ich begleitete sie zum Fahrrad. Sie gab mir einen Kuss auf die Wange und fuhr davon. Meine Wange war froh, der Rest meines Körpers unruhig.

Wenn ich ehrlich war, musste ich zugeben, dass Pigling die Meine eher zu dem Leben gepasst hatte, bevor ich zur Schule geschickt worden bin, als zu den Dingen, mit denen ich mich jetzt beschäftigte.

Als meine Mutter gesagt hatte, dass Pigling wegmüsste, lief ich nach draußen und zum Schweinestall. Mein Schwein lag mit geschlossenen Augen auf der Seite im Matsch. Pigling der Achte war nirgends zu sehen. Er war ein scheues Tier, das sich den größten Teil des Tages im Stall verkroch – als wüsste er, was ihm am Ende bevorstand.

»Pigling?«, sagte ich.

Sie reagierte nicht.

»Pigling?«

Sie hob den Kopf und blickte mich an.

»Du wirst umziehen«, sagte ich. »Du darfst auf einen Bauernhof, auf dem es schön ist und wo du Kinder bekommst. Wie findest du das?«

Sie knurrte leise und sah traurig aus.

»Ich finde es auch nicht gut, aber meine Eltern möchten das so. Sie wollen kein Schwein mehr. Gemein, was?«

Pigling stand auf, kam auf mich zu und steckte den Rüssel durch die Stäbe des Gatters. Ich blickte mich vergeblich um, ob irgendwo ein Apfel herumlag. In der Scheune des Bauern gab es bergeweise Äpfel, aber ich hatte keine Zeit, einen zu holen. Ich musste *Huckleberry Finn* für den Leseklub am Freitag fertig lesen.

Enttäuscht zog Pigling den Rüssel zurück. Schaukelnd ging sie von mir weg. Ganz kurz konnte ich mich selbst nicht leiden.

1933

In der Schule hatten Julian und ich jeder unsere eigenen Freunde und auch das Wochenende verbrachte er oft in Lewes. Es war sein letztes Schuljahr. Nach dem Sommer würde er gemeinsam mit drei Klassenkameraden an der Universität in London Politologie studieren. Mein Vater hatte angeboten, dass er bei ihm wohnen könne. »Das Stockwerk über meiner Wohnung steht leer.«

»Graham, Oscar und Rick sind die besten Freunde, die man sich vorstellen kann«, sagte Julian an einem warmen Frühlingsabend, als wir zusammen mit unserem Vater im Garten saßen. Fledermäuse jagten Insekten, im Teich spiegelte sich der Mond. Wir aßen Pastetchen.

»Manchmal sitzen wir bis tief in die Nacht zusammen und reden. Uns gehen nie die Themen aus.«

»Worüber?«, fragte mein Vater.

»Über Politik natürlich«, sagte Julian, »worüber sonst? Ich begreife nicht, weshalb ihr euch nicht dafür interessiert.«

»Wie meinst du das?«

Ich rannte ins Haus, um mein Notizheft zu holen. Ich hatte das Gefühl, dieses Gespräch könnte etwas für meine Hauszeitung sein. In der letzten Zeit war nicht allzu viel in *Charleston* passiert und so freute ich mich darauf, endlich wieder etwas aufschreiben zu können.

Als ich zurückkam, sagte Julian gerade: »Hat denn keiner von euch im Krieg gekämpft?«

»Natürlich nicht«, antwortete mein Vater.

»Was für ein Krieg?«, fragte ich.

»Der Weltkrieg«, sagte Julian. »Aber es gab doch eine Wehrpflicht? Und wer verweigerte, der kam ins Gefängnis!«

»Stimmt«, gab mein Vater zu, »außer man ging einer Beschäftigung nach, die im Interesse des Landes war. Wir haben in den Obstgärten von Cornwall gearbeitet. Kein Land kann ohne Nahrung auskommen. Bauernknechte wurden dringend benötigt, mehr noch als Soldaten. Obstpflücker mussten nicht an die Front.«

»Aber die Deutschen waren der Feind, der besiegt werden musste. Wolltest du nicht dabei helfen?«

»Bach ist ein Deutscher. Wie könnte jemand, der solch brillante Musik schreibt, ein Feind sein?«

»Adolf Hitler ist auch Deutscher. Du weißt doch, wer das ist?«

»Natürlich weiß ich das, du Besserwisser«, sagte mein Vater.

»Wer denn?«, fragte ich meinen Bruder.

»Er ist vor ein paar Monaten zum deutschen Reichskanzler gewählt worden. Fast die Hälfte aller Deutschen hat ihm seine Stimme gegeben. Und das ist nicht gut.«

»Was ist daran so schlimm?«

»Meine Freunde sagen, dass seine Nationalsozialistische Partei genauso ist wie die Faschistische Partei von Mussolini in Italien. Und du weißt, was dort passiert.«

»Schickt Hitler seine Gegner auch auf eine Insel?«, fragte ich.

»Noch nicht, glaube ich. Aber du brauchst nicht überrascht sein, wenn das passiert.«

»Wieso haben ihn denn so viele Deutsche gewählt?«

»Gute Frage«, sagte Julian. »Warum sind so viele Italiener immer noch mit Mussolini glücklich? Weil sie denken, dass es ihnen besser gehen wird und es ihnen egal ist, was mit anderen Menschen geschieht. Ich bin mir jetzt absolut sicher, dass ich Kommunist bin. Kommunisten würden so etwas nie tun.«

»Also laufen Millionen Menschen hinter Mussolini und Hitler her und denken: Wenn ich brav mache, was sie sagen, werden sie mich belohnen.»

»Ja. Genau so ist es.«

Ich machte mir Notizen und knabberte nachdenklich an meinem Bleistift. »Aber wenn mein bester Freund dann sagt: ›Mussolini hat unrecht, weg mit dem Kerl!‹, und er wird daraufhin ins Gefängnis gesteckt, was soll ich dann machen? Stelle ich mich auf die Seite meines Freundes oder denke ich, lieber den Mund halten?«

Julian stand auf und gab mir einen Kuss auf die Stirn. Ich erschrak.

»Für einen Dreizehnjährigen bist du ganz schön aufgeweckt, kleiner Bruder. Wenn der Feind deines verehrten Führers eigentlich dein bester Freund ist, wird es kompliziert. Also, was tust du? Für wen entscheidest du dich?«

Julian hatte auch schon anders über mich geredet, deshalb freute ich mich über das Lob.

»Ich würde mich auf die Seite meines Freundes stellen«, sagte ich.

»Ich auch«, stimmte Julian mir zu.

»Jungs«, sagte mein Vater, »das ist genau der Grund, weshalb wir uns geweigert haben, zu kämpfen. Die Führer unseres Landes haben gerufen: ›Das ist der Feind. Schießt ihn tot.‹ Weil wir aber nicht daran geglaubt haben, dass all die Millionen Menschen auf der anderen Seite des Kanals Feinde waren, haben wir uns geweigert. Wären wir ihnen persönlich begegnet, hätten wir bestimmt viele neue Freundschaften geschlossen.«

Das schrieb ich ebenfalls auf, auch wenn mir allmählich klar wurde, dass unser Gespräch zu lang und zu wichtig für einen Artikel in meiner Hauszeitung war. Außerdem hatte ich schon einen Krampf in der Hand.

»Waren sie wütend auf euch?«, fragte Julian. »Die Soldaten, die im Krieg gekämpft haben, und die Familien der Männer, die gefallen sind? Waren sie wütend, dass ihr nur Obst gepflückt habt?«

»Es hat uns in England nicht gerade beliebt gemacht. Wir wurden und werden übrigens immer noch für unpatriotisch gehalten. Aber wir tun nur das, was uns richtig erscheint. Wir glauben nicht an ein starkes Deutschland oder Italien oder ein starkes England, an Lieder wie *Rule Britannia* und *God save the King*. Wir glauben nicht an Nationen oder Regierungen, wir glauben an die Menschen, wo sie auch leben oder woher sie auch kommen. Und was noch wichtiger ist: Wir glauben an die Schönheit der Dinge, die von Menschen gemacht werden. Krieg vernichtet nicht nur den Menschen, er vernichtet auch alles, was er gebaut, geschrieben oder erfunden hat. Krieg vernichtet die Kultur und ohne Kultur sind wir erledigt. Europa ist großartig mit seinen Schriftstellern und Malern und Komponisten. Ihnen sollten die Leute hinterherlaufen, sie sollten die wahren Führer sein. Lest! Hört! Schaut! Und ihr werdet besser verstehen, weshalb andere Menschen tun und denken, was sie tun und denken.«

»Aber dann laufen sie doch trotzdem wieder jemandem hinterher, auch wenn es Künstler sind. Was ist der Unterschied zu Mussolini?«, fragte Julian.

»Der Unterschied ist, dass kein Schriftsteller je sagen würde: ›Wenn du mein Buch nicht magst oder wenn du mit dem, was ich geschrieben habe, nicht einverstanden bist, dann taugst du nichts und musst sterben.‹ Ein Schriftsteller wünscht sich natürlich viele Leser, aber Leser, die sich ganz bewusst für ihn oder sie entschieden haben. Ein Autor ist glücklicher mit sieben Lesern, die sein Buch wunderbar finden und es immer wieder zur Hand nehmen, als mit tausend Menschen, die das Buch nur kaufen, weil es jeder kauft.«

»Wenn ich Schriftsteller bin«, sagte ich, »hätte ich lieber diese tausend Leser. Dann verdiene ich mehr Geld.« Sieben Leser schienen mir wirklich viel zu wenig.

Mein Vater nickte. »Das ist auch wieder wahr. Man muss etwas im Magen haben. Aber diese sieben Menschen, die das Buch großartig finden, werden es begeistert sieben, siebzehn oder siebzig anderen erzählen. Schließlich werden die tausend Bücher doch gekauft, dann aber von interessierten Leuten. Vielleicht dauert das auf diese Weise etwas länger, aber so hast du tausend Käufer, denen dein Buch etwas bedeutet, und nicht tausend Käufer, die nur blind der Meinung anderer folgen.«

»Selbst entscheiden und es nicht schlimm finden, wenn andere einen anderen Geschmack haben, ist es das, was du meinst?«, fragte Julian.

»Nicht ganz. Eher, dass man sich bewusst für etwas Schönes entscheidet, für etwas, das das Leben reicher und wertvoller macht. Und dass man versucht, auch andere dafür zu gewinnen. So denken wir darüber und wir hoffen, dass uns irgendwann jeder zustimmen wird.«

Julian runzelte die Stirn. »Aber so weit wird es doch nie kommen, dass alle Menschen so denken wie ihr?«

»Wieso sollte es nie so weit kommen?«, fragte mein Vater.

Mir taten nun wirklich die Finger weh, meine Handschrift wurde immer unleserlicher, aber ich schrieb tapfer weiter.

»Weil es immer Menschen geben wird, die Macht über andere ausüben wollen«, sagte Julian. »Schau dir doch an, was gerade in Deutschland und Italien passiert. Mussolini ruft doch nicht: ›Betrachtet ein schönes Gemälde, dann wird alles gut‹.«

»Macht über andere zu haben ist nicht schlimm. Tante Virginia hat Macht über ihre Leser, denn es gelingt ihr, sie mit ihren Romanen zu bezaubern. Bach hat Macht über mich, wenn ich mir seine Musik anhöre. Grace hat Macht über uns alle, weil sie so köstlich kocht. Macht über andere haben oder es zuzulassen, dass jemand Macht über dich hat, gehört zum Menschsein dazu. Erst wenn man diese Macht missbraucht, um andere zu unterdrücken oder zu ermorden, oder wenn man wie ein kopfloses Huhn den Machtbesessenen hinterherrennt, um sich besser zu stellen oder sich sicherer zu fühlen, geht es schief.«

Ich legte meinen Bleistift auf den Tisch. »Wenn ich ein gutes Buch gelesen habe, bin ich glücklich und dann sage ich zu meinen Freunden, dass sie dieses Buch auch lesen sollen.«

»Das geht mir auch immer so«, sagte mein Vater. »Aber wenn du einem Freund das Buch gibst und er liest es und er hält nicht viel davon, wirst du dann wütend?«

»Natürlich nicht, das muss doch jeder selbst wissen.«

»Geschmäcker sind verschieden«, sagte Julian. »Aber in Ländern wie Italien gibt es nur einen einzigen Geschmack: den des Führers. Hat man einen anderen Geschmack, sollte man besser den Mund halten.«

»Oder einfach nie wieder ein Buch lesen«, sagte ich.

»Genau«, sagte mein Vater.

»Also ist man in einem solchen Land erst sicher, wenn man über nichts mehr nachdenkt?«, fragte Julian.

»So ist es«, sagte mein Vater. »Nur wenn man über nichts mehr nachdenkt, kommt man nicht in Schwierigkeiten. Wie würde euch das gefallen, in so einem Land zu leben?«

Was für eine Frage.

Durch die Felder hinter dem Bauernhof floss ein Bach, an dem wir früher oft gespielt haben. Zum ersten Mal seit Langem gingen wir wieder dorthin. Wir warfen Zweige und Erde hinein und bauten einen Staudamm, der den Wasserlauf aufhielt. Ein kleiner Tümpel entstand. Dieser Tümpel wurde zu unserem Ozean, auf dem Julian und ich, zwei Entdeckungsreisende, Abenteuer erlebten. Wir bauten eine unbewohnte Insel, an der wir angespült wurden, nachdem wir Schiffbruch erlitten hatten.

Eigentlich waren wir für so ein Spiel viel zu alt, aber das kümmerte uns nicht. Nach dem ernsthaften Gespräch mit unserem Vater hatte ich das Bedürfnis, für kurze Zeit wieder ein kleiner Junge zu sein und so zu tun, als würde die echte und verwirrende Welt nicht existieren. Ich glaube, auch Julian dachte so, aber er würde das nie zugeben. Er würde sagen, dass er nur mitspiele, um mir einen Gefallen zu tun.

»Kapitän! Kapitän, sind Sie noch am Leben?«

»Ich lebe noch, Matrose. Such mir etwas Essbares.«

Wir pflückten Brombeeren.

»Ich würde so gerne ferne Länder bereisen und Abenteuer erleben«, sagte Julian, während er Brombeersaft auf meinem Arm verteilte, weil ich mich beim Schiffbruch verletzt hatte.

»Wir fahren doch im Sommer nach Frankreich.«

Julian schüttelte den Kopf. »Das ist kein Abenteuer. Ich will an Orte reisen, von denen ich nicht weiß, was mich dort erwartet.«

»Na, solange ich nicht mitmuss.«

Mein eigenes kleines Abenteuer war in diesem Frühjahr zu einem Fiasko geworden. Ich hatte unbedingt ein Mädchen küssen wollen, oder besser: Julian hatte beschlossen, dass ich ein Mädchen küssen sollte. »Dann liegst du mir wenigstens nicht mehr wegen Brenda in den Ohren.«

Sie war umgezogen. Ihre Eltern hatten eine Wohnung in der Stadt gefunden, in der Leute ›wie ihr und Lady Ottoline‹ lebten.

Brenda war nicht mehr zu uns nach *Charleston* gekommen und auf dem Schulhof verhielt sie sich wie zuvor: Sie beachtete mich kaum. Nachts, im Bett, beherrschte sie meine Fantasie. Wie gerne wollte ich, dass sie mich nach Hause begleitete, aber nicht wegen meiner Mutter oder Duncan oder der Neugierde ihrer Eltern, sondern weil ich dort wohnte. Ich wollte, dass sie, wenn sie an mich dachte, genauso unruhig wäre wie ich. Dass sie wie ich nachts ihr Kissen umarmte, es küsste und meinen Namen flüsterte. Ich war froh, dass mich niemand dabei sehen konnte. Aber bevor ich die Worte und den Mut gefunden hatte, sie zu fragen, war sie nach London gezogen.

Ich war todunglücklich und schüttete mein Herz bei Julian aus.

»Sie wollte dich halt nicht«, sagte er. »Küss eine andere. Es gibt genug Mädchen.«

Doch über andere Mädchen hatte ich noch nicht einmal nachgedacht.

»Dann würde ich an deiner Stelle jetzt damit anfangen«, sagte er. »Als ich fünfzehn war, hatte ich schon längst ein Mädchen geküsst.«

»Ach ja?«

»Natürlich.«

»Aber ich weiß nicht, ob ich Lust darauf habe.«

»Jetzt sei nicht albern.«

»Na gut.«

Und nur um meinem Bruder eine Freude zu machen, sah ich mir am nächsten Montag die Mädchen auf dem Schulhof genauer an. Es waren genug, um eine Auswahl zu treffen. Sie standen in Grüppchen herum und redeten, saßen auf der Mauer beim Fahrradschuppen, spielten auf dem Rasen ein Ballspiel.

Ich schaute und erkannte auf der Stelle, dass nicht ein Mädchen darunter war, für das ich abends im Bett vor Sehnsucht brennen würde. Ich betrachtete meine Klassenkameradin Iris, die einen Kopf größer war als ich. Ich müsste mich auf die Zehenspitzen stellen, um sie zu küssen. Lilian, die zwei Bänke weiter saß, ertappte ich manchmal mit ihrem Daumen im Mund. Eine kindische Angewohnheit. Patricia hatte Sommersprossen. Duncan hatte mir einmal erzählt, dass er sich nie in jemanden mit Sommersprossen verlieben könnte.

Also wer dann? Ich wusste es wirklich nicht und beschloss, Julians Rat auf Eis zu legen. Ich ließ die Mädchen erst einmal in Ruhe und spielte mit den Jungs aus meiner Klasse Fußball.

Dass ich ein paar Wochen später doch eine Verabredung hatte, lag an Cathy, die in der Schule neben mir saß. Ich hatte schon bemerkt, dass sie mich während des Unterrichts oft mit ihren wässrigen grünen Augen ansah, und manchmal kam es mir so vor, als wäre sie kurz davor, mich anzusprechen. Eines Tages, als wir in der Pause zufällig nebeneinander den Gang entlangliefen, packte sie mich am Arm, sodass wir stehen bleiben mussten. Sie sagte: »Quentin, willst du nach der Schule mit mir im Park spazieren gehen?«

Diese sehr direkte Frage überraschte mich und ich musste kurz darüber nachdenken. Bestimmt wollte sie mich auch küssen, sonst würde sie doch so etwas nicht fragen. Das hatte Julian mir versichert. Ich musterte sie zum ersten Mal. Cathy war meist ziemlich still und fiel in der Klasse nicht weiter auf. Sie hatte wie Duncan wirres braunes Haar, war bestimmt schon fünfzehn und trug eine Brille. Aber das war egal. Laut meinem Bruder wurde Küssen erst dann schwierig, wenn *beide* eine Brille trugen. Sie sah ganz hübsch aus. Noch kitzelte es nicht in meinem Bauch, aber darüber machte ich mir erst einmal keine Sorgen. In den Büchern von Jane Austen waren die Hauptpersonen auch nicht sofort über beide Ohren ineinander verliebt. Daran hätte ich früher denken sollen, denn das hätte ich Brenda erzählen können. Und diese wässrigen Augen fand ich auch nicht schlimm. Vielleicht war sie erkältet. Wenn ich Cathy im Park küsste, hätte ich Julian wenigstens etwas zu erzählen.

»Gut«, sagte ich und konnte gerade noch ein zufriedenes Grinsen unterdrücken. Sie hatte *mich* gefragt. War Julian das je passiert? Bestimmt nicht, sonst hätte er damit angegeben. Am Nachmittag fuhren wir mit dem Fahrrad zum Park. Schweigend. Der Wind war zu stark, um sich unterwegs unterhalten zu können – zum Glück, denn ich hätte wirklich nicht gewusst, was ich hätte sagen sollen. Unter einer Ulme setzten wir uns auf eine Bank, dicht nebeneinander. Cathy ergriff meine Hand. Ich wusste nicht genau, was zu tun war. Wenn Duncan Davids Hand nahm, küsste der ihn sofort auf den Hals. Nahm Leonard Virginias Hand, dann machte sie ein gequältes Gesicht.

Ich entschied mich für Duncans und Davids Weg und drückte meine Lippen unbeholfen auf Cathys Hals. Sie roch nach Seife, aber nach einer anderen Sorte, als wir zu Hause verwendeten. Cathy stieß meinen Kopf weg. »Nicht.«

»Warum nicht?«, fragte ich.

Ich bekam keine Antwort. Sie starrte vor sich hin und lächelte unbestimmt, während sie noch immer meine Hand festhielt. Ich schaute mich um und fragte mich, wie lange wir hier so sitzen bleiben würden. In der Ulme saß eine Amsel. War das normal, dass man nichts Besonderes empfand, wenn man mit einem Mädchen auf einer Parkbank saß?

»Mein Vater ist weg«, sagte sie.

»Oh«, sagte ich. »Wo ist er hin?«

»Nach Brighton. Meine Mutter heult den ganzen Tag.«

Ich runzelte die Stirn, denn ich verstand nicht, weshalb die Mutter heulte.

»Dein Vater ist doch auch weg.«

»Nein«, sagte ich, »er ist in London.«

»Papa hat eine Freundin.« Sie sah aus, als hätte der Metzger gerade Pigling abgeholt.

»Mein Vater auch. Glaube ich wenigstens. Er hat fast immer eine Freundin, also jetzt auch, denke ich. Aber ich habe ihn schon ein paar Wochen nicht mehr gesehen, deshalb bin ich mir nicht ganz sicher.«

»Schrecklich«, sagte sie.

»Ja, manche seiner Freundinnen sind schrecklich«, sagte ich. »Dann bringt er so eine Frau mit nach *Charleston* und die flattert dann den ganzen Tag um ihn herum und er hat keine Zeit für uns. Und wir hoffen alle, dass sie schnell wieder verschwindet. Nur Duncan muss immer darüber lachen.«

»Wer ist Duncan?«

»Der Freund meiner Mutter. Na ja, eigentlich ist er Davids Freund. Aber er ist auch der Freund meiner Mutter. Einmal hat er sich als Herzkönig verkleidet. Ich habe nie wieder so lachen müssen wie damals.«

Cathy zog ihre Hand zurück. Ich war ein wenig erleichtert, denn ihre Hand war vom Schweiß ganz klebrig. »Aber findest du das denn nicht schlimm?«

»Was?«

»Na, dass dein Vater … und dass deine Mutter … und dass dieser Duncan …«, stammelte sie. »Ich muss nach Hause«, sagte sie plötzlich.

Als sie ohne ein weiteres Wort weglief, fiel mir etwas ein, das vor Jahren passiert war.

Ich hatte mit meinem Freund Jack, dem Bäckerssohn aus Berwick, auf der Brücke gestanden, die über den Bach in der Nähe von *Charleston* führte. Wir hatten Zweige ins Wasser geworfen und waren auf die andere Seite der Brücke gerannt, um zu sehen, wessen Zweig zuerst vorbeitreiben würde.

»Schlafen Duncan und David im selben Bett?«, hatte Jack gefragt. Eine merkwürdige Frage.

Jacks Zweig war vorbeigeschwommen. Wo war meiner geblieben?

»Natürlich«, hatte ich geantwortet. »Wieso?«

»Meine Mutter will das wissen.«

Am nächsten Tag hatte er mir gesagt, dass er nicht mehr zu mir zum Spielen kommen dürfe.

Eine Woche später sah ich Cathy und Oscar, einen Klassenkameraden von Julian, zusammen im Park. Sie gingen Hand in Hand und blickten ernst. Als ich Julian davon erzählte, sagte er, dass Oscars Vater vor ein paar Monaten gestorben war. »Deshalb«, sagte er.

Brenda, die nicht wegen mir nach *Charleston* gekommen war. Cathy, die über abwesende Väter sprechen wollte. Ich hatte kein Glück bei den Mädchen.

~

David überraschte mich immer wieder. An einem Sonntag im Oktober brachte er ein Grammofon und eine Kiste voller runder, schwarzer Platten mit, denn sein neuestes Steckenpferd war die klassische Musik. »Ich mag Konzertsäle nicht«, sagte er. »Ich höre Musik lieber zu Hause.«

Das Grammofon war ein viereckiger Kasten mit einer Drehscheibe, einer Kurbel zum Aufziehen und einem glänzenden Kupfertrichter, aus dem die Musik kam. Er sah aus wie einer von Lady Ottolines Hüten.

Ich betrachtete die schwarzen Platten und las, was auf den Aufklebern stand. Wolfgang Amadeus Mozart. Giuseppe Verdi. Antonio Vivaldi. Namen, die mir nicht viel sagten, obwohl ich sie bestimmt schon einmal gehört hatte, wenn sich die Erwachsenen über Musik unterhalten hatten. Wir waren in Davids Laden. Meine Mutter wollte das Grammofon nicht im Haus haben. So ein Ding erschien ihr noch schlimmer als ein Telefon.

David schob die bemalten Töpferwaren zur Seite und stellte den Musikapparat auf den Ladentisch. Mit dem Ärmel wischte er über den Trichter.

»Woher hast du es?«, fragte ich.

»Mein Vater hat sich ein neues gekauft. Ein moderneres. Dieses hier ist für uns und die Platten habe ich mir von ihm ausgeliehen.« Er erklärte mir, wie der Apparat funktionierte. »Es ist keine Nadel dabei, aber das macht nichts. Holst du mir einen Zweig vom Schlehenstrauch?«

Ich ging in den Garten und brach einen Zweig ab.

»Gut«, sagte David. »Nadeln.« Er schnitt einen messerscharfen Dorn vom Zweig und steckte ihn mit der Spitze nach unten in den Grammofonarm. »So! Jetzt können wir loslegen. Such mal etwas aus.«

Ich entschied mich für ein Klavierkonzert von Mozart, denn diese Platte lag ganz oben auf dem Stapel.

»Eine gute Wahl für einen Anfänger.« David drehte an der Kurbel und legte vorsichtig die Nadel auf die Platte. Es knackte und rauschte, und dann hörte ich Musik, zauberhafte Musik, die schnell den ganzen Laden füllte, während das Rauschen anhielt. Hohe und tiefe Klänge, verträumt, langsam und dann wieder schnell, eine kurze Pause, eine grimmige Passage, ein ruhiger Moment … Nie zuvor hatte ich so etwas gehört. Ich wurde in die Musik gezogen, als wäre sie eine mitreißende Geschichte.

Ich war zwischen Gemälden aufgewachsen, hatte mit Büchern Bekanntschaft gemacht, sobald ich die Bedeutung von Worten hatte verstehen können, aber über Musik wusste ich kaum mehr als das, was ich einmal bei einer Ausstellungseröffnung gehört hatte. Dort aber hatten die Leute lauter geredet, als der Pianist spielen konnte. Schon nach fünf Minuten Mozart verlangte ich danach, mir auch die anderen Platten anzuhören, die David mitgebracht hatte.

»Es ist so schön«, sagte ich.

»Es ist das Allerschönste. So, als würdest du in einem Flugzeug sitzen und nie mehr landen wollen.«

Julian kam, um zu schauen, was wir taten. Ich fand, dass er störte.

»Wir hören Musik«, sagte ich giftig.

»Und warum habt ihr euch hier versteckt?«

»Mama will es nicht im Haus haben.« Ich deutete auf das Grammofon.

»Komm, setz dich zu uns«, sagte David.

Julian schüttelte den Kopf. »Ich höre lieber Radio. Ich will wissen, was in der Welt vor sich geht. Bei Rick zu Hause steht ein Radio.« Er ging.

Still lauschten David und ich wieder Mozarts Klavierkonzert, in dem kleinen Laden voller Gemälde, Krügen und Schalen. Danach tauschte David den von den Rillen abgenutzten Dorn durch einen anderen aus, und legte Vivaldi auf. Und danach Bach. Für jede Platte brauchten wir eine neue Nadel. Ich wäre herzlich gerne bereit gewesen, noch mehr Zweige aus dem Garten zu holen. Nie zuvor und niemals danach waren David und ich uns näher als an diesem Sonntagnachmittag.

1934

Trotz des Widerwillens meiner Mutter hielt die moderne Zeit in *Charleston* Einzug. Vor knapp vier Jahren hatten wir Telefon bekommen. Jetzt traute sich mein Vater, einen neuen Vorschlag zu machen.

Mit dem Telefon wollte meine Mutter immer noch nichts zu tun haben. Nur wenn es sehr kalt war oder stark regnete, war sie bereit, Virginia anzurufen, wenn sie sie sprechen wollte. Und selbst dann musste einer von uns, meistens Duncan, die Nummer für sie wählen. An anderen Tagen stieg sie lieber aufs Fahrrad oder spazierte durch die Felder nach *Monk's House*. Oder sie schrieb einen Brief.

»Kerzenlicht ist unzeitgemäß«, sagte mein Vater eines Mittags, als er im Atelier zusah, wie meine Mutter Angelica und mich, verkleidet als Prinz und Straßenkind, malte. Der Prinz (ich) saß auf einem Plüschsessel, das Straßenkind (Angelica) kniete zu seinen Füßen. Wir durften nicht reden und auch nicht heimlich flüstern, sonst würden unsere Münder misslingen. »Und die Böden mit einem Besen zu fegen können wir Grace auch nicht länger zumuten. Sie braucht einen Staubsauger.«

»Soll doch das Dienstmädchen fegen«, sagte meine Mutter.

»Du entlässt doch andauernd die Dienstmädchen.«

»Wir haben aber keinen Strom.«

»Eben. Wir haben keinen Strom.«

Meine Mutter mischte Farbe und sagte: »Sag den Handwerkern, sie sollen ihren Kram nicht überall rumliegen lassen. Und dass ich nicht gestört werden will, wenn ich arbeite.«

Mein Vater sah sie starr vor Staunen an. »Du meinst, du bist *einverstanden*?«

»Duncan liegt mir damit auch ständig in den Ohren. Er will Julian ein Radio kaufen.«

»Ein Radio? Wozu? Was soll Julian mit einem Radio? Wir haben ein Grammofon, um Bach zu hören. Für die Musik, die wir lieben, brauchen wir kein Radio.«

»Ein Grammofon sendet aber keine Nachrichten und Programme über die aktuellen Ereignisse in Europa. Im Moment muss er immer zu Rick, wenn er Radio hören will.«

»Ah«, sagte mein Vater, »ich verstehe. Julian und die Politik.«

»Genau«, antwortete meine Mutter. »Regel das mal mit dem Strom.« Sie legte den Pinsel weg und zündete eine Kerze an. »Es ist zu dunkel zum Malen. Ihr dürft gehen.«

Wie immer erleichtert, dass wir nicht mehr posieren mussten, verließen meine Schwester und ich das Atelier. Angelica ging ins Esszimmer, um Klavier zu spielen. Ich lief die Treppe zu meinem Zimmer hoch, um an meiner Geschichte zu arbeiten, an meiner ersten richtigen Geschichte. Sie handelte von niemand, den ich kannte, sie war auch nicht für die Hauszeitung bestimmt. Es war einfach eine Geschichte, die aus dem Nichts gekommen war und die ich nun aufschreiben wollte. Ich hatte damit angefangen, nachdem ich mit Tante Virginia geredet hatte. Ich war zu der Überzeugung gekommen, dass die Hauszeitung zu klein für die Geschichten geworden war, die ich im Kopf hatte. Außerdem hatte ich genug davon, immer nur aufzuschreiben, was um mich herum passierte. Ich wollte meiner Fantasie freien Lauf lassen, mir Menschen, Dinge und Ereignisse ausdenken und aufschreiben.

»Das ist der wichtigste Schritt«, sagte Virginia. »Du bist so weit. Vergiss die Hauszeitung, aber vergiss nicht, was du durch sie gelernt hast.«

Ich machte eine letzte Nummer, die ich *Letzte Nummer* nannte. Zu meiner Enttäuschung sagte niemand, dass er es schade fand, dass ich sie einstellte. Bei Tante Virginia beschwerte ich mich darüber.

»Das ist das Schicksal vieler Schriftsteller«, sagte sie. »Wie viele treue Bewunderer sie auch haben mögen, sobald sie nichts mehr schreiben oder sterben, hat man sie innerhalb weniger Jahre vergessen. Außer man heißt Dickens oder Shakespeare.«

»Dich doch nicht!«

»Aber gewiss doch«, sagte Virginia. »Und dich auch. Wenn du dich nach ewigem Ruhm sehnst, darfst du kein Schriftsteller werden, sondern Maler. In hundert Jahren werden sich die Leute immer noch für eine Ausstellung von Vanessas Gemälden anstellen, während meine Bücher schon lange zu Papierbrei zermahlen sind. Wirst schon sehen.« Einen Augenblick lang sah sie aus wie Onkel Leonards Äffchen, wenn sein Herrchen jemand anderen in den Arm nahm.

War sie etwa eifersüchtig? Sie war eifersüchtig!

»Du bist eifersüchtig«, sagte ich.

Virginia blickte mich an. »Aber nein«, sagte sie. »Ich weiß nur, wie es ist.«

Ich glaubte ihr nicht und war enttäuscht. Ich hatte Trost gesucht, stattdessen hatte sie nur von sich selbst gesprochen.

Ich ging nach Hause und schrieb, jeden Tag ein paar Zeilen nach der Schule und manchmal eine ganze Seite. Meine Geschichte spielte in einem Land, in dem Tiere wichtiger als Menschen waren. Ein Schwein, Pigling der Große, war dort König und die Bewohner eines Bauernhauses waren seine Sklaven, die für Essen und ein Matschbad zu sorgen hatten, wenn Seine Majestät es wünschte. Wenn ich über mein Heft gebeugt dasaß und Wörter hineinschrieb und wieder durchstrich, um andere, treffendere Worte zu finden, hörte ich aus dem Esszimmer oft das Klavierspiel meiner Schwester. Es klang schrecklich, obwohl Duncan behauptete, dass Angelica großes Talent hätte. »Ich sehe dich schon auf einer Konzertbühne«, hatte er einmal gesagt. Wie taub konnte man eigentlich sein?

König Pigling der Große erließ ein neues Gesetz. Wer schlecht Klavier spielte, wurde lebenslang in einem nasskalten Keller eingesperrt.

Allmählich wurde mir die Macht eines Schriftstellers über seine selbst ausgedachte Welt immer bewusster.

Laut redende Männer nahmen unser Haus ein. Türen wurden zugeschlagen, Wände und Decken aufgebrochen, um die Kabel zu verlegen. Auf den Teppichböden blieben weiße Sohlenabdrücke zurück und überall lag Werkzeug herum. *Charleston* sah allmählich wieder so aus wie 1925, als wir gerade eingezogen waren. Von den Wandmalereien blieb nicht viel übrig.

Während die Handwerker ihre Arbeit erledigten, verschanzten sich meine Mutter und Duncan im Atelier, um Entwürfe für die kleine Kirche in Berwick zu machen. Sie hofften, wenn der Pfarrer ihre Skizzen erst gesehen hätte, würde er ihnen den Auftrag, den sie sich schon so lange wünschten, sicherlich geben. Davon waren sie überzeugt. Immerzu unterbrach Duncan seine Arbeit, um mit einem jungen Elektriker zu plaudern, der Henry hieß und das breiteste Lächeln hatte, das ich jemals gesehen hatte. David war bei seinen Eltern in Brighton.

Weil es überall im Haus nach Staub und Kalk roch und das Klavier mit Tüchern abgedeckt war, suchten Angelica und ich Zuflucht im Garten, wo Walter gerade Artischocken pflanzte. An einem Tisch, der unter dem Baumhaus aufgestellt worden war, machten wir unsere Hausaufgaben und ich arbeitete dort an meiner Kurzgeschichte.

Grace war die einzige, die laut aussprach, wie froh sie darüber war, was im Haus geschah. Kerzenwachs von Tischen und Schränken zu schaben, ohne Kratzer zu machen, war für sie immer eine Heidenarbeit gewesen. »Und ein Staubsauger ist so praktisch«, sagte sie, als sie uns Limonade brachte. »Seit meine Schwester in Brighton so ein Gerät hat, geht es ihrem Rücken viel besser.«

Nach einer Woche zogen die Handwerker ab und wir eroberten *Charleston* zurück. Duncan sagte zu Henry, dass er immer willkommen wäre, wenn er einmal vorbeikommen wollte.

»Wir sehen uns wieder. Verlass dich drauf«, sagte Henry und zwinkerte.

David brummte. »Was meint er damit?«, fragte er, als Henry weg war.

»Er mag meine Gemälde.«

»Hm.«

Wir inspizierten das Haus. Aus den Zimmerdecken kamen starke, dicke Kabel, an denen kugelförmige Glühbirnen hingen, genau solche, wie auf unserer Schultoiletten.

Meine Mutter ging ins Esszimmer. Misstrauisch betrachtete sie den Schalter an der Wand. Sie knipste das Licht an und aus. »Ich finde diese Glühbirnen hässlich«, sagte sie.

»Gib doch zu, dass sie praktisch sind«, sagte Duncan. »Wir machen Lampenschirme, dann siehst du die Glühbirnen nicht mehr.«

»Ich gebe es zu«, sagte meine Mutter. »Eine elektrische Lampe gibt mehr Licht als eine Kerze. Jetzt können wir abends länger arbeiten. Das ist auch bitter nötig, sieh nur, wie die Wände aussehen. Telefon, fließend Warmwasser, Strom, müssen wir denn alles mitmachen, was gerade in Mode ist?«

»Du hast dir noch nie eine Wasserwelle machen lassen.«

»Und dabei soll es auch bleiben. Weshalb bloß werden Dinge, die gut sind, durch andere ersetzt?«

»Ich kenne niemanden, der so unmodern ist wie du«, sagte David.

»Ich bin nicht unmodern, sondern zufrieden mit dem, was ich habe.«

»Das ist bei dir ein und dasselbe.«

»Ich möchte ja nicht unverschämt sein, aber wann bekomme ich meinen Staubsauger?«, fragte Grace. »Gestern bin ich zufällig an einem Laden in Lewes vorbeigegangen, der …«

»Verkaufen sie dort auch Radios?«, fragte Duncan.

Grace nickte. »Und noch andere elektrische Geräte.«

»Morgen«, versprach Duncan, »morgen machen wir einen Ausflug, Grace. Erst gehen wir eine Tasse Tee trinken und dann kaufen wir dir einen Staubsauger.«

Grace errötete. »Mister Duncan, Sie sind so gut zu mir!«

»Ich mache das auch für mich. Ich brauche ein Trostpflaster. Der Pfarrer hat schon wieder Nein gesagt.«

»Haben ihm die Skizzen nicht gefallen?«, fragte ich.

»Sie sind prachtvoll, sagt er. Aber er muss nun einmal Rücksicht auf die Kirchgänger nehmen und die wollen, dass die Kirche so bleibt, wie sie ist. Kurz und gut: das alte Lied.«

Auch an der Decke meiner Dachkammer hing eine Glühbirne. Mir gefiel das. Wenn ich zuvor abends bei Kerzenschein an meiner Geschichte gearbeitet hatte, haben mir manchmal die Augen getränt. Tante Virginia schrieb dicke Romane, aber ihre Augen waren immer klar. *Monk's House* hatte schon seit Jahren Strom.

~

Während meine Mutter und Duncan die Zimmerwände aufs Neue bemalten, probierte Grace ihren Staubsauger aus. Der machte so viel Lärm, dass Bert in den Garten flüchtete und Angelica sich beklagte, dass niemand ihr Klavierspiel hören könnte.

»Ich kann Sie nicht verstehen!«, schrie Grace, als meine Mutter sie bat, erst zu staubsaugen, wenn niemand zu Hause war. »Was für eine Erfindung! Ich muss mich nicht mehr bücken und trotzdem werden die Böden sauber. Das Gerät saugt wirklich alles auf. Wenn meine Schwester mich so sehen könnte!«

»Das Essen brennt an!«, brüllte Duncan.

Grace machte den Staubsauger aus und eilte in die Küche.

Bert traute sich erst Stunden später wieder ins Haus. Mit angelegten Ohren verkroch er sich unter einen Sessel und spähte aus dieser sicheren Höhle misstrauisch um sich.

Aber Grace' Freude über die Neuanschaffung war nichts verglichen mit Julians, als Duncan ihm sein Geschenk überreichte. Einen dunkelbraunen Holzkasten mit eingebautem Lautsprecher, über den Leinenstoff gespannt war. »Ein Radio! Nun kann ich von hier die ganze Welt hören!«

Er war nicht mehr von dem Apparat wegzukriegen. Wenn er nach Hause kam, grüßte er uns flüchtig und verschwand in Vaters Arbeitszimmer, wo das Radio auf dem Büfett stand, um sich die Nachrichtensendungen anzuhören. Unbekannte Stimmen drangen durch die Tür, als hätten sich Gäste in dem Zimmer versammelt.

»Ein schönes Geschenk hast du ihm da gemacht«, sagte meine Mutter zu Duncan. »Jetzt sehen wir ihn nicht einmal mehr, wenn er zu Hause ist.«

»Lass den Jungen doch. Er ist achtzehn und weiß jetzt schon, was er mit seinem Leben anfangen will. Wusstest du das in seinem Alter schon?«

»Ja.«

»Stimmt, ich auch«, gab Duncan zu.

»Ich weiß es auch schon«, sagte Angelica. »Klavierspielen ist das Allerschönste, was es gibt. Unsere Musiklehrerin hat gesagt, dass ich schnell lerne.«

»Wir werden vor Stolz platzen, wenn du dein erstes Konzert gibst«, sagte Duncan. »Die *Royal Albert Hall* wird wohl zu klein sein für alle Menschen, die dir zuhören wollen.«

Angelica wurde rot. Sie glaubte wahrscheinlich selbst daran, dass sie irgendwann in Londons wichtigstem Konzerthaus auftreten würde. Meine Mutter zwinkerte mir zu. Ich hielt den Mund.

Julian rannte regelmäßig aufgeregt durchs Haus, um die neuesten Nachrichten zu verkünden.

»Hitler hat Mussolini in Venedig getroffen! Seht ihr, ich hab's doch gesagt! Die beiden sind genau gleich. Die Macht in ihren eigenen Ländern reicht ihnen nicht, sie wollen Europa erobern!«

»Woher willst du das wissen?«, fragte ich.

»Weil ich Hitlers Buch gelesen habe.«

Mein Vater sah von seiner Zeitung auf. »Du hast *Mein Kampf* gelesen?«

»Ja. Ich habe es mir von Ricks Vater geliehen. Es ist ein schreckliches Buch. Laut Hitler hat Deutschland wegen der Juden und Kommunisten den Weltkrieg verloren. Er hasst die Juden.«

»Warum?«, fragte ich.

»Weiß ich nicht genau. Er findet sie eine minderwertige Rasse und er würde sie am liebsten alle aus dem Land werfen. In Deutschland soll es nur noch Platz für die großartige germanische Rasse geben, für weiße Menschen mit blauen Augen und blonden Haaren.«

»So wie David?«, fragte ich.

»David ist doch kein Deutscher.«

»Wie komisch, dass man Menschen als eine Rasse bezeichnet«, sagte ich. »Hört sich an, als würde es sich um Hunde handeln.«

»Ein Jude ist weniger wert als ein Hund, behauptet Hitler. Und wenn die Juden und Kommunisten ausgeschaltet sind, will er Polen und Russland erobern, denn die Deutschen mussten nach dem Krieg Land abgeben und deshalb ist er wütend. Seine großartige germanische Rasse hat ein Recht auf ein riesig großes Land, meint er. Der Kerl ist gestört. Begreifst du jetzt, warum es gefährlich ist, dass er sich mit Mussolini getroffen hat? Sie wollen sich für das, was im Weltkrieg passiert ist, rächen. Ich bin mir sicher, auch Mussolini will andere Länder erobern.«

»Hm«, sagte mein Vater. »Hitler schreibt zumindest sehr ehrlich über seine Pläne.«

»Als würde ihn das weniger gefährlich machen«, sagte Julian.

»Onkel Leonard ist Jude«, sagte ich.

»Ja, der sollte lieber nicht nach Deutschland reisen.«

Mein Vater schlug die Zeitung zu. »Du hast recht, Hitler ist verrückt. Er hat Bücher, die ihm nicht in den Kram passten, verbrennen lassen.«

Kurz war Julian still. »Echt wahr?«

»Letztes Jahr. Wusstest du das nicht?«

Bereitete es meinem Vater etwa Vergnügen, Julian etwas zu erzählen, von dem er noch nichts wusste? Ich glaube schon, ich sah es in seinen Augen.

»Nein«, sagte Julian.

»Ganze Bibliotheken wurden leer geräumt. Bücher von jüdischen Schriftstellern, Bücher von Kommunisten, zehntausende Bücher wurden in die Flammen geworfen und dürfen nie wieder gedruckt werden. Solange ihn niemand aufhält, kann er in Deutschland treiben, was er will.«

»Siehst du, ich hatte recht!«

»Ja. Aber ich würde mir nicht so viele Gedanken über einen neuen Krieg machen, Julian. Um Krieg zu führen, braucht man eine große Armee und viel Geld. Beides hat Deutschland nicht.«

»Sei dir da mal nicht zu sicher«, sagte Julian.

»Ich bin mir aber sicher«, sagte mein Vater. »Schau, nach dem Weltkrieg wurde Deutschland vom Rest der Welt bestraft. Die Deutschen mussten anderen Ländern unglaublich viel Geld für den Schaden, den sie angerichtet hatten, bezahlen und wurden auch noch gezwungen, ihre Armee zu reduzieren. Jetzt ist sie gerade noch groß genug, um das Land im Notfall verteidigen zu können, aber viel zu klein, um einen Krieg anzuzetteln. Und woher nimmt man Waffen, wenn man sie nicht bezahlen kann? Diese Strafe war nicht einfach nur eine Strafe, sie wurde verhängt, um zu verhindern, dass von Deutschland jemals wieder Gefahr ausgeht.«

»Aber was, wenn Hitler das egal ist?«, fragte ich. »Was geschieht dann?«

»Dann steht die Welt bereit, um einzugreifen. Glaub mir, es wird keinen neuen Krieg geben, das ist ausgeschlossen.«

Julian dachte nach. »Meinst du, Hitler gibt in seinem Buch nur damit an?«

»Ich denke, dass es in der Welt genügend vernünftige Menschen gibt, auch in Deutschland und in Italien.«

»Menschen, die immer selbstständig denken werden, meinst du das?«

»Genau. Und …«

Julian unterbrach ihn. »Aber Papa, nimm doch einmal an, dass es doch zum Krieg kommt und dass wir kämpfen müssen, um Hitler aufzuhalten. Würdest du dann auch kämpfen?«

»Julian, du kennst meine Meinung.«

»Ja, die kenne ich schon mein ganzes Leben, aber ehrlich gesagt, verstehe ich dich immer weniger.« Julian sah mich an. »Begreifst du das noch? Sag mal was.«

»Ich rede nicht so gerne«, sagte ich. »Ich höre lieber zu. Schriftsteller hören zu. Sie schreiben Geschichten über das, was sie zu hören kriegen.« Ich fand diese Antwort sehr klug, besonders, weil ich keine Ahnung hatte, was ich sonst hätte sagen sollen. Deutschland war weit weg und Polen und Russland noch viel weiter. Ich konnte mich darüber nicht so aufregen wie mein Bruder.

»Nachplapperer. Virginia sagt auch immer, dass sie vor allem zuhört«, sagte Julian.

»Aber es stimmt doch, oder? Du würdest kämpfen und Papa würde sich etwas anderes ausdenken, um sich Hitler zu widersetzen.«

»Klugscheißer.« Julian gab mir einen Stoß gegen die Schulter.

Henry, der Elektriker, kam wieder. Duncan malte ihn in einem Lendenschurz auf dem Sofa im Atelier liegend und war mit dem Resultat äußerst zufrieden. »Du hast einen schönen Körper«, sagte er.

»Weiß ich«, sagte Henry. »Du auch, denke ich, obwohl gerade nicht so viel davon zu sehen ist.« Er deutete auf Duncans abgetragene Kleider.

»Neugierig?«, fragte Duncan.

»Also ehrlich!», sagte meine Mutter.

Duncan zog seine Hose hoch und grinste. »Wir sollten einmal zusammen ausgehen, du und ich.«

»Keine schlechte Idee«, sagte Henry. Er zog sein Hemd an.

Ich verließ das Atelier und suchte mir einen ruhigeren Ort, um meine Geschichte zu überarbeiten.

»Lass sie erst dann jemanden lesen, wenn du selbst meinst, dass sie perfekt ist«, hatte Tante Virginia gesagt.

Ich strich Sätze durch und überlegte mir schönere. Aber immer, wenn ich die Geschichte aufs Neue ins Reine schrieb, hatte ich das Gefühl, dass Virginia mir auf die Finger schaute. Jedes Mal fragte ich mich, ob die vorherige Fassung nicht doch die bessere war. Die Geschichte fing an, mich zu langweilen. Als ich Virginia das nach ein paar Tagen beichtete, tippte sie mir mit einer Zigarette an die Wange. »Solange du den Leser nicht langweilst.«

Diese Antwort half mir aber nicht weiter.

»Quentin«, sagte Virginia, »ich kann dir ruhig erzählen, dass mir jedes meiner Bücher regelrecht aus dem Hals hängt, wenn ich den letzten Punkt setze. Erst Monate, nachdem so ein Buch gedruckt ist, habe ich wieder Lust hineinzuschauen. Wenn du das nicht aushalten kannst, solltest du kein Schriftsteller werden.«

»Warum bist du bloß so streng zu mir?«

»Warum verhältst du dich wie ein Amateur?«

Das brachte das Fass zum Überlaufen. »Warte nur, bis meine Geschichte fertig ist!«, sagte ich drohend.

»Das hört sich schon besser an.« Sie steckte sich die Zigarette an, ging in ihr Arbeitszimmer und zog die Tür hinter sich zu.

~

»Es sind Kunden da, aber der Laden ist geschlossen«, sagte Grace.

»Wo ist David?«, fragte meine Mutter. Sie und Duncan knieten im Atelier vor Gemälden, die sie für eine Ausstellung zusammenstellen wollten.

»Er ist bei seinen Eltern in Brighton«, sagte Duncan.

»Heute? Warum?«

»Wir haben uns gestritten. David ist wütend, weil ich mit Henry in Lewes gewesen bin.«

»Nur deshalb?«

»Na ja, und in Dover.«

»Ihr seid zwei Tage dort geblieben.«

»Es ist spät geworden und deshalb haben wir in einem Hotel übernachtet. Was ist daran schlimm?«

»Ich habe es dir prophezeit. Du hast David verletzt.«

»Er kommt bestimmt zu mir zurück«, sagte Duncan.

Aus einem Stapel Gemälde, die an der Wand lehnten, zog meine Mutter ein Portät von mir heraus. »Quentin, kümmerst du dich um die Kunden?«

Im Esszimmer stieß ich auf Julian, der aufgeregt telefonierte. Als er mich bemerkte, legte er den Hörer auf. »Hast du es schon gehört?«

»Ja. Sie haben Krach«, sagte ich.

»*Krach*? Hitler hat einige seiner eigenen Parteimitglieder ermorden lassen.« Julian blickte mich an, als würde der Untergang der Welt nicht mehr lange auf sich warten lassen.

Ich musste mich kurz auf das neue Thema einstellen und fragte: »Hitler? Lässt seine Parteimitglieder ermorden? Aber das sind doch seine Verbündeten. Wieso?«

»Weil sie zu mächtig geworden sind. Jeder, der ihm Steine in den Weg legt, wird beseitigt, sogar seine sogenannten Freunde. Ich habe es doch gesagt: der Kerl ist gemeingefährlich, er lässt sich von nichts und niemandem aufhalten.«

Während ich darüber nachdachte, was ich sagen sollte, damit Julian mit meiner Antwort zufrieden wäre, zog er das Telefon wieder an sich heran. »Schon gut, ihr wollt ja doch nicht begreifen, was da gerade passiert.«

Ich war beleidigt. »Es wäre trotzdem schön, wenn wir uns mal wieder etwas länger unterhalten könnten. Es gibt so vieles, das ich dich fragen oder dir erzählen will, über Politik und über …«

Über Emma hatte ich sagen wollen.

Emma war sechzehn und seit Kurzem Mitglied unseres Leseklubs.

Sie war blond und hatte so blaue Augen wie David. Und sie war der Grund, weshalb ich zum ersten Mal im Leben nicht meine ehrliche Meinung über ein Buch gesagt hatte.

Wir wollten *Prelude* von Katherine Mansfield besprechen, eine Kurzgeschichte mit knapp siebzig Seiten. Sie handelt von einer Familie, die von der Stadt aufs Land zieht, und den Gefühlen dieser Personen in den ersten Tagen in ihrem neuen Haus. Mr Crockett hatte uns geraten, sie erst ein paarmal zu lesen, bevor wir darüber ein Urteil abgaben. »Es ist eine Geschichte über Menschen, die man langsam kennenlernen muss«, hatte er gesagt. »Nehmt euch die Zeit.« Ich hatte das Buch dreimal gelesen und fand es großartig.

Emma, die als Erste zu Wort kam, sagte, sie fände die Geschichte langweilig. »Es passiert fast nichts.«

Ich sah sie an, lauschte ihrer Stimme und bemerkte, wie sich ihre Nase bei jedem Wort mitbewegte. Eine reizendere Stupsnase konnte es nicht geben. »Und das Buch sieht auch noch langweilig aus.«

Auf dem dunkelblauen Umschlag standen nur der Name der Schriftstellerin und der Titel, weiter nichts. Onkel Leonard hatte es verlegt.

»Langweilig«, sagte Mr Crockett. »Na gut. Quentin, was meinst du?«

»Ich, äh …« Voller Interesse sah Emma mich an. Diese Augen! *Großartig* erschien mir plötzlich ein falsches Wort für Katherine Mansfields Kurzgeschichte. »Na ja«, sagte ich, »es ist gut geschrieben, aber es ist schon so, dass die Gedanken ab und zu abschweifen, wenn man es liest und dann denkt man: Wann *passiert* denn endlich mal was? Aber ansonsten finde ich sie schon eine interessante Schriftstellerin, doch.«

Als ich das gesagt hatte, fand ich mich feige und wusste, dass ich mit Emma schlafen wollte. Verzeih, Katherine

Mansfield, verzeih mir! Deine Kurzgeschichte ist ein Meisterwerk.

Mr Crockett grinste. Hatte er mich durchschaut?

»James?«, erteilte er dem Jungen neben mir das Wort. »Wie ist deine Meinung?«

James hatte offensichtlich kein Interesse an Emma, denn er fand *Prelude* die beste Kurzgeschichte, die er je gelesen hatte.

Nach dem Leseklub standen wir bei unseren Rädern auf dem dunklen Schulhof. Ich fragte Emma, ob sie nicht Lust hätte, einmal nach *Charleston* zu kommen. »Wir haben Regale voller Bücher, die nicht langweilig sind.«

»Du willst mich sicher küssen«, sagte Emma.

Ich wurde rot und fummelte an meinem Fahrradschloss herum. »Ja«, sagte ich, »irgendwie schon.«

»Das habe ich mir gedacht. Du hast mich die ganze Zeit angestarrt. Du bist niedlich, wenn du starrst.«

Zwei Tage später kam sie. Ihr Vater brachte sie mit dem Auto. Ich schüttelte ihm die Hand. Er schaute sich um. »Hübscher Garten«, sagte er. »Wer hat ihn entworfen?«

»Meine Mutter.«

»Sie hat einen guten Blick«, sagte er. »Richte ihr aus, dass sie einen guten Blick hat.« Er gab Emma einen Kuss. »Tschüss, mein Mädchen, komm nicht zu spät nach Hause.«

»Er will wissen, mit was für Jungen ich mich treffe«, sagte Emma, als ihr Vater davonfuhr. »Aber er macht keinen Ärger.«

Ich spürte einen Stich von Eifersucht. Sie besuchte also öfter Jungs!

»Willst du das Haus sehen?« Meine Stimme zitterte. »Meine Mutter und Duncan sind im Atelier.«

»Darfst du sie stören?«

»Manchmal. Kommt darauf an, an was sie gerade arbeiten.«

»Lieber nicht«, sagte sie. »Komm.« Sie lief zur Bank, die hinten im Garten unter unserem Baumhaus stand, und zeigte nach oben. »Hast du das gebaut?«

»Zusammen mit meinem Bruder.«

»Süß«, sagte sie.

So besserte sich meine Laune nicht. Ich wollte nicht, dass sie mich niedlich fand und andere Jungs besuchte.

»Schau nicht so«, sagte sie. »Du siehst komisch aus, wenn du so guckst. Komm zu mir.«

Mürrisch setzte ich mich auf die Bank. Sie küsste mich auf die Wange. »Ich will dich nur ärgern. Ich finde dich nämlich einfach toll.«

»Echt?«

»Was denkst du denn? Du bist lustig.«

Obwohl es nicht ganz das war, was ich hören wollte, fühlte ich mich doch ein wenig besser als gerade zuvor.

»Du bist schön«, sagte ich.

»Küss mich«, sagte sie. Ich küsste sie auf den Mund.

Sie sagte nichts mehr. Vorsichtig und zurückhaltend streichelte ich ihr Gesicht und die Arme. Sie fuhr mir mit der Nase die Wange entlang und ich bekam Gänsehaut.

Im Haus knallte ein Fenster zu. Ich blickte hoch, sah aber niemanden.

»Spione«, sagte sie.

»Spione«, sagte ich. Wir kicherten und küssten uns wieder und ich sehnte mich danach, mehr zu tun, als nur ihr Gesicht und ihre Arme zu streicheln, aber ich traute mich noch nicht. Was würden andere Jungs jetzt machen? Oder Julian?

Ich weiß nicht, wie lange wir so dicht aneinandergedrückt auf der Gartenbank gesessen haben, ein paar Stunden oder ein paar Minuten, ich weiß nur, dass es außerordentlich schön war. Das Sonnenlicht wurde von der Pappel gefiltert, eine braune Kröte kroch an uns vorbei. Irgendwo im Haus war Grace am Staubsaugen.

»Ich bin froh, dass ich im Leseklub bin«, sagte Emma.

»Ich auch«, sagte ich. »Sehr froh.«

Ich brachte sie zur Bushaltestelle. »Komm bald wieder.«

»Ja«, sagte sie.

Als ich zurück zum Haus lief, lehnte sich Angelica aus ihrem Zimmerfenster. »Wer war das Mädchen?«, fragte sie.

Der Spion gab sich zu erkennen.

»Geht dich nichts an.«

Sie streckte mir die Zunge raus, zog den Kopf zurück und rief so laut, dass das ganze Haus es hören konnte: »Quentin ist verliebt! Er hat ein Mädchen geküsst!«

Ich ging in den Laden.

David kam nicht zurück. Er schickte einen Brief, in dem stand, dass er Zeit zum Nachdenken bräuchte. »Ich teile dich schon mit so vielen Menschen. Warum auch noch mit Henry?«

Duncan schrieb David: »So bin ich nun einmal, es bedeutet nichts. Das weißt du doch, oder?«

Es kam kein weiterer Brief, obwohl Duncan sich das sehnlichst wünschte. Nicht dass er mit mir darüber gesprochen hätte, aber wenn Colonel Kipling morgens die Post später als gewöhnlich brachte, wurde er kratzbürstig. Und wenn wieder ein Tag ohne Nachricht von David verging, setzte sich Duncan aufs Fahrrad und fuhr zu Henry, um dort den Abend und manchmal auch die Nacht zu verbringen. Aber vergnügt kam er von dort nie zurück.

»Mach dein Leben nicht so kompliziert«, sagte meine Mutter. »Hilf mir lieber mit der Ausstellung. Ohne dich weiß ich wirklich nicht, welche Bilder ich auswählen soll.«

Der Direktor der National Portrait Gallery in London hatte die beiden gebeten, ihre Arbeiten bei ihm auszustellen. »Was für eine Ehre«, sagte mein Vater. »Es ist eines der besten Museen, die ich kenne. Der Direktor weiß, was Qualität ist.« Sie hatten Lady Ottolines Hilfe inzwischen nicht mehr nötig, die englischen Kunstliebhaber wussten, wer Vanessa Bell und Duncan Grant waren.

Die Ausstellung trug den Titel *Porträts* und bestand zum größten Teil aus Gemälden von uns Kindern. Ich als Kleinkind. Julian und ich als zwei Lausejungs in unserem Baumhaus. Angelica, die bei Grace auf der Anrichte saß.

Zur Eröffnung an einem warmen Oktobertag kamen hunderte Interessenten, hauptsächlich Leute, die ich nicht kannte. »Menschen mit Geld«, sagte mein Vater zufrieden. Mit einem Glas in der Hand streiften sie flüsternd durch die Säle, als könnten die Gemälde durch laute Stimmen von der Wand fallen. Sie spähten zu den beiden Künstlern hinüber, blieben aber ehrfurchtsvoll auf Abstand.

So war es also, wenn man berühmt war, dachte ich. Dann flüstern die Menschen und starren einen an. Ich fände es großartig, wenn mir das später auch passieren würde. Duncan bemerkte es gar nicht. Er stand bei einem Gemälde von David, der auf dem Rasen schlief, und achtete nicht darauf, was um ihn herum geschah. Minutenlang stand er dort, schweigend, traurig.

»Wirst du das Gemälde verkaufen?«, fragte ich. Es hing schon seit Jahren in Duncans Zimmer. Da gehörte es auch hin, nicht in dieses Museum und bestimmt nicht in das Haus eines Fremden.

»Ich will, dass David zurückkommt«, sagte Duncan. »Henry langweilt mich.«

»Sag ihm das doch.«

Duncan legte mir den Arm um die Schultern. »Weise Worte, aber ich denke, er ist zu wütend auf mich.« Er blickte sich um. »Wer sind all die Leute?«

Ich kicherte. »Keine Ahnung. Sie wollen die Gemälde kaufen.«

»Und wo ist Vanessa?«

Ich zeigte ihm, wo sie stand. In einer Ecke des Saals hörte sie einem unbekannten Mann zu. Spucketröpfchen sprühten aus seinem Mund, während er auf sie einredete. Ab und zu nickte meine Mutter, während ihre Augen nach einer Möglichkeit suchten, ihm zu entkommen. Diese Gelegenheit ergab sich aber nicht, denn zu dem Mann gesellte sich jetzt eine Frau mit blauer Stola, die ebenfalls zu reden begann. Verzweifelt blickte meine Mutter in unsere Richtung. Die beiden hatten sie umzingelt.

»Komm mit, wir retten sie«, sagte Duncan, »und dann verschwinden wir hier. Ich will eine Bootsfahrt auf der Themse machen. Such schon mal Angelica.«

Julian war nicht mitgekommen. »Ich sehe mir die Ausstellung irgendwann später an«, hatte er gesagt. »Das ist ja kein Problem, ich wohne ja jetzt in London. Sue mag keine Museen.« Sue war seine neuste Eroberung. Laut Julian war sie dumm, »aber ziemlich gut im Bett.« Nur gut, dass Julian kein Schriftsteller werden wollte. Seine Äußerungen konnte man nicht gerade poetisch nennen.

Emma war auch nicht gekommen. Ich hatte sie gefragt, aber sie konnte nicht. Wir hatten uns in den vergangenen Wochen oft gesehen: in der Schule, in *Charleston* und bei ihr zu Hause in Lewes, wo sie mich ihrer Mutter vorgestellt hatte. Ihre Eltern waren nette Leute, die Gärten für reiche Landhausbesitzer entwarfen. »Aber keiner dieser Gärten ist so schön wie eurer«, sagte ihr Vater. »Es muss herrlich sein, wenn man keine Rücksicht auf den Geschmack von anderen nehmen muss.« Sie selbst hatten einen kleinen Stadtgarten, der mich an den Garten von *Monk's House* erinnerte. Das Haus war von grünen Kletterpflanzen bewachsen, die durch ein paar Ritzen ins Haus krochen. Wenn ich zu Besuch war, tranken wir unter der Glyzinie Tee. Timmy, Emmas dreijähriger Bruder, zog an meinem Arm und bettelte, ob ich nicht mit ihm Fußball spielen könnte.

Emma und ich unternahmen lange Spaziergänge im Park, bei denen sie mich mit ihren spöttischen Bemerkungen ordentlich auf die Palme bringen konnte. ›Wie dünn du bist‹ oder ›Eigentlich könntest du ein Bruder von mir und Timmy sein, meine Mutter ist von dir ganz hingerissen.‹

Und wenn ich meinen Arm um sie legen wollte, um sie zu küssen, kam sie mir fast immer zuvor, indem sie sich einfach auf den Rasen setzte und mich mit sich zog.

Mit jedem Tag verliebte ich mich mehr in sie.

»Du willst eine Frau, die dich beherrscht«, sagte Julian. »Das kommt durch Mama und Virginia.«

Und mit jedem Tag wuchs mein Verlangen, mit Emma zu schlafen. Aber Julian hatte gesagt, dass man auf den richtigen Moment warten müsse. »Tust du das nicht, verdirbst du alles.«

»Wann ist der richtige Moment?«

»Wenn sie will, dass du ihren Busen berührst.«

»Julian!«, rief ich.

»Glaube mir«, sagte er, »ich weiß, wovon ich rede.«

Ich bahnte mir einen Weg durch die Menschen und suchte nach Angelica. Sie stand vor einem Gemälde von sich, und ließ sich von einem pausbackigen Mann bewundern, der »so lebensnah, so lebensnah!«, wisperte, während er sich seine heftig zitternden Hände rieb. Ich fand ihn gruselig und hatte eine Vision, wie er ihr jeden Augenblick die Zähne in den Hals rammte.

»Angelica, komm!«, rief ich.

»Warum?«

»Wir gehen.«

Verärgert blickte Dracula in meine Richtung.

»Ich will nicht gehen«, sagte Angelica.

»Wir machen eine Bootsfahrt mit Duncan und Mama.«

»Eine Bootsfahrt!« Angelica strahlte. »Dürfen wir auch schwimmen? Und nehmen wir Sandwiches mit?«

In diesem Moment kam Lady Ottoline herein. »Freunde!« Ihr Kleid raschelte wie Bambusblätter im Wind. Für ein paar Sekunden hatte niemand mehr Augen für die Gemälde.

»Wie fürchterlich, dass ich mich so verspätet habe. Ist noch etwas übrig? Es ist doch noch nicht alles verkauft?«

»Den Ausflug können wir wohl vergessen«, murmelte Duncan. »Ottoline! Wie schön, dass du da bist. Darf ich dich küssen?«

~

In der Ecke des Esszimmers stand ein Weihnachtsbaum, geschmückt mit Kugeln und Girlanden, die Duncan und meine Mutter selbst gemacht hatten. Die Spitze war ein goldener, aus Pappe geschnittener Engel, der große Ähnlichkeit mit Lytton hatte. Wir machten kein Licht, denn es waren überall Kerzen aufgestellt. »Wie früher«, sagte meine Mutter zufrieden. Grace hatte einen mit Kastanien gefüllten Truthahn gebraten. In allen Zimmern roch es nach gebratenem Fleisch. Der *Christmas Pudding*, mit dem Grace die ganze Woche eifrig beschäftigt gewesen war, stand wie eine Trophäe mitten auf dem Tisch.

»Soll ich Klavier spielen?«, fragte Angelica, die aus dem Fenster schaute.

Doch bevor Duncan antworten konnte, dass er das für eine sehr gute Idee hielt, sagte meine Mutter rasch, sie solle damit besser bis zum Abend warten, wenn alle da wären und Wein getrunken hätten.

Angelica ließ die Finger vom Klavier.

Ich war nervös. Heute Abend sollte ich meine Geschichte über Pigling den Großen vorlesen. Tante Virginia hatte den Vorschlag gemacht, weil Weihnachten nun einmal nicht ohne eine gute Geschichte auskomme.

»Muss das sein?«, hatte ich gefragt. »Was ist, wenn sie euch nicht gefällt?«

»Das werden wir dann sehen«, sagte Virginia. Sie selbst las ihre Romane nie vor, jedenfalls nicht, wenn wir dabei waren.

Meine Tante und mein Onkel kamen mit dem Taxi, denn es war ungemütlich draußen und es fiel nasser Schnee.

»Julian!«, rief meine Mutter in Richtung des Arbeitszimmers meines Vaters. »Mach das Radio aus und leiste uns Gesellschaft.«

»Wird Angelica Klavier spielen?«, rief Julian zurück.

»Vielleicht später, jetzt noch nicht.«

»Gut, dann komme ich.«

»Wo bleibt denn Papa?«, fragte Angelica. Es war die Frage, die sie jedes Jahr stellte, seit sie drei war. Diese Frage war ein fester Bestandteil unseres Weihnachtsfests, genau wie die Antwort meiner Mutter: »Papa kann nicht kommen, er hat Wichtiges in London zu tun.«

»Ach, schade«, sagte Angelica und setzte sich mit einem Buch an den Kamin.

Grace servierte Pastetchen. Duncan öffnete eine Flasche Champagner.

Ich blickte zur Fensterbank, auf der meine Geschichte bereit lag, und hoffte, sie würden vergessen, dass ich sie vorlesen sollte.

»Tom Eliots Buch ist fertig«, sagte Leonard. Er zeigte uns den Gedichtband des einzigen Dichters der Welt, der je vom Kaiser von Burgund vom Bahnhof abgeholt worden war. Den Umschlag hatte meine Mutter mit Spiralen und Blumen gestaltet. Wer dieses Buch sah, wusste sofort, wer es verlegt hatte.

»Morgen verschicken wir es an die Buchhandlungen«, sagte Leonard. »Ich denke, es wird ein Erfolg.«

Ich nahm das Buch, blätterte darin und hing meinen Tagträumen nach, dass irgendwann eine von meinen Geschichten von einem Umschlag umgeben sein würde, den meine Mutter gestaltet hatte.

Es wurde an die Tür geklopft. Angelica sprang auf. »Der Weihnachtsmann!«, rief sie.

Aber es war David. David! Als wir seine Stimme hörten, rannten wir in die Halle. Triefend nass stand er vor der Tür. Bert sprang an ihm hoch und leckte ihm die Hand.

»David!«, riefen wir durcheinander.

»Du bist wieder da«, sagte meine Mutter.

Befangen stand Duncan hinter uns, noch halb im Esszimmer. Er errötete. David bemerkte es, sagte aber nichts. Er rieb sich die eiskalten Hände warm. »Ich bin mit dem Fahrrad gekommen. Schrecklich.«

Tropfen fielen zu Boden.

»Den ganzen Weg von Brighton bis hierher?«, fragte Grace. »Bei diesem Wetter? Also Mister David. Ich mache ihnen einen Grog. Ziehen Sie erst mal die nassen Sachen aus.«

Wir schoben noch einen Stuhl an den Kamin. Der unerwartete Besucher setzte sich, Julian half ihm die Stiefel auszuziehen. »Ich hatte Gegenwind«, sagte David.

Duncan stand am Fenster. Zwischen ihm und David stand der Esstisch. »Du bist wieder da«, sagte er. Seine Stimme klang heiser. »Bleibst du?«

»Wenn du das willst«, sagte David.

»Wir finden es schön, wenn du hier bist, das weißt du doch, oder?

»Wir?«

»Natürlich«, sagte meine Mutter. »Wir.«

Ich nickte. »Henry hat uns gelangweilt.« Angelica gab David einen Kuss.

Duncan sagte: »Ich meine: *Ich* finde es schön, wenn du hier bist. Ich kann nicht ohne dich sein und ich habe mich dumm verhalten.«

David grinste. »Ich fürchte, ich kann auch nicht ohne dich sein.«

»Ohne uns«, sagte Angelica.

»Ohne euch alle«, sagte David.

Stirnrunzelnd betrachtete meine Mutter Duncan. »Bleibst du den ganzen Abend hinter dem Tisch stehen?«

Wie ein gehorsames Kind ging Duncan auf seinen Freund zu. »Es tut mir wirklich leid.«

»Lass gut sein«, sagte David. »Wir reden später darüber. Ach, Lytton ist auch da. Wie schön.« Er deutete auf den Engel auf dem Weihnachtsbaum.

Grace brachte ihm den Grog. Wir saßen um ihn herum, froh, dass alles wieder so war, wie es sein sollte. Das Kaminfeuer brannte, die Schneeflocken draußen wurden dicker. Wieder klopfte es an die Tür, besser gesagt: es donnerte.

»Angelica, mach die Tür auf«, sagte meine Mutter.

Angelica grinste und rannte los. »Der Weihnachtsmann«, brüllte sie von der Halle aus. »Es ist der Weihnachtsmann!«

Ein Glöckchen klingelte, als ein bärtiger, alter Mann ins Esszimmer trat. »Ho ho ho!«, rief der Weihnachtsmann, der das restliche Jahr über mein Vater war.

»Weihnachtsmann! Bist du es wirklich?« Jeder von uns genoss dieses Schauspiel.

Der Weihnachtsmann bekam einen Ehrenplatz und sagte: »Zeit für die Geschenke.« Zu seinen Füßen stand ein prall gefüllter Jutesack, aus dem er Geschenke hervorzauberte. Ein Schal für Virginia, verziert von meiner Mutter. Das Buch *Die Geschichte Europas* für Julian. Ein Briefumschlag mit meinem Namen drauf. Ich erkannte Virginias Handschrift. In dem Umschlag steckte das Foto eines Schreibtischs.

»Ein Schriftsteller braucht einen Arbeitstisch«, sagte Virginia. »Er war zu groß für das Taxi, du bekommst ihn bald.«

Ich betrachtete das Foto. Ein dunkler, alter Tisch mit einer ledernen Arbeitsplatte und rundherum genug Platz für Tintenfässer und Stifte und vollgeschriebene Blätter. Das Holz war abgenutzt, als hätte der Tisch schon jede Menge Schriftsteller und Manuskripte mitgemacht. Ich fand ihn großartig.

»An diesem Schreibtisch habe ich mein erstes Buch geschrieben«, sagte Virginia. »Jetzt gehört er dir.«

Ich war sprachlos und wollte sie umarmen, aber mir fiel noch rechtzeitig ein, dass sie das nicht mochte. »Toll! Dankeschön.«

»Nächstes Geschenk«, sagte Angelica.

Grace bekam ein Gemälde von sich selbst, wie sie in der Küche am Herd steht, Angelica ein Notenbuch ›für den fortgeschrittenen Pianisten‹.

Sogar für David gab es ein Geschenk, was ihn ziemlich überraschte. »Ihr habt doch gar nicht gewusst, dass ich heute hier sein würde.«

»Der Weihnachtsmann weiß mehr, als du glaubst, mein Junge«, sagte der Weihnachtsmann. »Kriege ich noch ein Glas Punsch?«

Grace ging in die Küche, um den Truthahn zu holen. Wir aßen, tranken, unterhielten uns und hatten viel Spaß.

»Als würde die böse Außenwelt nicht existieren«, sagte Julian, der in seinem Buch blätterte.

»Heute Abend existiert sie einmal nicht«, sagte der Weihnachtsmann. »Auch für dich nicht, Julian. Lies das Buch morgen. Nimm einen Schluck Wein. Quentin liest uns gleich seine Geschichte vor.«

Ich erschrak. Die Geschichte! Vor Freude über den Schreibtisch hatte ich sie ganz vergessen. Jetzt kam ich wohl nicht mehr darum herum. Ich musste vorlesen. Der Sprung in die Tiefe.

Mein Publikum lehnte sich in seinen Stühlen zurück und schaute mich voller Erwartung an. Sicherlich würden sie höflich applaudieren, wenn die Lesung vorüber war, aber ich kannte meine Familie gut genug, um zu erkennen, ob der Applaus ernst gemeint war. Mit einem Mal schien es mir viel weniger schlimm, Fremden die Geschichte vorzulesen. Die würden zuhören und nach Hause gehen. Wenn es ein Reinfall wäre, könnte ich es einfach vergessen, weil ich das enttäuschte Publikum niemals wiedersehen würde. Aber meine Familie …

»Fang schon an«, sagte Julian. »Wir warten.«

»Soll ich Klavier spielen, wenn Quentin fertig ist?«, fragte Angelica.

Sie bekam keine Antwort, auch nicht von Duncan.

Es gab keinen Aufschub mehr. Ich schlug mein Heft auf und fing an zu lesen. »Pigling der Große war ein Eber, nur wusste er das nicht …«

Nach einer halben Seite zitterte meine Stimme nicht mehr. Selbstbewusst las ich weiter. Sie lachten bei Stellen, an denen ich es in der Geschichte beabsichtigt hatte, waren bei ergreifenden Passagen mucksmäuschenstill, schauten amüsiert zu, wenn ich auf der Stelle einen Satz verbesserte, mit dem ich plötzlich nicht mehr zufrieden war.

Ich hatte ihre Aufmerksamkeit, ihre volle Aufmerksamkeit, zehn, fünfzehn, zwanzig Minuten lang, bis zum Ende meiner Geschichte.

»Widerstrebend hatte Pigling der Große sich in den Wagen des Schlachters einschließen lassen und als er von hier aus sah, wie der Bauernhof immer kleiner wurde, erkannte er, dass er sich sein ganzes Leben etwas vorgemacht hatte. Er war eben doch ein Eber, ein ganz gewöhnlicher Eber.«

Ich klappte das Heft zu. Stille, kein Applaus. Ich blickte auf. Schweigend sahen sie mich an.

»Die Geschichte ist zu Ende«, sagte ich.

Meine Mutter lächelte. »Das wissen wir.«

Der Weihnachtsmann nickte gütig. »Schöne Geschichte«, sagte er.

»Gut vorgelesen«, sagte Duncan.

»Für einen knapp Sechzehnjährigen ist es sogar eine sehr gute Geschichte«, sagte Leonard.

»Für einen knapp Sechzehnjährigen ist dies eine geradezu geniale Geschichte«, sagte Virginia.

Ich war beleidigt. Ich war Schriftsteller und wollte nicht irgendein knapp sechszehnjähriger Junge sein.

Grace brachte eine Flasche Portwein für den *Christmas Pudding* herein. Angelica setzte sich ans Klavier und begann zu spielen.

David kniff mich in den Arm. »Ich bin stolz auf dich.«

»Wir sind alle stolz auf ihn«, sagt meine Mutter. »Grace, du hast dich selbst übertroffen mit diesem *Christmas Pudding.*«

»Wenn Sie mich nicht mehr brauchen, gehe ich jetzt nach Hause«, sagte Grace. »Walter wartet auf mich.«

Der Weihnachtsmann wühlte in seinem Jutesack und holte ein Päckchen hervor. »Für Walter. Euch beiden ein fröhliches Weihnachtsfest, Grace.«

Virginia kam zu mir und flüsterte mir ins Ohr: »Gut gemacht, Quentin. Sehr gut gemacht.«

Aber diese Bemerkung verwirrte mich noch mehr. Was hielten sie denn nun davon? War ich ein Schriftsteller oder *irgendein knapp sechszehnjähriger Junge*, der eine nette Geschichte geschrieben hatte? Ein Kind also, das man noch nicht ernst nehmen muss? Mir war natürlich klar, dass meine Familie selten großes Lob aussprach, aber an diesem Abend sehnte ich mich danach. Vergebens. Ich musste mit dem zufrieden sein, was sie gesagt hatten, denn mittlerweile standen alle um das Klavier herum und lauschten Angelicas Weihnachtsliedern.

1935

Mein letztes Schuljahr hatte ich nun fast hinter mir und ich musste darüber nachdenken, was ich danach tun wollte. Sollte ich zur Universität gehen wie Julian? Dann würde ich den größten Teil des Jahres in London oder noch weiter weg verbringen und nur noch ab und zu in *Charleston* sein. Wollte ich das? Brauchte ein Schriftsteller denn einen Studienabschluss? Tante Virginia hatte schließlich auch nur ein paar Jahre Hausunterricht gehabt und schrieb jetzt großartige Bücher. Hatte Charles Dickens studiert? Oder Jane Austen?

Ich beschloss, meinen Vater um Rat zu fragen und rief ihn an.

»Komm am Samstag nach London«, sagte er, »dann gehen wir zusammen mittagessen.«

»Geht's auch am Sonntag? Am Samstag kommt Emma.«

»Natürlich. Immer noch verliebt?«

»Ganz schlimm.«

»Sie ist ein sehr hübsches Mädchen«, sagte mein Vater.

»Ja.«

Emma kam an diesem Samstag. Ich war furchtbar nervös, denn ich wollte mit ihr schlafen, war mir aber nicht sicher, ob sie das auch wollte. Das war ein Thema, dem ich aus Verlegenheit aus dem Weg gegangen war. Aber nicht, weil ich an ihren Gefühlen mir gegenüber zweifelte. Sie war genauso verliebt wie ich. Das hatte ich gemerkt, als wir zusammen am Ufer des Bachs im Tal hinter dem Bauernhof saßen und einander Dinge aus unserer Kindheit und über unsere Zukunftsträume erzählten. Dort mit ihr zu sitzen und manchmal lange zu schweigen und nur dem Wasser und den Vögeln zuzuhören, fühlte sich so vertraut an. Sie küsste mein Ohr, ich streichelte ihr Bein. Jedes Mal, wenn wir zusammen waren, fand ich es schön, wirklich schön, und trotzdem wuchs meine Ungeduld, denn wenn ich abends im Bett lag, streichelte ich nicht ihr Bein, sondern ihre Brüste, ihren Hintern und … na ja, ich bin mir sicher, dass Julian für diese Zeilen der bessere Schriftsteller wäre. Er hätte geschrieben: »Ich wollte Sex mit ihr.«

Was ging in Emma vor, wenn sie abends im Bett lag? Träumte sie auch auf diese Weise von mir? Es gab nur einen Weg, das herauszufinden.

Weil Julian nicht da war, ich aber meine Pläne nicht für mich behalten konnte, hatte ich David ins Vertrauen gezogen. »Endlich«, sagte er grinsend, »ich habe allmählich schon an dir gezweifelt.«

Emma kam mit dem Bus. Ich holte sie an der Haltestelle ab und war etwas enttäuscht, weil sie nur wenig mit mir sprach, als wir zum Haus liefen. Wir gingen hinein. Meine Mutter zwinkerte mir zu. »Ihr wollt bestimmt keinen Tee, oder?« Was für eine komische Frage. Duncan gab Emma die Hand und grinste. Ich blickte sie misstrauisch an. David kam herein und grinste auch. ›Geht weg!‹, dachte ich. Duncan und David verschwanden im Atelier.

»Soll ich im Garten Scones und Limonade servieren, Quentin?«

Ich drehte mich um und sah das fröhliche Gesicht von Grace in der Küchentür. »Nein«, sagte ich. Wussten denn alle hier Bescheid? Vielen Dank auch, David.

Oben setzten wir uns auf mein Bett. Wir küssten uns und kicherten und während ich noch darüber nachdachte, wie ich weiter vorgehen sollte, sagte Emma: »Wollen wir zusammen ins Bett?«

»Da sind wir doch schon«, sagte ich, wieder einmal von ihrer Direktheit überrumpelt.

»Nein«, sagte sie.

»Nein?«, fragte ich und grinste blöd. »Darf ich deinen Busen berühren?«, fragte ich und merkte, wie schrecklich das klang. »Ich meine …« Was für eine idiotische Frage. Dieser verdammte Julian mit seinen Ratschlägen! Ich war dabei, alles zu verderben.

»Du bist so lustig«, sagte sie amüsiert und kickte ihre Schuhe weg.

Wir zogen uns aus, eine Handlung, bei der ich zum ersten Mal in meinem Leben befangen war. Erst als wir beide nackt waren, wagte ich es, Emma anzusehen. Sie hatte kleine Brüste und schlanke Beine. Die blonden Härchen auf ihren Unterarmen standen aufrecht. Ich streichelte sie. Meine Finger zitterten.

»Ich mag es, wenn du unsicher bist«, sagte sie.

»Hast du schon einmal …?«, fragte ich.

»Schon oft.« Sie roch an meinem Haar.

»Ich nicht.«

»Nein.« Sie kraulte mir mit den Fingernägeln über den Rücken. Ich erschauderte und fand es herrlich.

»Wollen wir uns aufs Bett legen?«, fragte sie.

Sie drückte sich an mich und strich mit ihren Fingern über meinen erregten Penis, der sofort anfing zu zucken. Ich geriet in Panik. Noch nicht! Aber ich hatte keine Macht mehr über meinen Körper. Das Zeug spritzte über meinen Bauch und Emmas Finger.

»Warum schreibst du ›Zeug‹?«, fragte Tante Virginia. »Es heißt Sperma.«

»Ich fühle mich unbehaglich, wenn ich ›Sperma‹ schreibe.«

»Weil diese Geschichte von dir selbst handelt?«

»Ja. Es war für mich eine ziemlich schwierige Szene. So intim, als könne der Leser mich nackt vor sich sehen.«

»Ein Schriftsteller, der sich nicht traut, sich unbehaglich zu fühlen, schreibt langweilige Bücher«, sagte Virginia. »Tu das nicht, schreibe Sperma.«

Das Sperma spritzte über meinen Bauch und Emmas Finger. Schrecklich. Ich hatte mir vorgenommen, stundenlang Sex zu haben, zu küssen, zu liebkosen, bevor ich kam, so wie Julian, wenn er mit einem Mädchen ins Bett ging. Aber ich hatte es verpfuscht.

Erstaunt betrachtete Emma ihre Hand. »Es ist klebrig«, sagte sie.

»Ja«, sagte ich.

»Es riecht süßlich.«

»Ja.«

Sie blickte mich schüchtern an.

Ich kniff die Augen zusammen. Das Gefühl, ein Fiasko erlebt zu haben, verschwand.

»Du wusstest das gar nicht«, sagte ich. »Du hattest noch nie Sex.«

»Nein, nicht so oft.«

Ich grinste und war noch verliebter als zuvor.

»Für dich war es genauso aufregend, wie für mich«, sagte ich. »Deshalb warst du eben so still.«

Sie sah unglücklich aus, als hätte ich ihr einen Sieg weggenommen. Ich wollte sie trösten.

»Ich muss auch etwas gestehen«, sagte ich. »Ich finde *Prelude* ein großartiges Buch.«

»Weiß ich doch. Du bist ein schlechter Lügner.«

»Du auch.«

»Streichle meine Brüste«, sagte sie.

Ich tat, was sie gesagt hatte.

»Du hast schöne Brüste.«

»Wie dünn du doch bist«, sagte sie.

~

Als mein Vater mich an der Victoria Station abholte, war er in Gesellschaft einer Frau, die ich nicht kannte. Vermutlich war sie die neue Freundin, von der er uns erzählt hatte. Als ich versuchte, mich an ihren Namen zu erinnern, sagte mein Vater: »Ist es in Ordnung, wenn Helen mitkommt?«

Helen! Das war der Name, den ich gesucht hatte.

Obwohl ich lieber mit meinem Vater alleine sein wollte, sagte ich höflich, dass ich das in Ordnung fände.

»Clive, Schatz, gehen wir wieder in das nette Lokal von gestern?«, fragte Helen.

»Wo immer du hinwillst«, sagte mein Vater.

Arm in Arm gingen sie durch die hektischen Londoner Straßen vor mir her. Helen schnatterte ohne Punkt und Komma und mein Vater sagte nur so etwas wie »Ist das so?«, »Wirklich wahr?« und »In der Tat.«

Das *nette Lokal* entpuppte sich als großes und luxuriöses Restaurant in der Oxford Street. Nicht gerade die Art von Gaststätten, in die mein Vater sonst mit uns ging. Es war voll und die Gäste sahen wohlhabend aus.

Ein Ober zeigte uns unseren Tisch, aber als ich mich gerade setzen wollte, entdeckte ich hinter einer Gruppe Männern in grauen Anzügen eine Hand, die mir zuwinkte. Ich stellte mich auf die Zehenspitzen, um über die Männer hinwegzuschauen, und sah, dass die winkende Hand zu Lady Ottoline gehörte. »Freunde!«, rief sie. Alle Gespräche wurden unterbrochen. »Kommt, leistet mir Gesellschaft, ich bin allein. Eine Dame allein im Restaurant, das schickt sich nicht.«

Helen verzog den Mund. »Wer ist das?«, fragte sie.

»Eine liebe Freundin«, sagte mein Vater. »Ich werde sie dir vorstellen.«

»Muss das sein?«, fragte Helen. »Du weißt doch, wie schüchtern ich bei Leuten bin, die ich nicht kenne.«

Doch mein Vater und ich waren schon zu Lady Ottoline unterwegs. Der violette Hut, den sie trug, war der größte, den ich je gesehen hatte. Weiße Lilien steckten daran. Sie hielt uns ihre Hand zum Kuss hin. Helen runzelte die Stirn.

»Freunde!«, sagte Lady Ottoline noch einmal. »Nehmt Platz, ihr seid meine Gäste. Die Rechnung geht auf mich. Clive, was sehe ich da? Eine neue Liebste? Und was ist Quentin groß geworden. Ober, Champagner!«

Die neue Liebste setzte sich wütend hin. Ich vermutete, dies würde kein so nettes Mittagessen werden.

»Und was macht Quentin in London?«, fragte Lady Ottoline.

»Er möchte wissen, was er studieren soll«, sagte mein Vater.

»Studieren?« Lady Ottoline schnaubte. »Ein Schriftsteller muss nicht studieren. Er muss reisen und die Welt entdecken.«

»Ich weiß doch noch nicht, ob es mir überhaupt gelingt, Schriftsteller zu werden.«

Lady Ottoline bewegte die Hand, als wolle sie eine Fliege verjagen. »Papperlapapp! Natürlich gelingt es dir, Schriftsteller zu werden. Du hast einen Onkel, der ist Verleger und alle meine Freunde werden deine Bücher kaufen. Ich werde ihnen sagen, dass sie deine Bücher kaufen müssen.«

Helen studierte die Speisekarte. Der Ober brachte den Champagner.

»Das ist sehr nett von Ihnen«, sagte ich, »aber ...«

»Kein Wort mehr. Du wirst ein großer Schriftsteller.«

Ich musste an Duncan denken, wenn er wieder einmal voraussagte, dass Angelica in ein paar Jahren eine berühmte Pianistin sein würde, und so beschloss ich, dass ich Englische Literatur studieren würde. Sollte es mit meiner Karriere als Schriftsteller nichts werden, könnte ich immer noch als Lehrer oder Buchhändler arbeiten. Oder als Onkel Leonards Assistent.

»Schatz«, sagte Helen zu meinem Vater, »du weißt doch, dass ich von Champagner Kopfschmerzen bekomme. Bestellst du mir einen süßen Weißwein?«

Mein Vater winkte dem Ober. »Prost!«, sagte Lady Ottoline. »Clive, Engel, warum hast du noch keinen Artikel über die Gemäldeausstellung meines teuren Freunds Francis geschrieben?«

»Francis wer?«, fragte mein Vater augenzwinkernd.

»Also, ich nehme den Hummer«, sagte Helen.

»Francis Bacon natürlich! Du weißt genau, wen ich meine. Ärgere mich nicht. Dem armen Jungen wurde vor Kurzem eine Gruppenausstellung verweigert und er musste sich deshalb um eine eigene Ausstellung kümmern. Hätte ich das eher gewusst, hätte ich ihm helfen können. Der junge Mann ist das größte Talent, das ich seit Vanessa und Duncan entdeckt habe.«

»Der Artikel ist fertig. Samstag steht er in der Zeitung«, sagte mein Vater. »Und ja, es ist eine lobende Kritik. Ich liebe sein Werk, aber ich bin mir nicht sicher, ob viele Menschen ebenso empfinden. Seine Gemälde sind ziemlich ungewöhnlich und du kennst den Geschmack des Publikums, Ottoline.«

»Wo bleibt der Ober?«, fragte Helen.

Lady Ottoline blickte ihr ins Gesicht. »Bist du in Eile?«, fragte sie.

Helen erblasste. Ich bemühte mich, ein Lachen zu unterdrücken und tat, als hätte ich mich verschluckt. Schade, dass ich mein Notizheft nicht bei mir hatte. Hoffentlich konnte ich mir dieses Gespräch merken.

Vielleicht hatten mich meine Augen verraten, denn Lady Ottoline beugte sich zu mir und flüsterte: »Darf ich die Geschichte lesen, wenn sie fertig ist?«

Anderthalb Stunden später fuhren zwei Taxis durch die Oxford Street. Im ersten saß Lady Ottoline, die mir, kurz bevor sie eingestiegen war, noch versichert hatte, dass alle meine Bücher Bestseller werden würden. »Darauf kannst du Gift nehmen, mein Junge, ja, darauf kannst du Gift nehmen.« Im zweiten saß Helen, die beim Essen schweigsam und griesgrämig gewesen war, deswegen von Lady Ottoline nicht mehr beachtet wurde, und nun nach Hause wollte, weil ihr angeblich schwindelig sei. Es regnete.

»Wie findest du sie?«

Ich zögerte. Sollte ich meinem Vater eine höfliche Antwort geben? Ich rümpfte die Nase.

»Du hast recht«, sagte mein Vater. »Ich denke, ich werde sie nicht mehr allzu oft sehen.«

»Sie hat die teuersten Gerichte bestellt und den Wein zweimal zurückgehen lassen.«

»Ja, ich weiß«, sagte mein Vater.

»Hast du mitbekommen, wie Lady Ottoline sie angesehen hat?«

»Hör schon auf«, sagte mein Vater. »Wir gehen irgendwo Tee trinken, dann können wir endlich in Ruhe reden.«

Als ich spät am Abend nach Hause kam, wollte ich Julian alles über Emma erzählen, aber er war nicht da. Das war merkwürdig, denn er hatte mir gesagt, dass er kommen würde.

»Er hat angerufen und sich entschuldigt«, sagte Duncan.

»Warum?«

»Keine Ahnung. Er klang unglaublich launisch. Bestimmt steckt ein Mädchen dahinter.«

»Ein Mädchen!«, sagte ich und sehnte mich heftig nach Emma.

»Ein Mädchen«, sagte Duncan. »Wie war's in London?«

Ich erzählte es ihm.

»Dein Vater sollte langsam mal die Finger von den ganzen Frauen lassen«, sagte Duncan. »Die machen ihn unglücklich. Und alles nur wegen deiner Mutter. Es gibt einfach keine tollere Frau als sie.«

Das fand ich auch, aber ich hatte es natürlich auch mein Leben lang nicht anders gekannt. Mein Vater hatte zwar Freundinnen, liebte meine Mutter aber trotzdem. Und da er auf mich auch keinen unglücklichen Eindruck machte, war mir das ziemlich egal.

»Er meint, ich müsse nicht studieren«, sagte ich.

»Nicht?«, fragte Duncan.

»Nein.« Ich hatte meinem Vater in seiner Wohnung von meinem gerade gefassten Entschluss erzählt, Literatur zu studieren. Zu meinem Erstaunen war er gar nicht begeistert gewesen. »Hm«, hatte er gesagt, »vielleicht solltest du das nicht tun. Du hast doch Virginia schon als Lehrmeisterin, eine bessere findest du nicht.«

»Aber wenn es nun nichts wird mit mir als Schriftsteller?«

»Ottoline gackert vielleicht manchmal wie ein kopfloses Huhn, aber sie hat schon recht. Du wirst ein großer Schriftsteller werden.«

»Woher willst du das wissen?«

»Weil ich jede einzelne Zeile, die du geschrieben hast, gelesen habe. Was du bis jetzt auf Papier gebracht hast, ist sehr gut, außerordentlich gut sogar. Du verstehst es, den Leser in deine Welt hineinzuziehen.«

Ich war sprachlos. Woher kamen mit einem Mal die lobenden Worte, auf die ich an Weihnachten so gewartet hatte?

»Hör zu, Quentin, du weißt, was du willst und ich *spüre*, dass du den richtigen Weg eingeschlagen hast. Du bist sechzehn, beinahe erwachsen. Setze auf Risiko. Mach das, woran du glaubst und sollte das Unwahrscheinliche geschehen, dass du keinen Erfolg hast, dann bereue es nicht.«

»Bereuen werde ich es nie«, hatte ich entgegnet. »Aber ich dachte …«

»Denk nicht so viel. Fahr nach Hause, setz dich an deinen Schreibtisch und *schreibe*.«

»Deutliche Worte von Clive«, sagte Duncan. »Was wirst du tun? Folgst du seinem Rat?«

»Das würde ich wirklich gerne«, sagte ich.

»Als ich ungefähr zwölf war, wusste ich bereits, dass Malen das Einzige war, was mich wirklich glücklich machen würde.«

»Aber trotzdem hast du studiert«, warf ich ein. »Du bist auf die Kunstakademie gegangen und wenn es mit dem Malen nichts geworden wäre, hättest du immer noch etwas anderes tun können. Über Kunst schreiben oder so, wie Papa.«

»Mit Virginia als Lehrmeisterin brauchst du keine Universität. Außerdem fände ich es schön, wenn du hier wohnen bleiben würdest.«

»Ich auch«, sagte ich.

Julian sah ich erst drei Wochen später wieder. So lange war er vorher noch nie fortgeblieben. Er kam nach Hause, las die Zeitung am Tisch, schaute kaum jemanden an, trank schweigend seinen Tee und verschwand in seinem Zimmer. Ich ging ihm hinterher.

»Was ist los mit dir?«, fragte ich.

»Was soll mit mir los sein?«

»Du kommst kaum noch nach Hause und du benimmst dich komisch.«

»Ich muss viel für die Universität tun.«

»Ich habe in Papas Wohnung angerufen. Du warst nicht da und hast nicht zurückgerufen.«

Julian seufzte. »Ich sage doch, ich habe viel zu tun.«

Ich konnte einfach nicht glauben, dass das der einzige Grund war. Viel zu tun hatten wir alle, mit der Schule oder mit der Arbeit oder mit Freunden, aber trotzdem hatten wir immer Zeit für unsere wunderliche Familie. Dafür fühlten wir uns viel zu sehr miteinander verbunden und waren neugierig auf das, was die anderen machten. Vielleicht hatte Duncan recht gehabt.

»Bist du verliebt?«, fragte ich. »Will sie dich nicht? Bist du deshalb so launisch?«

»Hör endlich auf.«

Sein scharfer Ton erschreckte mich. Ich schaute ihn erstaunt an. Der normale Julian hätte wegen meiner Fragen herzlich gelacht und gesagt, dass Mädchen, die unsere Liebe ablehnten, dumme Gänse seien. Der Julian, wie er jetzt war, schnauzte »Hör endlich auf«, und lief davon, die Treppe hinunter und in den Garten. Nun war ich mir sicher, dass irgendetwas mit ihm nicht stimmte. Nur was?

Als er am nächsten Tag nach London fuhr, hatte ich immer noch keine Antwort auf meine Fragen. Mein Bruder, mein bester Freund, schloss mich aus und das hatte er nie zuvor getan. Warum gerade jetzt?

Ich schrieb. Eine Geschichte nach der anderen. Ich schrieb darüber, was ich erlebte oder gerne erleben würde. Ich beobachtete die Kunden in Davids Laden, erfand Namen und Familien für sie und ließ sie traurige Abenteuer mit viel Blut und Leid erleben.

»Etwas fröhlicher könnte es meinetwegen schon sein«, sagte Virginia, nachdem sie eine der Geschichten gelesen hatte. »Ich werde ganz trübsinnig davon.«

»Deine Bücher sind auch nicht gerade fröhlich«, sagte ich.

»Wirst du trübsinnig, wenn du sie liest?«

»Nein«, sagte ich. »Trübsinnig nicht, aber neugierig, wie es weitergeht. Ich meine, neugierig darauf, ob es trotzdem gut ausgeht.«

»Genau«, sagte Virginia, »deine Hauptfigur darf trübsinnig sein, aber dein Leser darf es nicht werden, sonst liest er das Buch nicht zu Ende.«

»Wie kriegst du das hin?«

»Mit Humor. Ein witziges Ereignis zwischendurch gibt dem Leser die Gelegenheit, kurz zu lächeln, Atem zu holen, und danach ist es umso ergreifender, wenn die Hauptfigur vom Unglück getroffen wird. Tränen in den Augen zu haben ist etwas anderes als Trübsinnigkeit, wenn man ein Buch liest.«

»Aha«, sagte ich, aber es erschien mir furchtbar schwierig, über etwas Lustiges zu schreiben, wenn auf der nächsten Seite jemand sterben sollte.

»Ich werde es versuchen.«

»Du wirst es schon schaffen«, sagte Virginia, »vielleicht nicht sofort, aber ganz allmählich.«

Ich fuhr nach Hause und war über die letzten Worte meiner Tante nicht gerade glücklich. In der letzten Zeit waren einfach zu viele Leute davon überzeugt, dass ich ein guter Schriftsteller werden würde. Lady Ottoline, mein Vater, Virginia. Diese felsenfeste Überzeugung machte mich unsicher. Konnte ich das wirklich einlösen, oder würde ich sie alle enttäuschen?

Worauf hatte ich mich nur eingelassen? Ich hatte Lust, mich im Baumhaus zu verkriechen, um über einen anderen Lebensweg nachzudenken. Eine Elster lachte mich aus. Ich blickte sie an und wusste, dass sie recht hatte. Ich sollte nicht jammern. Wäre Julian irgendwie erreichbar gewesen, hätte er wahrscheinlich genau das zu mir gesagt: »Jammer nicht.«

Also schrieb ich und strich es wieder durch, grübelte und verbesserte und verbrachte im Herbst 1935 nahezu all meine Nachmittage in meinem Dachbodenzimmer an Virginias altem Schreibtisch oder auf meinem Bett mit Emma, die mich immer, nachdem wir miteinander geschlafen hatten, darum bat, ihr vorzulesen. Keine meiner eigenen Geschichten, sondern ein Stück aus einem Roman von Jane Austen oder den *Canterbury Tales* oder aus *Alice im Wunderland.*

»*Alice* ist schuld daran, dass ich beschlossen habe, Schriftsteller zu werden«, sagte ich und erzählte ihr von früher, als meine Mutter uns nach dem Baden vorgelesen hatte.

»Wie niedlich«, sagte Emma.

»Nein, niedlich war das nicht. Sage niemals zu meiner Mutter, dass du sie niedlich findest. Sonst wird sie wütend.«

»Warum?«

»Das ist eine lange Geschichte«, sagte ich. »Ist deine Mutter der Engel im Haus?«

»Was meinst du denn jetzt damit?«

Ich nahm sie in den Arm. Der Novemberregen prasselte gegen das Fenster, im Garten bellte Bert, weil er ins Haus wollte, der Duft von frisch gebackenem Kuchen drang in mein Zimmer.

»Ich werde dir von meinen Großeltern erzählen.«

~

Es war der Tag vor Silvester und wir aßen Fasan, den Walter geschossen hatte. David war nicht da, aber mein Vater und Julian. Schweigsam, wie so oft in letzter Zeit, saß er mit uns am Tisch. Das Esszimmerfenster stand einen Spalt offen. Der Bauer schimpfte den Knecht aus, weil dieser vergessen hatte, eine der Kühe zu melken. Die Kuh muhte herzzerreißend. Die Schweineweide war leer. Kurz vor Weihnachten hatte der Schlachter Pigling den Elften abgeholt.

»Besuchen wir morgen Virginia?«, fragte mein Vater.

»Sie erwartet uns«, sagte meine Mutter, »es werden Schriftsteller aus ihren Werken vorlesen.«

»Wer?«, fragte ich.

»Tom Eliot. Morgan Forster. Christopher Isherwood. Du vielleicht auch.«

»Das traue ich mich wirklich nicht. Wer ist Christopher Isherwood?«

»Leonards Neuzugang«, sagte Duncan. »Hübscher Junge. Es wird ein schöner Silvesterabend werden.«

»Nur, wenn du dich benimmst«, sagte meine Mutter. »Denk an David. Bleib anständig.«

»Ja, bleib vor allem anständig«, sagte Julian. Es klang zynisch.

Mein Vater blickte ihn an, sagte aber nichts.

Grace räumte die leeren Teller vom Tisch und brachte Schokoladenpudding, meinen Lieblingsnachtisch. Aus Bescheidenheit nahm ich mir weniger, als ich eigentlich wollte. Emma hatte gesagt, dass man Pickel bekäme, wenn man zu viel Schokolade essen würde. Sie mochte keine pickligen Jungs. Ich fand, dass ich für die Liebe ziemlich große Opfer brachte.

»Spielen wir morgen auch Theater?«, fragte Angelica. »Vielleicht werde ich ja später Schauspielerin. Ich glaube, das will ich noch lieber, als Pianistin zu werden. Meine Lehrerin gibt mir meistens die Hauptrolle. Die anderen Mädchen finden das zwar nicht gerade toll, aber sie verstehen es. Ich bin einfach besser als sie.«

»Sei nicht so eingebildet«, sagte meine Mutter.

Angelica schnaubte. »Aber es stimmt.«

Mein Vater strich ihr über den Kopf. »Ihr macht es Spaß, das ist doch die Hauptsache.«

Julian runzelte die Stirn. Er war noch schlechter gelaunt als sonst und daran wollte ich etwas ändern. »Wie geht's den Kommunisten?«, fragte ich.

»Wieso?«, fragte er. »Willst du vielleicht Kommunist werden?«

»Nein«, sagte ich.

»Warum fragst du dann?«

»Schon gut.«

»Julian, bitte«, sagte meine Mutter.

»Den Kommunisten geht's gut«, brummte er.

Aber die Antwort interessierte mich schon nicht mehr. Wütend nahm ich noch eine Portion Schokoladenpudding.

»Spielst du gleich ein wenig Klavier für uns?«, fragte Duncan. »Aua!« Er rieb sich über das Bein. Irgendjemand hatte ihn getreten.

»Du hast doch gehört, dass sie nicht mehr Klavier spielen will«, sagte meine Mutter.

»Nein, das will sie nicht mehr«, sagte ich. »Wie schade.«

»Toll, dass du das Theater für dich entdeckt hast«, sagte mein Vater.

Alle taten krampfhaft ihr Bestes, um sich von Julian nicht die Stimmung verderben zu lassen. Meinetwegen hätte er ruhig in London bleiben können.

»Kommst du nächsten Monat zu unserer Aufführung, Papa?«, fragte Angelica. »Wir proben gerade *Der Wind in den Weiden*. Ich bin Kröterich.«

»Die Rolle passt zu dir«, sagte ich.

Sie streckte mir die Zunge raus.

»Ich freue mich jetzt schon darauf«, sagte mein Vater. Er ging zum Kamin und fachte das Feuer an.

Julian warf seinen Löffel auf den Tisch. Ich war mittlerweile so weit, ihm einen Schlag verpassen zu wollen.

»Väter«, sagte meine Mutter lachend, »sind vollkommen ungeeignet, Töchter zu erziehen. Entweder sind sie zu streng, wie mein Vater, oder zu weich, wie du.«

Mein Vater grinste schuldbewusst. »Was soll's. Ich habe doch nur eine Tochter.«

»Hör doch auf«, rief Julian. »Du bist überhaupt nicht Angelicas Vater. Duncan ist ihr Vater.«

Plötzlich war es totenstill am Tisch, nur kurz, aber es war eine Stille, die ich niemals vergessen werde.

Ich sah Julian verständnislos an, aber er schaute weg. *Du bist überhaupt nicht Angelicas Vater.* Weshalb sagte er so einen Unsinn? Jetzt war er wirklich zu weit gegangen mit seinem scheußlichen Benehmen. Was war bloß in ihn gefahren?

Duncan starrte seine Serviette an. Die Augen meiner Mutter suchten seine. Mein Vater schob seinen Teller von sich und kramte nach seiner Pfeife, obwohl er nie beim Essen rauchte. Mich beschlich ein ungutes Gefühl. Es war doch absurd, was Julian gesagt hatte? Angelica hatte es, glaube ich, gar nicht gehört, denn sie schaufelte sich den Teller mit Schokoladenpudding voll.

Mein Vater fragte: »Wie kommst du auf so etwas, Julian?«

»Ich habe es gehört.«

»So«, sagte mein Vater. Er legte die Pfeife auf den Tisch. »Von wem?«

»Von euch. Entschuldige, aber ich kann daran nichts ändern.«

»Wann?«, fragte meine Mutter.

»Weiß ich nicht mehr genau. Vor ein paar Monaten?«

»Klärst du uns bitte auf?«, fragte mein Vater.

Ja, das würde mich jetzt auch interessieren, dachte ich.

Julian brummte. »Habe ich etwas zu erklären? Also gut, es war abends und schon spät und es war kaum jemand zu Hause. Ich saß hier im Dunkeln beim Kamin.«

»Im Dunkeln. Warum im Dunkeln?«

»Weil es mir gefällt. Im Dunkeln kann ich besser nachdenken. Na ja, und dann sind Mama und du von *Monk's House* zurückgekommen und in dein Arbeitszimmer gegangen, um zu reden. Erst habe ich nicht darauf geachtet, aber dann hast du gesagt: ›Wird es nicht allmählich Zeit, es ihr zu sagen?‹ Mir war das rätselhaft, deshalb wollte ich hören, worüber ihr spracht. Wem sollte so dringend etwas erzählt werden? So bin ich dahintergekommen. Und sag jetzt nicht, ich hätte euch belauscht. Habe ich nicht, ich saß hier rein zufällig. Wenn euch niemand hören sollte, hättest du die Tür schließen sollen.«

Duncan saß da wie ein Junge, der dabei erwischt worden war, wie er heimlich aus dem Marmeladenglas genascht hat. Mein Vater ging um den Tisch und setzte sich zu meiner Mutter. »Du weißt es also«, sagte er. »Und nun wisst ihr alle drei es. Wir hatten vor, es …«

Halt, warte mal. Dieses Gespräch ging mir zu schnell. »Wieso ist Duncan Angelicas Vater?«, fragte ich.

»Mama und Duncan waren miteinander im Bett und neun Monate später kam Angelica zur Welt«, sagte Julian. »Mama und Papa haben all die Jahre so getan, als wäre Papa ihr Vater. Sie haben uns belogen.«

Ich fing an, nervös zu kichern, denn diese Neuigkeit war zu gewaltig für mich, um normal darauf zu reagieren. »Wie soll das gehen? Duncan schläft doch nur mit Männern.«

»Und mit Mama«, sagte Julian.

»Wie schwachsinnig!«, rief ich und erschrak über meine eigenen Worte.

»Danke für das Kompliment«, sagte meine Mutter.

»*Mein Vater*?«, fragte Angelica. »Hat Julian gerade gesagt, dass du mein Vater bist?«

Unbeholfen fummelte Duncan an einem Knopf seiner verschlissenen Jacke. »Äh ja, ich glaube schon.«

»Oh«, sagte Angelica. Sie dachte nach. »Und was ist mit Papa?«

Ich hatte plötzlich Bauchweh. Ein paar Monate. Julian wusste das schon ein paar Monate und er hatte mir nichts davon gesagt.

»Papa ist ein *Nichts* für dich«, sagte Julian. »Er ist bloß der Vater von Quentin und mir und sonst nichts.«

»Julian, du gehst zu weit«, sagte meine Mutter.

»Warum rückst du erst jetzt mit der Sprache raus, wenn du es schon so lange weißt?«, fragte mein Vater.

»Ich liebe Vanessa sehr«, sagte Duncan. »Euch alle.«

»Warst du in Mama verliebt?«, fragte ich.

»Wie blöd«, sagte Angelica.

»Halt den Mund!«, brüllte Julian. »Haltet alle den Mund! Kapiert ihr denn nicht?«, schrie er Angelica und mich an. »Sie haben uns jahrelang angelogen. Ich bin so furchtbar wütend.«

»Schrei nicht so«, sagte mein Vater. »Wenn du eben kurz zuhören würdest, werden wir es euch erklären.«

Julian sprang auf. Sein Stuhl fiel um, Duncan fing ihn auf. »Lasst gut sein. Ich habe keine Lust auf eure Erklärungen.

Damit hättet ihr früher kommen sollen. Viel früher.« Er rannte aus dem Zimmer.

Kurz darauf sah ich ihn mit seiner Reisetasche die Auffahrt entlang zur Bushaltestelle laufen.

»Geh ihm hinterher«, sagte meine Mutter.

Mein Vater blieb sitzen. »Meinst du, das hat Sinn?«

»Nein«, gab meine Mutter zu. »Momentan hat das wahrscheinlich keinen Sinn.«

1936

»Ich glaube ihnen nie mehr ein Wort«, sagte Julian bitter.

Schweigend saß ich ihm in Tante Virginias Wohnzimmer gegenüber. Ich wusste nicht, was ich sagen sollte.

Julian sah Virginia an. »Wussten du und Onkel Leonard Bescheid?«

Virginia nickte.

»Wusstet ihr es all die Jahre?«, fragte Julian.

»Ja«, sagte Virginia, die gerade Bücher verpackte.

»Du hast dir nie etwas anmerken lassen.«

»Warum sollte ich? Es war ihre Entscheidung. Da durfte und wollte ich mich nicht einmischen.«

»Ich hasse sie«, sagte Julian. »Meinen Vater, meine Mutter und Duncan, ich hasse sie alle drei.« Wütend ging er zum Fenster.

Ich stellte mich neben ihn. »Ich hasse sie auch.«

Julian stieß meine Hand von seiner Schulter. »Du hasst sie überhaupt nicht.«

»Nein«, gab ich zu. Meine Eltern hatten uns belogen und ich verstand nicht ganz warum, aber ich hasste sie nicht.

»Wieso sagst du es dann?«

»Für dich. Weil du so wütend bist.«

Julian schnaubte. »Es sind bestimmt noch mehr Leute wütend. Läufst du denen etwa auch hinterher?«

»Sei nicht so gemein«, sagte ich.

Er packte meinen Arm. »Lass mich in Ruhe.«

Ich sah ihm nach, als er aus dem Haus ging. Kurze Zeit später sah ich ihn im Garten. Er stand mit dem Rücken zu mir, mit hochgezogenen Schultern, völlig verkrampft vor Wut. Es schneite.

»Wie lange ist er schon so?«, fragte Virginia.

»Seit Silvester. Jedes Mal, wenn ich mit ihm reden will, rennt er weg.«

»Tu, was er sagt. Lass ihn in Ruhe. Warte, bis er zu dir kommt und rede dann mit ihm. Vorher hört er doch nicht zu.«

Ich wollte nicht warten, bis er zu mir kommen würde, ich wollte ihn zur Vernunft bringen, wollte, dass es zu Hause wieder so wie früher war. Dass er wütend war, konnte ich gut verstehen. Julian war nun einmal Julian. Aber er hatte »Ich hasse sie« gerufen, und das nicht zum ersten Mal. Schreckliche Worte. Bis vor ein paar Monaten war es noch undenkbar gewesen, dass er so etwas jemals sagen würde.

Zählte denn alles andere mit einem Mal nicht mehr? Den Spaß, den wir die ganzen Jahre in *Charleston* gehabt hatten? Den Raum und die Unterstützung, die wir bekommen hatten, als wir unsere eigenen Wege einschlagen wollten? Die Abende, an denen wir alle gemeinsam am Teich gesessen und das Gefühl gehabt hatten, dass die Welt, unsere eigene sichere Welt, bei der Gartenmauer aufhörte? Die wunderbaren Menschen, die wir dank unserer Eltern kennengelernt hatten? Zählte das alles für Julian wirklich nicht mehr?

~

»Weißt du noch?«, fragte ich. Wir waren im Atelier und ich deutete auf das Porträt von Lady Ottoline. Meine Mutter stand am Fenster und sah hinaus.

»Was?«, sagte Julian.

»Ihr erster Besuch, mit diesem riesigen Hut und wie sie den Kopf schief halten musste, als sie hereinkam.«

»Hör auf«, sagte Julian. »Ich habe dir schon tausendmal gesagt, dass ich keine Lust auf die netten, alten Geschichten habe.« Er dreht sich zu meiner Mutter. »*Warum*?« Das war das Erste, das er nach wochenlangem Schweigen zu ihr gesagt hatte und es klang eher nach einem Befehl als nach einer Frage.

Mein Vater war in London und Duncan mit David in Lewes. Auf diesen Moment hatte mein Bruder gewartet. Wenn meine Mutter allein war, war sie verwundbar und Julian war darauf aus, sie zu verletzen. Ich hatte es an seinem harten Blick gesehen und gehofft, ihn mit der Erinnerung an Lady Ottoline auf andere Gedanken bringen zu können.

Unsicher blickte meine Mutter ihn an. »Es war keine Lüge«, sagte sie. »Es war jedenfalls nicht als Lüge gemeint. Wir haben niemals versucht, etwas vor euch zu verbergen, das weißt du doch?«

Julian schnaubte. »Quatsch«, sagte er. »Es ist die schrecklichste Lüge in meinem Leben. Also *warum?*«

Meine Mutter sah ihn an. Sie schwieg. Sie schwieg sehr lange, als müsse sie darüber nachdenken, was sie nun sagen sollte. Dann sagte sie: »Opa war der Grund. Wenigstens hat es damit angefangen.«

»*Opa*?« Julian war sichtlich überrascht. »Was hat der damit zu tun?«

»Du weißt doch, wie Opa ist. Wenn die Dinge nicht so laufen, wie er es sich vorstellt, ist er sofort außer sich.«

»Na und?«

»Deshalb fanden wir es besser, vorläufig nicht zu sagen, dass Duncan der Vater von Angelica ist.«

»Ihr hattet Angst vor Opa? Das passt nicht zu euch.«

»Angst? Nein. Aber er ist der Vater deines Vaters. Er hätte es nicht verstanden und wir wollten, na ja, wir meinten, dass wir vorsichtig sein sollten.«

»Und was meinst du mit *vorläufig*?«, fragte Julian. »So lange lügen, bis es jemand herausfindet, ist etwas völlig anderes, als *vorläufig* nichts zu sagen.«

Meine Mutter strich sich durchs Haar. Mir fiel auf, dass es langsam grau wurde. »Ach«, sagte sie, »das ist eine lange Geschichte, aber eigentlich auch wieder nicht. Es begann mit: Lass uns erst einmal nichts sagen. Die Jahre gingen vorüber und wir waren mit unserem Leben in diesem wunderbaren Haus zufrieden und wussten, wie glücklich ihr wart und dann dachten wir: Müssen wir es eigentlich jemandem sagen? Was macht es schon, wer ihr Vater ist? Nein, fanden wir, es macht nichts. Und irgendwann hatten wir uns so sehr an unsere ›Lüge‹, wie du es nennst, gewöhnt, dass wir überhaupt nicht mehr darüber nachdachten. Deshalb haben wir nichts gesagt, weil es keinen Unterschied macht. Glaube mir, Julian, es war wirklich egal.«

»Nicht für mich«, sagte Julian. »Für mich macht es einen *gewaltigen* Unterschied. Nur deshalb habe ich so lange meinen Mund gehalten, als ich dahintergekommen war. Ich habe gehofft, ihr würdet es doch aus eigenem Antrieb sagen.«

Er lachte laut. »Hörst du das? Ich lache mich selbst aus, weil ich so dumm gewesen bin, auf so etwas zu hoffen. Mama, ich kann euch nicht mehr vertrauen. Ich kann mir nie mehr sicher sein, ob es die Wahrheit ist, was ihr mir erzählt. Nie mehr.«

Julian sah mich an. Ich wusste nicht, was ich tun sollte, denn für mich machte es auch keinen Unterschied. Aber es schien mir im Moment besser, das für mich zu behalten.

»Denk an Angelica«, sagte ich. »Sie findet es überhaupt nicht schlimm.«

Als die Bedeutung der Neuigkeit zu ihr durchgedrungen war, hatte sie gerufen: »Jetzt habe ich zwei Väter!« und war Duncan und meinem Vater gleichzeitig um den Hals gefallen. Für sie war die Sache damit erledigt, jedenfalls soweit sie es sich anmerken ließ. In ihrem Zimmer hatte ich ein Heft gefunden, in das sie die Namen aller Familienangehörigen geschrieben hatte. Die Namen der Eltern meines Vaters waren durchgestrichen und durch die Namen von Duncans Eltern ersetzt worden.

»Es geht nicht um Angelica«, sagte Julian zornig. Er stand auf und lief davon. Wieder einmal lief er davon.

~

Als mein Vater ein paar Tage später nach *Charleston* kam, war Julian noch immer wütend. Meine Mutter war in ihrem Atelier. Ich hatte an diesem Mittag durchs Fenster hineingeschaut und bemerkt, dass sie nicht malte. Sie saß auf einem Stuhl und starrte unglücklich vor sich hin. Duncan und David waren nicht zu Hause.

»Sie hätten uns wirklich mehr vertrauen können«, hatte Julian zu mir gesagt.

Da musste ich ihm recht geben. Wir hätten nichts ausgeplaudert und ganz bestimmt nicht Opa gegenüber, den wir sowieso nicht ausstehen konnten.

Mein Vater stellte seine Tasche an der Haustür ab und kam zu uns herüber. »Werde ich jetzt nicht mal mehr begrüßt?«

Ich gab ihm die Hand. Julian blickte demonstrativ in die andere Richtung.

»Was hat er denn?«, fragte mein Vater. »Noch immer wütend? Wie lange geht das jetzt schon? Julian, du übertreibst.«

»Er glaubt, ihr hattet Angst vor Opa«, sagte ich, »dabei hätten wir bestimmt nichts verraten.«

Julian schaute mich grimmig an.

»Natürlich hatten wir vor Opa Angst. Wir hätten keinen Cent mehr von ihm bekommen, wenn er dahintergekommen wäre.«

»Geld? Euch ist es ums Geld gegangen?« Julian brüllte es beinahe heraus, vor lauter Empörung.

»Ja«, sagte mein Vater. »Was hast du denn gedacht?«

Julian zuckte die Schultern. »Keine Ahnung. Geld. Wegen Geld habt ihr uns also all die Jahre hinters Licht geführt. Das Geld dieses widerlichen Mannes war euch wichtiger, als ehrlich zu euren eigenen Kindern zu sein. Auf seine Cents waren wir doch überhaupt nicht angewiesen.«

Mein Vater hing seine Jacke auf und setzte sich im Esszimmer an den Tisch. »Jetzt nicht mehr, aber früher schon. Ohne das Geld meines Vaters hätten wir in den ersten Jahren niemals die Miete von *Charleston* bezahlen können.«

Ich fand recht logisch, was mein Vater sagte und verstand nicht, weshalb dies Julian nur noch wütender machte.

»Wir hätten irgendwo anders wohnen können. In einer Wohnung, einem kleinen Haus im Dorf, notfalls in einer Scheune.«

»Wären wir irgendwo anders genauso zufrieden gewesen wie hier?«

»Das ist doch egal.«

»Das ist eben nicht egal«, sagte mein Vater. »Sieh dir Vanessa an. Ihr Atelier ist für sie der wunderbarste Ort der Welt. Sie ist hier glücklich. Wir sind hier alle glücklich.«

Julian verzog wie ein schmollendes Kind das Gesicht. »Ich nicht. Ich bin Kommunist, ich brauche kein Geld von reichen Leuten.«

»Rede keinen Unsinn. Du hast hier als Junge eine großartige Zeit verlebt.«

»Ich auch«, sagte ich.

»Halt den Mund«, schnauzte Julian.

Ich schwieg beleidigt.

»Julian, du weißt doch, wie ich zu Hause aufgewachsen bin, und du weißt auch, wie es war, als Vanessa und Virginia noch bei ihrem Vater gewohnt haben. Das war ein Leben, aus dem wir entkommen wollten. Wir haben eine Chance bekommen und haben sie ergriffen. Es gibt so viele Dinge, die wir Opa nicht erzählt haben. Er hätte alles getan, um uns einen Strich durch die Rechnung zu machen. Und das nicht einmal, weil er es böse meint – er ist kein schlechter Mensch – sondern, weil er uns nicht verstehen kann oder will.«

Ich nickte, hörte aber sofort damit auf, als ich bemerkte, wie herablassend Julian mich ansah.

»Gut«, sagte Julian. »Ihr habt euch also eine Geschichte ausgedacht, weil es euch so besser in den Kram passte. Hab ich recht?«

Mein Vater schaute ihn ernst an. »Du hast recht. Aber du vergisst, dass …«

»Ich vergesse überhaupt nichts. Du bist es, der etwas vergisst. Du hast vergessen, warum ihr mit dieser Lüge angefangen habt. Aus Bequemlichkeit. Und das ist der Grund, weshalb ich auf euch so wütend bin. Denn Bequemlichkeit ist genau das, wovor ihr uns immer gewarnt habt. Ich finde es widerlich.«

Ich dachte nach und musste zugeben, dass Julian nicht vollkommen unrecht hatte. Denn Bequemlichkeit war, ›eine der Verlockungen im Leben, der man nie nachgeben durfte‹. Mein Vater hatte das irgendwann einmal wörtlich zu uns gesagt.

Widerlich fand ich allerdings ein zu starkes Wort, doch es war schon sonderbar, dass meine Eltern genau das Gegenteil von dem getan hatten, was sie uns gelehrt hatten, nur weil es ihnen in den Kram gepasst hatte.

Bequemlichkeit. Das Gespräch, das wir vor Jahren darüber mit meinem Vater geführt hatten, habe ich noch in lebhafter Erinnerung – wie alle anderen Gespräche, in denen er uns gesagt hatte, wie wir uns verhalten sollten.

Mein Vater hatte Julian und mich zu sich ins Arbeitszimmer gerufen und uns ein Gemälde gezeigt, das neben dem Kamin an der Wand hing. Es war die Darstellung eines sandfarbenen Pferds, das vor einem blaugrauen Hintergrund aus Wasser und Himmel einen Schlüssel in ein Schloss steckte. Es hatte etwas von Duncans Arbeiten, aber es war nicht von ihm. Ich war fast jeden Tag im Atelier und hatte dieses Gemälde dort nie gesehen.

»Ist es neu?«, fragte ich.

»Ja, es ist neu«, antwortete mein Vater. »Was haltet ihr davon?«

Julian studierte das Gemälde intensiv. »Wer hat es gemalt?«

»Das ist unwichtig.«

»Wieso?«, fragte ich.

»Ein Bekannter von mir hat es gemacht. Ich verrate euch gleich seinen Namen. Aber erst will ich eure Meinung hören.«

Ich warf meinem Vater einen Blick zu. An seiner Stimme hatte ich erkannt, dass es nicht einfach nur eine belanglose Frage war. Ihm schien dieses Gemälde wichtig zu sein. Was sollte ich sagen? Was wollte mein Vater hören?

»War es teuer?«, fragte Julian.

»Warum? Gefällt es dir nur, wenn es viel wert ist?«

Julian brummte. »Du tust so geheimnisvoll.«

Mein Vater grinste. »Nein. Ich habe es geschenkt bekommen und nun hängt es hier und ich will wissen, was ihr davon haltet. Das ist alles. Ich finde es außergewöhnlich.«

Ah! Auf diese Bemerkung hatte ich gewartet. Mein Vater kannte sich aus mit Kunst, wenn er diese Arbeit gut fand, war sie es auch. »Es ist ein tolles Gemälde«, sagte ich.

»Prachtvoll«, stimmte Julian mir zu. »Glückwunsch zu diesem Geschenk.«

»Obwohl der Hintergrund etwas weniger grau hätte sein können«, sagte mein Vater. »Das Grau stimmt mich doch etwas wehmütig.«

Julian drückte die Nase gegen das Gemälde. »Stimmt. Mit etwas mehr Blau wäre es fröhlicher.«

»Das Pferd hat keinen Schwanz«, sagte ich.

»Pferd? Bist du dir sicher, dass das ein Pferd ist?«, fragte mein Vater.

Ich betrachtete das Gemälde noch einmal gut. Mir kam es schon wie ein Pferd vor. »Es könnte eins sein«, sagte ich unsicher, »aber es könnte auch etwas anderes sein.«

»Es ist schon sehr gelb für ein Pferd«, sagte Julian. »Findest du nicht, Papa?«

»Eigentlich nicht. Durch all das Gelb hebt es sich doch gerade vom Hintergrund ab.«

Julian nickte. »Stimmt. Es hebt sich schön ab.«

Mein Vater brummte. »Ihr plappert mir alles nach. Darum habe ich euch nicht gebeten. Ich wollte *eure* Meinung wissen und nicht, dass ich meine aus eurem Mund höre.«

»Aber ich habe gedacht, dass …«, sagte ich.

»Was hast du gedacht?«

»Na ja, du kennst dich damit aus und wenn du sagst, dass das Gemälde schön ist, dann muss es doch etwas Besonderes sein.«

»Genau«, sagte Julian.

»Und deshalb habt ihr einfach gesagt, was ich eurer Ansicht nach hören wollte?«

»Äh, ja«, gab ich zu und hatte den Eindruck, dass mein Vater uns genau da hatte, wo er uns hatte haben wollen. Er rieb sich die Schläfen. »Macht das nie wieder, Jungs. Ihr seid keine Papageien.«

Wir schauten belämmert drein.

»Zieht nicht so betretene Gesichter«, sagte mein Vater, »denn ich kann das gut nachvollziehen. Und ihr seid wirklich nicht die Einzigen. Ein Museumsführer geht mit einer Gruppe durch die Säle. Er erklärt, weshalb ein Gemälde düster sein muss, mit dunklen Farben und einem tiefbraunen Rahmen. Die Besucher nicken und betrachten die düsteren Kunstwerke voller Bewunderung. Sie denken nicht: Wie finde *ich* diese Gemälde eigentlich? Nein, sie denken, dieser Museumsführer ist ein Kunstkenner, also hat er recht. Je düsterer, umso schöner. Strohdumm, Jungs, strohdumm.«

Ich wollte etwas sagen, aber mein Vater war noch nicht fertig. »Die meisten Menschen tun oder sagen das, von dem sie meinen, dass sie es tun oder sagen sollten. Ist man erwachsen, soll man heiraten und Kinder bekommen, und die meisten Menschen tun das dann auch. Sie denken nicht daran, was sie eigentlich selbst wollen? Will ich einen Mann? Will ich eine Frau? Oder zwei Frauen, oder gar keine? Mit wem würde ich am liebsten zusammenwohnen? Was macht mich wirklich glücklich? Stattdessen tun sie einfach, was von ihnen erwartet wird und damit sind sie auch noch zufrieden. Sie finden es großartig, wenn es jemanden gibt, der für sie nachdenkt. Dann brauchen sie sich um nichts zu kümmern. Sie brauchen nicht darüber nachzudenken, ob es wirklich so sein muss. Nie müssen sie zweifeln oder unsicher sein.

Das ist pure Bequemlichkeit. Werdet nicht bequem, Jungs, denn Bequemlichkeit ist eine der Versuchungen im Leben, der ihr nie nachgeben dürft. Denkt immer darüber nach, was ihr selbst wollt oder meint. Notfalls müsst ihr dafür kämpfen.«

»Du bist auch verheiratet«, sagte Julian.

»Ja, mit eurer großartigen Mutter. Aber nicht ich wohne hier, sondern Duncan. So fühlen wir uns am wohlsten.«

Ich dachte nach. Miss Bartlett hatte uns ein paar Tage zuvor von vollen Kirchen und Pfarrern erzählt, die sagen, was gut ist und was schlecht. »Glauben die Menschen deshalb an Gott?«, fragte ich. »Aus Bequemlichkeit?«

»Nein«, meinte mein Vater, »das denke ich nicht. Menschen glauben an Gott, weil sie sich dadurch sicherer fühlen. Sie haben Angst vor dem Tod und sie haben Angst, etwas Falsches zu tun. Wenn sie tun, was in der Bibel steht und was der Pfarrer sagt, sind sie sich gewiss, dass sie das Richtige tun und Gott sie in seine Arme schließen wird, wenn sie sterben.«

»Bequemlichkeit also«, sagte Julian.

Mein Vater sah ihn nachdenklich an. »Ja, vielleicht«, antwortete er zögernd. »Vielleicht ist das auch Bequemlichkeit.«

Ich stellte mich vor das Gemälde und betrachtete es ausgiebig. »Für mich ist das ein Pferd«, sagte ich.

Mein Vater lächelte. »Du hast genau verstanden, was ich meine.«

»Du hast uns immer noch nicht erzählt, wer es gemalt hat«, sagte Julian.

»Ein spanischer Künstler, den ich in Paris getroffen habe. Er heißt Pablo Picasso.«

»Widerlich«, sagte Julian noch einmal, »du hättest Opa und seinen starren Ansichten entgegentreten müssen. Dafür hätte ich euch bewundert, mehr noch, als ich es sowieso getan habe. Aber jetzt – ich verstehe einfach nicht, dass du dich nicht zu Tode schämst.«

»Wir haben einen Fehler gemacht, das gebe ich zu, aber …«

»Einen gewaltigen Fehler«, sagte Julian.

»Ich habe nie behauptet, dass ich vollkommen bin«, sagte mein Vater. »Es war eine Lüge aus Bequemlichkeit, du hast völlig recht. Ich sehe jetzt ein, dass wir es euch vielleicht früher hätten sagen und erklären sollen. Aber ihr seid noch so jung gewesen und wir dachten, dass es eigentlich egal sei, wer Angelicas Vater ist. Wir haben keinen Moment daran gedacht, dass du nun, so viele Jahre später …«

»Niemand ist vollkommen, das weiß ich auch«, sagte Julian. »Ich entscheide mich auch manchmal für den leichtesten Weg, wenn ich keine Lust auf großes Theater habe, aber darum geht es hier nicht. Und was für eine Lüge es war, ist eigentlich auch nicht wichtig. Aber dass ihr uns über so etwas Wichtiges überhaupt belogen habt, das finde ich, na ja, ich weiß schon gar nicht mehr, was ich davon halten soll. Ich fühle mich verraten.«

»Jetzt rede keinen Unsinn«, sagte ich.

Mein Vater stand auf und ging zum Bücherregal. Eine halbe Minute blieb er dort stehen. Dann fragte er, ohne sich umzudrehen: »Was soll ich tun, damit du nicht mehr so zornig bist?«

»Du könnest uns zunächst einmal sagen, welche anderen Lügen ihr uns noch aufgetischt habt«, sagte Julian. »Das war bestimmt nicht die einzige. Erzähle uns doch mal, wie es sich mit Quentin und mir verhält.«

»Julian«, brummte ich, denn ich wusste, was er vorhatte. Er wollte meinen Vater kränken, genau wie er es bei meiner Mutter getan hatte.

Mein Vater setzte sich an seinen Schreibtisch und zündete sich eine Pfeife an. Seine Stimme war bemerkenswert sanft und ruhig. »Julian, ich denke, wir sollten dieses Gespräch ein anderes Mal fortsetzen. Lass uns beide erst einmal in Ruhe über alles nachdenken, denn auf diese Art kommen wir keinen Schritt weiter. Einverstanden?«

»Nein«, sagte Julian, »damit bin ich überhaupt nicht einverstanden.«

Mein Vater zog an seiner Pfeife und blies den Rauch über die Papiere auf seiner Arbeitsfläche. »Du bist jetzt zu aufgebracht und mit aufgebrachten Menschen zu sprechen, hat keinen Sinn, das weißt du selbst. Die hören nicht zu. Wenn du wieder bereit bist, mir zuzuhören, reden wir weiter.«

Julian schnaubte. »Stimmt. Ich bin zu aufgebracht. Aber ich weiß nicht, ob ich jemals wieder Lust habe, dir zuzuhören. Oder Mama. Oder Duncan.« Er rannte aus dem Zimmer und schlug die Tür mit einem theatralischen Knall hinter sich zu. Aber es gab keinen Grund für Applaus.

»Julian ähnelt Opa«, sagte mein Vater. Er öffnete das Fenster, um den Rauch abziehen zu lassen. »Genauso starrköpfig.«

Es war nur gut, dass mein Bruder das nicht hörte. Denn dann wäre der Teufel los gewesen.

»Was hältst du eigentlich von der ganzen Geschichte?«

Ich runzelte die Stirn. Warum fragte er das mit einem Mal? Warum nicht, als Julian noch da gewesen ist? Suchte er meine Unterstützung? Er und ich gegen Julian?

»Na los, sag schon«, drängte er.

»Papa«, sagte ich, »das darfst du mich nicht fragen. Du weißt bestimmt, dass mir das ziemlich egal ist. Aber es ist mir nicht egal, dass Julian sich verraten fühlt. Er ist mein bester Freund.«

Mein Vater blickte mich an und nickte. »Du hast recht. Vanessa und ich müssen das mit Julian selbst klären. Dafür dürfen wir dich nicht missbrauchen. Mach dir keine Sorgen, Quentin, es wird alles wieder gut.«

»Natürlich wird alles gut«, sagte ich. »Julian mag Opa zwar ähneln, aber er ist nicht Opa. Ihr habt euch wirklich dumm angestellt.«

Zum ersten Mal entspannte sich das Gesicht meines Vaters an diesem Nachmittag. »Schade, dass es die Hauszeitung nicht mehr gibt. Über diese ganze Sache hättest du eine Menge Geschichten schreiben können. Und später würden wir, wenn wir alle alt sind, die verstaubten Zeitungen zum Vorschein holen und über all die dummen Dinge lachen, die wir getan haben.« Er klopfte seine Pfeife in dem Aschenbecher aus, den Duncan bemalt hatte.

»Du musst dich nicht darüber lustig machen«, sagte ich.

»Scherze helfen gegen Kummer«, sagte mein Vater.

~

Julians Zorn wirkte sich auf uns alle aus, vor allem aber auf meine Mutter. Sie war still und traurig und schien kaum noch Spaß zu haben. Ging sie durch den Garten, kamen keine entzückten Ausrufe mehr, wenn sie eine Pflanze entdeckte, die gerade aufblühte. War sie an der Arbeit, stand sie schweigend hinter der Staffelei. Sogar Duncan, der sich keinen Rat mehr wusste, brachte sie kaum zum Reden. Und wie lange war es nun schon her, seit sie vorgeschlagen hatte, wieder einmal Theater zu spielen? Ich sah ihr an, wie sehr sie sich nach einer Geste von Julian sehnte, aber diese Geste kam nicht. Er blieb launisch und kam nicht öfter als einmal im Monat für ein Wochenende nach Hause und das mit überdeutlichem Widerwillen.

Aber nicht nur meine Eltern ließ er büßen. Als Angelica eines Samstagnachmittags am Klavier saß, sagte Julian: »Das klingt grauenhaft.«

»Nein«, sagte Angelica.

»Doch. Es tut in den Ohren weh.«

Angelica schlug den Klavierdeckel zu und rannte aus dem Zimmer.

»Sei nicht so gemein«, sagte ich. »Sie kann nichts dafür.«

Julian sah mich an. »Stimmt«, sagte er und lief Angelica hinterher, um es wiedergutzumachen.

Wenn er morgens wieder nach London aufgebrochen war, riss Grace die Fenster auf. Sie ging wohl davon aus, dass frische Luft die gedrückte Stimmung im Haus vertreiben könne.

Weil ich nicht wusste, wie Julian sich Emma gegenüber verhalten würde, schlief ich lieber bei ihr, wenn er in *Charleston* war.

»Julian nicht in meine Nähe zu lassen, ist wirklich übertrieben, Quentin«, sagte sie.

»Tu ich doch gar nicht. Ich bin einfach gerne hier, in deinem Zimmer.«

»Du bist immer noch ein miserabler Lügner.«

»Ja.«

Nur David schien die düstere Stimmung wenig auszumachen. Er war schwer mit dem Laden beschäftigt und mit seinem neuesten Hobby: einem Bauernkarren samt Pferd. Beides hatte er einem alten Getreidehändler in Lewes abgekauft. Mit diesem Karren machte er Ausflüge in die Umgebung, stets auf der Suche nach Krügen und Schalen, die zum Bemalen geeignet waren.

»Viel besser als das Auto meines Vaters«, sagte er. »Mit so einem schnellen Auto ist man in Eile. Das Leben ist zu kurz, um immer in Eile zu sein.«

»Wenn das Leben so kurz ist, sollte man es doch gerade eilig haben«, sagte ich.

»Aber nein! Jede einzelne Minute sollte sich so lange wie möglich hinziehen.«

Ich musste lachen. Was für eine schöne Antwort! Duncan hatte Glück gehabt, jemandem wie David zu begegnen. Kein anderer Mann hätte so zu ihm, nein, zu *uns* gepasst wie er.

Ab und zu durfte Angelica ihn begleiten, wenn er sich mit seinem Karren auf den Weg machte. Neidisch blickte ich ihnen dann nach. Ich war siebzehn, aber noch immer würde ich lieber auf einem Bauernkarren sitzen, als fast erwachsen zu sein und Entscheidungen über meine Zukunft treffen zu müssen. Würde sich das je ändern?

~

Julian saß auf seinem Bett, umgeben von Zeitungen und Büchern. So verbrachte er den größten Teil seiner Tage bei uns. Er zog sich in sein Zimmer zurück und kam nur zu den Mahlzeiten nach unten. Abwartend stand ich im Türrahmen, aber Julian war zu vertieft, um »Komm rein« oder »Geh weg« zu sagen.

»Was liest du?«, fragte ich, mehr um auf mich aufmerksam zu machen, als dass es mich wirklich interessierte.

Er blickte auf. »Ich denke nach, wie es weitergehen wird«, sagte er.

»Womit? Mit uns? Mit Mama und Papa?«

»Mit der Welt. Mit Europa. Mit Spanien. Vor allem mit Spanien.

»Wieso vor allem mit Spanien?«

»Weil dort Krieg herrscht.«

»Weiß ich. Das hast du schon erzählt.« Wenn es mir überhaupt gelang, mich mit Julian zu unterhalten, ging es selten um etwas anderes als um Politik. Er redete und ich hörte zu, oder ich tat, als würde ich zuhören, während ich in Wirklichkeit an den Julian von früher dachte.

In Spanien war ein Bürgerkrieg ausgebrochen. Das Militär, unter der Leitung von General Francisco Franco, hatte sich gegen die Regierung erhoben. Spanien war seit ein paar Jahren eine Republik mit einer gewählten Regierung, und diese Regierung wollte große Veränderungen durchsetzen.

Kirche und Militär waren immer mächtig gewesen und damit sollte jetzt Schluss sein; die Macht lag nun in den Händen der Bürger. Großgrundbesitzer wurden gezwungen, Land abzugeben, das dann in kleine Ackerflächen aufgeteilt und armen Bauern übergeben wurde. Arbeiter, um die man sich früher kaum gekümmert hatte, wenn sie arbeitslos wurden, bekamen nun Unterstützung. Spanien war dabei, in kürzester Zeit ein völlig anderes Land zu werden. Ich war keineswegs überrascht, dass Julians geliebte Kommunisten Teil dieser neuen Regierung waren.

General Francos Militär und wohl jeder Spanier, der Macht oder Besitz verloren hatte oder Gefahr lief zu verlieren, waren wütend und versuchten, die Regierung mit roher Gewalt zu vertreiben. Weg mit der Republik! Tod den Republikanern! Befürworter und Gegner bekämpften sich mit Granaten und Gewehren. Die Gegner verfügten über Soldaten und Waffen von Adolf Hitler und Benito Mussolini. Die Befürworter konnten auf die Hilfe der Sowjetunion und der *Internationalen Brigaden* rechnen, einer Armee Freiwilliger aus England, Frankreich, den Niederlanden und anderen Nationen, die nach Spanien gekommen waren, um zu kämpfen.

»Siehst du jetzt ein, dass alles miteinander zu tun hat?«, hatte Julian ziemlich rätselhaft gesagt.

Ich fand es einen interessanten Gedanken, denn Tante Virginia hatte mehr oder weniger dasselbe zu mir gesagt: »In einer guten Geschichte hat alles miteinander zu tun.«

Vielleicht lag es an diesem Gedanken, dass ich mich an dieses Gespräch mit meinem Bruder besser erinnerte als an andere, in denen wir über Politik sprachen.

»Warum machst du dir mit einem Mal Sorgen um Spanien?«, fragte ich jetzt.

»Franco ist ein Faschist«, sagte Julian. »Er will Alleinherrscher werden und seine Gegner vernichten.«

»Hitler und Mussolini sind auch Alleinherrscher.«

Julian sah mich giftig an. »Für Deutschland und Italien ist es zu spät, aber in Spanien ist Krieg. Weißt du eigentlich, wie viele Menschen dort schon ermordet wurden? Meine Genossen sind in Gefahr. Wir müssen diesen Krieg gewinnen.«

Julian zufolge waren alle Kommunisten auf der Welt Genossen. Für seine Genossen ging man ebenso durchs Feuer, wie für seine eigene Familie. Ich wurde wütend. Ich konnte all diese Kommunisten, die ich zwar nicht kannte, die aber sozusagen die besten Freunde meines Bruders waren, mit einem Mal nicht mehr ausstehen.

»Deine eigene Familie, deine echte, ist auch in Gefahr«, sagte ich. »Auch wir sind deine Genossen. Hast du das vielleicht vergessen?«

Julian blickte mich aus Augen an, die verrieten, dass ich ihn plötzlich aus der Welt herausgerissen hatte, in der er sich am liebsten aufhielt.

»Solltest du nicht endlich mit Papa und Mama reden?«

Julian wedelte meine Worte weg.

»Nicht nötig. Ich verstehe sie schon. Lass gut sein.«

»Lass gut sein? Wieso sollte ich es gut sein lassen? Du bist seit Monaten wütend.«

»Gar nicht. Ich habe zu viel um die Ohren, um wütend zu sein.«

»Und was?«

»Lesen. Und nachdenken, was ich tun soll.« Er beugte sich wieder über seine Zeitung.

»Wie, ›Was ich tun soll‹?«, fragte ich.

Er reagierte nicht. Ich stand da, enttäuscht und betrübt, wie ein Eindringling in Julians neuer Welt, in der kein Platz mehr für sein früheres Leben war. Wie gerne wollte ich zu Julian durchdringen, aber es gelang mir nicht. Es gelang niemandem von uns. Er hatte sein Herz vor uns verschlossen und schien nicht gewillt zu sein, einen von uns auch nur durch den Briefschlitz blicken zu lassen. Hatte ich etwa meinen Bruder für immer verloren? Etwas Grässlicheres konnte ich mir überhaupt nicht vorstellen.

»Trotzdem solltest du etwas wissen: Sie sind todunglücklich.«

»Ich werde mit ihnen reden«, versprach Julian, mehr um mich loszuwerden, als dass er Lust dazu hatte. »Darf ich jetzt weiterlesen?«

~

Zurückblickend denke ich, dass 1936 das wichtigste Jahr in meinem Leben gewesen ist. Nicht das schönste, nicht das erschütterndste, sondern das wichtigste, denn es war das Jahr, in dem ich all die seltsamen Menschen aus meiner wunderbaren Familie erst richtig kennengelernt habe: Meinen Vater, der ernsthafte Mann, der alles wusste; meine Mutter, die, auch ohne der Engel im Haus zu sein, *Charleston* zu dem allerbesten Ort gemacht hatte, in dem ein Kind aufwachsen konnte; Julian, der so nachtragend war, dass ich in ihm kaum noch meinen Bruder wiedererkannte; und Angelica, meine kleine Schwester, die die weisesten Worte von uns allen gesprochen hatte: »Wenn jemand wütend sein darf, dann wohl ich. Und das bin ich nicht. Könntet ihr also aufhören, euch zu streiten? Das macht mich traurig.«

Nur Duncan blieb, wie er immer schon gewesen war, ein großes Kind, das nichts als malen wollte und spielen und küssen und unbequemen Diskussionen lieber aus dem Weg ging. Ach, und ich darf Grace nicht vergessen, die gute Grace, die alles zu sehen und zu hören schien. Als ich sie fragte, was sie von der ganzen Sache hielt, sagte sie: »Für *mich* hat sich nichts geändert, Quentin. Ihr esst noch genauso viel wie früher.«

Es bedurfte einer Lüge aus einer fernen Vergangenheit, um zu entdecken, dass auch meine unfehlbaren Eltern Fehler begehen konnten und dass meine Geschwister Seiten hatten, die ich vorher nicht gekannt hatte oder hatte sehen wollen.

Julian hat schließlich mit meinen Eltern gesprochen. Wann genau, weiß ich nicht. Ich habe nicht nachgefragt, obwohl ich wahnsinnig neugierig war. Aber ich war der Meinung, dass es mich nichts anging. Es war ihr Konflikt.

Jedenfalls war das Ergebnis, dass Grace nicht mehr das Haus lüften musste, wenn Julian bei uns gewesen war. Er war jetzt fröhlicher und kam öfter nach *Charleston*, küsste meine Mutter wie früher zur Begrüßung auf die Stirn und ging abends wieder mit meinem Vater ins Arbeitszimmer, um über Politik zu sprechen. Und wenn ich mich zu ihm aufs Bett setzte, schaute er mich an und fragte, an was für einer Geschichte ich gerade schrieb.

Gefragt habe ich nicht, aber gesehen und gehört. War da nicht doch ein vorwurfsvoller Blick? Dachte sich Julian nicht ab und zu eine schwache Ausrede aus, um nach London zurückzukönnen? Lachten sie nicht etwas zu laut über ihre gegenseitigen Witze? War das hier nun Frieden oder doch nur ein Waffenstillstand? Meine Unsicherheit darüber, was wirklich in ihnen vor sich ging, machte mich nervös.

»Du beobachtest sie«, sagte Emma eines Nachmittags, als wir am Fenster meiner Dachkammer standen und ich meine Familie im Garten beobachtete.

»Ich kann es nicht lassen«, sagte ich.

»Mach dich nicht verrückt«, sagte sie.

»Weshalb nicht?«

Es war kurz still. »Du hast recht. Hierüber kannst du dich nicht verrückt genug machen.«

»Schön, dass du mich verstehst.«

Gott, wie sehr sehnte ich mich danach, dass alles wieder wie früher wäre. Und damit meinte ich nicht einmal unbedingt die Zeit vor dem Konflikt, sondern vor allem unsere Kindheit in *Charleston*, als Julian wirklich noch ein Bruder und mein bester Freund gewesen war, als wir gemeinsam auf Bäume geklettert, durch die Felder gestreift waren, uns gegenseitig bei allem ins Vertrauen gezogen hatten. Gerade jetzt, da ich darüber nachgrübelte, wie es weitergehen sollte, mit Julian und meinen Eltern und Angelica, hatte ich großes Verlangen nach diesen glücklichen, unschuldigen Jahren.

Dass diese Zeit niemals wiederkehren würde, wusste ich natürlich. Und das lag nicht an der Lüge, sondern an den

Entscheidungen, die Julian und ich bereits vor Jahren getroffen hatten, und an den Wegen, die wir eingeschlagen hatten. Die Fantasiewelt der ausgedachten Geschichten liegt nun einmal meilenweit von der harten Wirklichkeit der Politik entfernt. Die Zeit, in der wir beide zufrieden schweigend im Baumhaus gesessen hatten, war schon lange vorbei.

1937

Der spanische Bürgerkrieg forderte immer mehr Opfer. Und es war dieser Bürgerkrieg, der über ein Jahr nach Julians Wutausbruch meinen Bruder und meinen Vater wieder zusammenschweißte. Deutsche Kampfflugzeuge hatten die Stadt Guernica angegriffen. Die Stadt wurde vollkommen zerstört und die meisten Einwohner waren obdachlos, verwundet oder gar tot. Der Freund meines Vaters, der Maler Pablo Picasso, hatte für die Weltausstellung in Paris ein Gemälde über die Bombardierung gemalt. Den Geschichten zufolge war es ein riesiges, grauenerregendes Bild, das keinen Betrachter unberührt ließ.

Mein Vater wollte nach Paris, um es sich anzusehen, denn er wollte darüber in seiner Zeitung berichten.

»Darf ich mit?«, fragte Julian.

»Wozu?«, fragte meine Mutter. »Gemälde interessieren dich doch nicht.«

»Dieses Gemälde schon.«

»Es ist lange her, dass wir zusammen auf Reisen waren«, sagte mein Vater.

»Wir waren noch nie zusammen auf Reisen«, sagte Julian.

Mein Vater dachte nach. »Nicht alleine, nur du und ich, stimmt. Gut. Ich freue mich, dass du mit willst.«

»Tausende Tote«, sagte Julian. »Es muss ein zorniges Gemälde sein.«

»Oder ein verzweifeltes«, sagte mein Vater.

»Ist Picasso selbst auch dort?«, fragte Julian. »Ich würde ihn gerne kennenlernen.«

»Er wohnt in Paris«, sagte mein Vater. »Wir können ihn besuchen.«

In Gedanken waren die beiden bereits in Frankreich.

Auch ich hatte fragen wollen, ob ich mitfahren dürfte, tat es dann aber nicht. Das war eine Sache zwischen den beiden.

Als sie abgereist waren, ging ich zu Tante Virginia, um ihr zu erzählen, dass ich eine Geschichte über die Faschisten schreiben wollte. Sie sollte von einem dummen Führer wie Hitler oder Mussolini handeln, der dumme Dinge behauptete, und von dummen Menschen, die das großartig fänden und jubelnd hinter dem Führer herlaufen würden. Wenn sie endlich dahinterkämen, dass er nichts taugt, wäre es zu spät, um kehrtzumachen. Sie würden ihm ins Netz gehen und hätten für immer ihre Freiheit verloren. Ich glaubte, dass es eine sehr gute Geschichte werden könnte.

Virginia zündete sich eine Zigarette an. »Warum willst du so eine Geschichte schreiben? Ist es, um Julian eine Freude zu machen? Bist du neidisch, dass er mit eurem Vater in Paris ist?«

Ich schnappte nach Luft. »Ja.« Virginia kannte mich besser, als mir lieb war.

»Mussolini ist kein dummer Mann«, sagte Virginia. »Bei Hitler bin ich mir da noch nicht ganz sicher, aber Mussolini ist intelligent. Er liebt Bücher.«

»Bücher? Echt?« Für mich war ein Diktator jemand, der Menschen schikanierte und einsperrte, aber kein Mann, der in einem bequemen Sessel mit einem schönen Buch auf dem Schoß saß.

»Er liest gern und schreibt auch selbst«, sagte Virginia. »Eigentlich ist er ein Kollege von uns, denn er hat vor Jahren einen Roman geschrieben, einen Liebesroman.«

Ich errötete. »Ein Kollege von *uns*«, hatte sie gesagt!

»Schlimmer noch, Mussolini meint, alle Italiener sollten Bücher lesen.»

»Oh.« Mit einem Mal hatte ich ein völlig anderes Bild von diesem schrecklichen Mann. »Hitler verbrennt Bücher, aber Mussolini will, dass gelesen wird? Das ist ein ziemlicher Unterschied.«

»Der Unterschied ist weniger groß, als du denkst«, sagte Virginia. »In den italienischen Buchhandlungen liegen nur Bücher aus, die Mussolini genehmigt hat.«

»Faschistische Bücher?«

»Genau.«

»Also gibt es eigentlich gar keinen Unterschied zu Hitler?«

»Doch durchaus. Hitler ist ein ängstlicher Mann. Er fürchtet sich davor, was Schriftsteller, die ihm nicht zustimmen, zu erzählen haben, sonst würde er ihre Werke nicht verbrennen. Aber Mussolini ist schlau. Bücher, die ihm nicht zusagen, schweigt er tot, als wären sie unwichtig. Die faschistischen Bücher hingegen empfiehlt er von Herzen. ›Das ist ein fantastisches Buch, das muss man gelesen haben‹. So vergiftet er den Geist der Italiener.«

»Sie können sich doch weigern, die Bücher zu lesen.«

»Wieso sollten sie? Du weißt doch, dass die meisten Italiener ihren Führer bewundern, weil er so redegewandt ist und so tadellos aussieht, und weil sie meinen, dass er das Land wieder nach oben gebracht hat, seitdem er es regiert. Da ist es nur logisch, dass sie begierig die Bücher lesen, die er anpreist. Und sie tun es sogar mit Vergnügen, dafür hat Mussolini schon gesorgt. In Italien findet jedes Jahr ein feierlicher *Büchertag* statt. Dann lesen Schriftsteller aus ihren Werken und es gibt Büchermärkte, auf denen man die vom Autor signierten Bücher kaufen kann. Tausende Menschen gehen dorthin. Lesen ist ein Fest! Und die Menschen, die darüber anders denken, die nicht in die Falle tappen wollen …«

»… sind schon lange kaltgestellt«, sagte ich.

»So ist es. Quentin, wenn du Julian eine Freude machen willst, dann schreibe keine Geschichte über einen dummen Führer und ein dummes Volk. Schreibe über einen schlauen Führer, der sein Volk lesen und hören lässt, was er will, Monat für Monat, und auf diese Weise allmählich Macht über die Menschen bekommt. Das Thema ist viel interessanter, als über Gewalt und Unterdrückung zu schreiben.«

»Hm«, sagte ich, »ziemlich kompliziert.«

Sie runzelte die Stirn und zündete sich wieder eine Zigarette an. »Aber schreibe nicht, dass der Führer schlau ist, lass es den Leser spüren.«

»Du rauchst zu viel«, sagte ich.

»Ohne Zigaretten kann ich nicht schreiben.«

»Woher weißt du das alles über Mussolini und seinen Büchertag?«

»Weil ich manchmal in Italien bin. Du glaubst doch nicht etwa, dass ich immerzu hinter meinem Schreibtisch sitze? Dann würde ich ja verrückt werden.«

~

»*Guernica* ist das eindrucksvollste Gemälde, das ich je gesehen habe«, sagte Julian. »Entschuldigt, Mama, Duncan, ihr wisst, ich mag eure Bilder sehr gerne, aber bei Picasso geht es wirklich um wichtige Dinge. Es ist etwas ganz anderes als ein Bild von David, der nackt auf einem Teppich liegt.«

Meine Mutter war gekränkt, Duncan lachte schallend.

»Willst du nicht erst einmal die Jacke ausziehen und mir einen Kuss geben?«, fragte meine Mutter.

Julian stellte seinen Koffer ab. »Hallo Mama, wir sind wieder da.«

»Wir sind viermal auf der Weltausstellung gewesen«, sagte mein Vater. »Der Eiffelturm interessierte ihn überhaupt nicht, er wollte immer wieder zu *Guernica*.«

»Was ist auf dem Bild zu sehen?«, fragte ich.

»Tod und Verderben«, sagte Julian. »Und Panik. Verzweifelte Menschen und Tiere. Ein Mann, dessen Haus in Brand steht. Eine Mutter mit ihrem toten Kind. Eine Leiche, die auf dem Boden liegt. Es ist ekelerregend. Ich konnte nicht aufhören, es zu betrachten. Dieses Gemälde zeigt, wozu die Faschisten in der Lage sind.«

»Auch die Kommunisten setzen Waffen ein«, sagte David, »nur malt das keiner.«

»Ja, um sich selbst zu verteidigen. Sie töten keine unschuldigen Bürger.« Julian wollte kein böses Wort über seine Genossen hören.

»*Guernica* ist ein Bild ohne Farben«, sagte er, »nur schwarz und weiß und grau. So wird die Welt in ein paar Jahren aussehen, wenn wir die Faschisten gewähren lassen.«

»Hast du Picasso getroffen?«, fragte ich.

Julian schüttelte den Kopf. »Wollte ich nicht. Mir genügte das Gemälde.«

Das verstand ich nicht. Wenn ich von einem Buch begeistert war, wollte ich den Schriftsteller kennenlernen, mit ihm reden und ihm Fragen stellen. Manchmal dachte ich nach solch einem Gespräch völlig anders über das Buch.

»Gerade deshalb wollte ich Picasso nicht kennenlernen«, sagte Julian. »Stell dir vor, ich hätte ihn unsympathisch gefunden.«

Was für eine sonderbare Antwort.

In dieser Woche kletterten Julian und ich zum letzten Mal in unser Baumhaus. Wir führten das Gespräch, mit dem ich dieses Buch begonnen habe.

~

Wir saßen im Garten und tranken Tee, meine Eltern, Julian und ich. Emma hatte auch vorbeikommen wollen, ließ es aber bleiben, als ich ihr erzählte, was heute geschehen würde. »Bei diesem Gespräch sollte kein Außenstehender dabei sein«, sagte sie.

»Du bist keine Außenstehende«, sagte ich.

»Heute schon. Ruf mich später an und berichte mir alles.«

Duncan und David waren am Meer, Angelica war bei Grace in der Küche. Julian stand am Teich, mit dem Rücken zum

Wasser. Vielleicht kam es dadurch, dass ich im Gras saß und zu ihm aufblicken musste, aber er erschien mir größer als sonst, auf jeden Fall größer als ich, obwohl ich eigentlich der Größere war. Bert lag faul in der Sonne.

»Ich gehe nach Spanien«, sagte Julian. »Ich habe mich bei den *Internationalen Brigaden* gemeldet.«

Meine Mutter schaute von ihrem Skizzenbuch auf.

»Das ist eine ziemlich ernste Entscheidung«, sagte mein Vater, dessen Kopf mit Pfeife im Mund im Skizzenbuch zu erkennen war.

Julian nickte. »Wir wollen unseren Genossen helfen. Ohne zusätzliche Truppen schaffen es die Kommunisten nicht. Und die Faschisten von General Franco dürfen nicht gewinnen, sonst wird es in Spanien genauso grauenvoll wie in Italien und Deutschland. Dann ist man seines Lebens nicht mehr sicher, wenn man für seine Meinung eintritt. Diese Idioten bekommen immer mehr Macht in Europa, es ist lebensgefährlich. Picasso hat recht: Wenn die Farben verschwinden, ist alles verloren.«

Meine Mutter schlug das Skizzenbuch zu. »Was für eine törichte Idee«, sagte sie. »Du hast noch nicht einmal ein Gewehr aus der Nähe gesehen.«

»Doch, natürlich.«

»Auf Hasen zu schießen ist etwas anderes als auf Menschen«, sagte mein Vater. »Weißt du eigentlich, worauf du dich einlässt?«

»Nein«, sagte Julian. »Ich weiß nicht, auf was ich mich einlasse, aber ich kann nicht anders. Ich habe darüber nachgedacht, sehr gut nachgedacht, genau wie ihr es mir beigebracht habt. Und so habe ich mich entschieden, nach Spanien zu gehen. Ich muss es einfach tun. Wir dürfen die Spanier nicht ihrem Schicksal überlassen.«

Kurz war es still. Jeder von uns brauchte Zeit, für sich und seine Gedanken. Ich dachte an meine Eltern und daran, was diese Neuigkeit für sie bedeuten musste. Wespen krabbelten über die süßen Törtchen, die Grace zum Tee serviert hatte.

Meine Mutter sagte: »Du hast uns nicht um unser Einverständnis gebeten.«

»Nein, muss ich das?«

»Lieber nicht«, sagte meine Mutter. »Ich würde dir diese Erlaubnis nämlich nicht geben.«

Julian runzelte die Stirn. »Willst du mir verbieten, nach Spanien zu gehen?«

»Verbieten ist etwas anderes, als kein Einverständnis zu geben«, sagte meine Mutter.

»Stimmt«, sagte Julian. »Aber du musst mich schon unterstützen, das ist mir wichtig. Es ist nicht gerade einfach, was ich vorhabe.«

»Ich kann mich nicht dafür begeistern«, sagte mein Vater.

»Habe ich auch nicht erwartet«, sagte Julian.

Ein Schaf blökte. Ein Fenster schlug zu. Blätter raschelten. Meine Mutter fragte: »Willst du nur den Spaniern helfen oder willst du uns damit bestrafen?«

Ich blickte sie an. Sie war bleich.

»Vanessa!«, brummte mein Vater. »Bitte! Fang nicht schon wieder damit an.«

Es beschäftigte sie also doch noch, dachte ich. Sieh an, sieh an.

»Ich fände es sehr schlimm, wenn du immer noch wütend auf uns bist«, sagte sie. »Ich habe gedacht, gehofft, wir hätten uns ausgesprochen, aber jetzt hast du mit einem Mal vor fortzugehen.«

Julian schüttelte den Kopf. »Mama«, sagte er, »hör zu. Ich bin einundzwanzig. Ich habe mein ganzes Leben hier verbracht, bei dir hier und bei Papa in London. Das war großartig, wirklich, und dass ich im letzten Jahr so zornig gewesen bin, ändert daran nichts. Ich liebe euch, auch wenn ihr die seltsamsten Menschen seid, die ich kenne. Aber jetzt will ich weg, ich bin jetzt so weit. Ich gehe, weil ich der Meinung bin, dass ich gehen muss. Und weil es eine Herausforderung ist, ein Abenteuer. Niemals zuvor habe ich etwas getan, ohne euch in meiner Nähe zu haben, ich konnte euch jeden Augenblick fragen, ob es in Ordnung ist, was ich tue. Verstehst du?«

»Es hat also doch mit uns zu tun?«, fragte meine Mutter.

»Nein. Es hat damit zu tun, wer ich war und wer ich werden will.«

Unwillkürlich nickte ich.

Argwöhnisch blickt meine Mutter mich an. »Hast du davon gewusst?«

»Erst seit gestern.«

»Ein Abenteuer?«, fragte mein Vater. »Eine Herausforderung? Sich in einen Krieg zu stürzen, würde ich nicht unbedingt ein Abenteuer nennen.«

Julian seufzte. »Ich wusste, dass ihr mich nicht verstehen würdet. Ihr glaubt, dass ein Krieg schon von selbst aufhört, wenn man nur einen Stapel guter Bücher liest.«

»Rede doch keinen Blödsinn«, sagte mein Vater.

»Ich kann ihn verstehen«, sagte ich. »Schon seit wir klein waren und zusammen gespielt haben, wollte er Abenteurer werden und lebensgefährliche Reisen unternehmen. Das ist seine Chance.«

»Findest du das auch noch gut?«, fragte meine Mutter. »Bist du auf seiner Seite?«

»Was macht das schon aus, ob ich seiner Meinung bin?«, sagte ich. »Natürlich bin ich das nicht. Ich finde es beängstigend, was er vorhat. Aber es ist sein Leben, seine Entscheidung. Was soll ich dazu sagen?«

»Dazu haben wir alle nichts zu sagen«, sagte mein Vater. »Wir können ihm nur sagen, wie wir darüber denken.«

Julian stellte sich hinter meine Mutter und legte ihr die Hände auf die Schultern. »Mach dir keine Sorgen«, sagte er, »ich gehe nicht alleine nach Spanien. Rick kommt mit. Wir gehen gemeinsam.«

»Wie beruhigend«, brummte meine Mutter.

»Und deine anderen Freunde?«, fragte ich.

»Die zögern noch. Wir wollen sie nicht unter Druck setzen.«

»Ich würde nie mitkommen«, sagte ich. »Ich hätte die ganze Zeit Angst.«

»Ich vielleicht auch. Keine Ahnung.«

Meine Mutter legte ihre Hände auf seine. »Können wir irgendetwas tun, damit du deine Meinung änderst?«

»Nein«, sagte Julian.

Sie stand auf, drehte sich um und sah ihn an. »Du wirst mir immer ähnlicher. Genauso dickköpfig, genauso eigensinnig.«

»Na, hör mal«, sagte Julian, »dagegen kann ich wirklich nichts machen.«

»Wenn du auch nach Papa kommst, kriegst du in ein paar Jahren eine Glatze«, sagte Angelica. Sie stand im Türrahmen. Wir hatten sie gar nicht bemerkt. »Ich will mit nach Spanien. Dürfen Mädchen auch in diesen Krieg ziehen?«

»Fängst du jetzt auch noch an?«, sagte meine Mutter. »Wollt ihr mich umbringen?«

Angelica schlang die Arme um Julian. »Wenn du zurückkommst, spiele ich für dich Klavier und führe ein Theaterstück auf.«

»Oh ja«, sagte Julian, »toll.«

»Ich habe Freunde, die in Spanien leben«, sagte mein Vater, »ich könnte sie fragen, ob …«

»Nein«, sagt Julian. »Nein!«

Zwei Tage später streunten mein Bruder und ich durch die Felder hinter dem Bauernhof. Wir sprangen über Gräben, schwammen nackt in einem kleinen See, zielten mit gegabelten Ästen auf Fasane und lagen im Gras auf dem Rücken, um die Wolken zu beobachten. Es war wie in unserem ersten Jahr in *Charleston* und ich konnte mir nicht vorstellen, dass Julian weggehen würde; ich meine richtig weggehen. Ich glaube nicht, dass wir an diesem Nachmittag viel miteinander gesprochen haben, aber das war auch nicht nötig. Wir waren zusammen und das genügte.

Am Abend gab es ein Abschiedsessen, zu dem auch Virginia und Leonard nach *Charleston* kamen. David holte sein Grammofon aus dem Laden und spielte uns *Die vier*

Jahreszeiten von Antonio Vivaldi vor. Wir sprachen über Bücher und Musik und den Garten von *Monk's House*. Das Wort Spanien fiel kein einziges Mal, als würde die Vermeidung des Worts Julian dazu bringen, seinen Entschluss zurückzunehmen. Weit nach Mitternacht gingen wir ins Bett, die Erwachsenen ein bisschen angetrunken und sentimental.

»Schreib mir«, sagte meine Mutter.

»Sooft ich kann«, versprach Julian.

»Mir auch«, riefen Angelica und ich gleichzeitig.

Julian seufzte. »Meint ihr, dafür werde ich Zeit haben? Dort ist Krieg, verstanden?« Plötzlich waren wir wieder der kleine Bruder und die kleine Schwester.

Am nächsten Tag brach er mit einem Koffer voller Kleider und Bücher auf. Grace hatte ihm Sandwiches in ein Küchentuch gewickelt. Rick war der einzige seiner Freunde, der mit ihm ging. Die anderen trauten sich nicht. »Ein Haufen Salonkommunisten«, sagte Rick.

David brachte die beiden Männer mit einem geliehenen Auto nach Newhaven, wo das Schiff mit britischen Kriegsfreiwilligen ablegen sollte. Von uns fuhr niemand mit. Das hatte Julian abgelehnt. »Ihr wollt doch nicht, dass ich weinend an Bord gehe, oder?«

»Brüder für immer?«, sagte ich.

»Brüder für immer!«, sagte Julian.

»Das ist herzzerreißend.«

»Das sind Kriege auch. Du wolltest doch ein Buch über mich schreiben. Nenn es *Brüder für immer*. Und sorge dafür, dass Onkel Leonard es verlegt.«

»Ja, wenn du vor mir stirbst«, sagte ich. »Nur dann werde ich ein Buch über dich schreiben.«

David startete den Motor.

»Stirb bitte nicht«, sagte ich.

Sie fuhren davon. Wir winkten. Julian blickte sich nicht um.

~

Da Julian nun so weit von mir entfernt war, setzte ich mich ab und an in sein Zimmer, um an meinen Geschichten zu arbeiten. Wenn ich dann von meinem Heft aufblickte, sah ich seine Sachen herumliegen und das gefiel mir.

»Ich würde genau dasselbe tun, wenn es mein Bruder wäre«, sagte Emma.

Spanien. Ich war niemals dort gewesen. Ich stellte mir eine hügelige Landschaft vor, wie in Italien. Nur gab es in diesen Hügeln keine Fußball spielenden Jungs, sondern Männer, die ihre Gewehre auf andere Menschen abfeuerten. Die Bilder, die ich vor mir sah, passten nicht zu Julian und vergrößerten den Abstand zwischen ihm und mir noch mehr.

Sein Abenteuer ließ uns alle nicht los, obwohl jeder anders damit umging. Mein Vater äußerte sich kaum dazu. Er rief aber täglich an, wenn er in London war, um sich zu erkundigen, ob ein Brief angekommen war. Angelica suchte in Lewes nach spanischen Notenbüchern, um Julian mit ihrem Klavierspiel zu überraschen, wenn er nach Hause kam. Meine Mutter malte Julians Porträt, das sie uns nicht zeigte, solange sie noch daran arbeitete. Nur Duncan hatte Zugang zum Atelier.

»Warum so geheimnisvoll?«, fragte ich. Sie hatte uns doch immer hinein gelassen.

»Wenn ihr euch einmischt, kann ich mich nicht konzentrieren«, sagte sie. »Es muss ein treffendes Porträt werden.«

Erst als das Bild fertig war und ich es zu sehen bekam, begriff ich, warum sie das gesagt hatte. Julian saß mit geballten Fäusten auf einem Stuhl im Esszimmer. Die Knöchel waren weiß, seine Augen grimmig vor Zorn. Es war ein treffendes Porträt, denn ich erinnerte mich sofort. Das war der Julian, der am vorletzten Abend des Jahres 1935 gerade ausgerufen hatte: »Du bist überhaupt nicht Angelicas Vater. Duncan ist ihr Vater.«

»Sagt nichts«, sagte meine Mutter. »Ich will nicht wissen, ob es euch gefällt. Ich musste dieses Gemälde einfach malen.«

»Warum zeigst du ihn so zornig?«, fragte ich.

»Weil ich ihn Tag und Nacht so vor mir sehe. Das ist ein Bild, das ich nicht mehr aus dem Kopf bekomme. Ich schenke es ihm, wenn er wieder da ist. Er kann es verbrennen oder aufhängen.«

»Du hast immer noch Zweifel«, sagte ich. »Und dies ist deine Art, dahinterzukommen, ob er dir wirklich vergeben hat, oder?«

»Du hast mich durchschaut«, sagte sie.

»Er wird es aufhängen«, sagte ich.

»Vielleicht.«

~

»Neuigkeiten vom verlorenen Sohn«, sagte Colonel Kipling. Er grinste und gab meiner Mutter einen Stapel Briefe. Auf dem obersten stand in Julians Handschrift der Name meiner Mutter und unsere Adresse.

Colonel Kipling ging in die Küche, um mit Grace Kaffee zu trinken. Angelica und ich folgten meiner Mutter ins Esszimmer. Sie öffnete den Umschlag mit einem Buttermesser und las schweigend den Brief. Dann lächelte sie und las ihn uns vor.

Liebe Mama,

vermisst du mich schon? Mir geht es hier fabelhaft. Meine Genossen sind toll. Wir reden bis tief in die Nacht über unsere Mission und singen Kampflieder. Wir werden siegen, Mama, da sind wir uns sicher. Wir reden auch über unsere besorgten Mütter. Phil denkt, dass seine Mutter jeden Tag am Fenster steht und darauf wartet, ihn auf dem Gartenweg zu sehen. Ich glaube, du malst gerade ein Porträt von mir. Stimmt's? Das Essen ist miserabel – Grace hätte mitkommen sollen. Sag ihr, dass sie die beste Köchin der Welt ist. Rick ist immer noch seekrank. Erzähl das aber nicht seiner Mutter, du weißt, wie sie ist! Oder nein, das weißt du nicht. Sie mischt sich in alles ein, ganz anders als du.

Noch ein paar Stunden und wir fahren im Hafen ein. Dann geht es wirklich los. Wir können es kaum erwarten.

Alles Liebe an euch alle.
J.

Meine Mutter faltete den Brief zusammen und schob ihn wieder in den Umschlag.

»Typisch Julian«, sagte ich.

»Er hat ihn an Bord des Schiffes geschrieben.« Meine Mutter klang zufrieden. »Er hat nicht gewartet, bis er in Spanien ist.«

»Hat er doch versprochen«, sagte ich. »Er will doch schreiben, sooft er kann.«

»Ja«, sagte sie.

»Ein fröhlicher Brief«, sagte David, der vor dem offenen Fenster stand und zwei Angeln in den Händen hielt. »Kommst du mit zum Fischen?«, fragte er mich. »Ich habe Bacon gekauft.«

»Darf ich auch mit?«, fragte Angelica.

»Ja, natürlich«, sagte David. »Aber du musst den Mund halten, sonst verjagst du die Fische.«

Angelica beschloss, zu Hause zu bleiben.

David und ich gingen zum Bach im Tal und warfen unsere Angeln aus. Es war windstill. Die Schnüre lagen reglos auf dem Wasser. Forellen sah ich keine.

»Was hältst du davon?«, fragte ich.

»Wovon?«

»Julian und Spanien.«

»Nichts dagegen einzuwenden«, sagte er. »Das ist es, was er will. Wieso? Machst du dir Sorgen?«

»Ja. Natürlich. Und meine Eltern auch, obwohl sie darüber kaum ein Wort verlieren.«

»Logisch«, sagte David. »Wenn du wüsstest, wie meine Eltern reagiert haben, als ich in ein Flugzeug gestiegen bin.«

»Das ist nicht dasselbe.«

»Doch. Für Eltern schon, die denken, dass ihr Kind zu einem Abenteuer aufbricht, das es vielleicht nicht überlebt. ›Du forderst den Tod heraus!‹, hat mein Vater gesagt. Aber ich wollte unbedingt fliegen und sie haben mich nicht davon abgehalten.«

»Meine Mutter meint noch immer, dass es mit dieser Lüge zu tun hat«, sagte ich.

David zog seine Angelschnur heraus, stellte fest, dass der Bacon noch am Haken hing und warf sie wieder aus. »Und du?«, fragte er.

»Ich weiß es nicht. Könnte schon sein. Julian und ich haben schon seit Längerem nicht mehr richtig miteinander geredet.«

»Soll ich dir mal was erzählen?«, fragte David. Er verjagte eine Hornisse, die ihre Aufmerksamkeit daraufhin auf mich richtete. »Als ich zum ersten Mal hierherkam, ich meine nach *Charleston*, wusste ich sofort, dass ich mich dort zu Hause fühlen würde. Einem Haus sieht man an, wie seine Bewohner sind.«

»Was hast du damals gedacht?« Ich schlug gegen mein Gesicht. Daneben.

»Warm«, sagte David. »Das Haus strahlte Wärme aus und ihr auch.«

»Du auch. Wir waren froh, als du gekommen bist.«

»Ja«, sagte David. »Und doch hat es Augenblicke gegeben, in denen ich nur wegwollte. Die Art, wie ihr hier lebt, die Dinge, die ihr tut, wie ihr miteinander umgeht. Manchmal habe ich das schön gefunden, zu schön, das hat mich bedrückt.« Er wedelte mit der Hand in der Luft herum. Die Hornisse gab auf.

»Bedrückt? Echt? Wieso?«

»Weil alles so vollkommen schien. Ich hatte das Gefühl, in einem Bühnenstück gelandet zu sein. Ein Bühnenstück kann vollkommen sein, das richtige Leben nicht.«

»Der Kaiser von Burgund«, sagte ich.

»Und deshalb war ich, ehrlich gesagt, ganz froh über die Lüge und den Streit. Deine Eltern wurden mit einem Mal zu ganz normalen Menschen, die dumme Fehler begehen, und Julian ein zorniger Jugendlicher. Vielleicht klingt das in deinen Ohren komisch, aber ich habe diesen Streit wirklich gebraucht, um mir sicher zu sein, für immer bleiben zu wollen. Ihr seid nämlich gar nicht so seltsam, wie die Leute behaupten.«

»Du hast was an der Angel«, sagte ich.

David zog einen Fisch aus dem Wasser: einen kleinen Hecht. Er holte ihn vom Haken und warf ihn zurück. »Julian ist starrköpfig, aber nicht dumm. Er wäre verrückt, würde er sein Leben aufs Spiel setzen, nur weil er auf Clive und Vanessa wütend ist.« Er legte seine Angel ins Gras, lief ein Stück den Bach entlang und kam dann wieder zurück. »Lass uns aufhören. Die Forellen sind fort.«

Wir gingen quer über die Schafsweide nach Hause. Ich sagte: »Du hast dich nie dazu geäußert, was du davon hältst, dass Duncan Angelicas Vater ist.«

»Stimmt«, gab er zu. »Ich finde es nicht so wichtig.«

»Aber er ist doch dein Freund.«

David blieb stehen. »Quentin, seit meinem ersten Tag hier habe ich Duncan mit euch allen teilen müssen, vor allem mit Vanessa. Dass Angelica seine Tochter ist, darauf pfeife ich. Sie ist ein großartiges Mädchen.«

»Ja, das ist sie.«

»Ich werde Duncan niemals für mich alleine haben«, sagte David. »So ist es nun einmal und es gefällt mir.«

»So lange er sich nicht in einen Elektriker namens Henry verliebt.«

»Genau.«

~

Liebe Mama,

Ich kann dich gleich beruhigen: Ich kämpfe nicht. Ich bin den Sanitätern zugeteilt und fahre in einem Krankenwagen des Roten Kreuzes mit, der die verwundeten Soldaten von der Front zum Krankenhaus in die Stadt transportiert. Ich halte kein Gewehr, sondern die Hand von Genossen, die von den verdammten Faschisten niedergeschossen wurden. Bist du erleichtert? Glaube nicht, dass ich mir das ausgesucht habe. Wir haben nichts selbst zu entscheiden,

Befehle befolgen, das ist das Einzige, was wir tun dürfen. Selbst nachdenken wird nicht gern gesehen. (Erzähl das bloß nicht Papa.)

Hier ist es heiß und knochentrocken. Manchmal binde ich mir das von dir bemalte Taschentuch, das du heimlich in meinen Koffer gestopft hast, vor das Gesicht, um keinen Staub einatmen zu müssen. Es ist ein schönes Taschentuch. Solltest du öfter machen. Stoffe bemalen, meine ich. Und David wird sie dann verkaufen, denn er hat bestimmt ein neues Hobby, für das er Geld braucht. Siehst du, ich denke die ganze Zeit an euch.

Sag Ricks Mutter bitte, dass er im Moment keine Zeit hat, ihr zu schreiben, es ihm aber gut geht. Er leert im Krankenhaus die Nachttöpfe und wischt Hintern ab.

Ich muss aufhören, denn sie warten schon auf mich. Hoffentlich muss ich nicht wieder ein abgerissenes Bein auf eine Trage legen (kleiner Scherz).

Viele liebe Grüße an euch alle,
J.

~

Als ich zum Frühstücken ins Esszimmer kam, war meine Mutter schon dort, wie jeden Morgen. Sie war allein und saß auf ihrem Stuhl am runden Tisch, die Hände um einen Becher Kaffee gelegt. Die Sonne schien auf ihren Rücken und ihr glattes, zu einem Knoten gebundenen Haar. Der Wind wehte sanft und ich roch den Duft der Trompetenblumen, die vorm Haus wuchsen.

Ich wusste, dies war die Zeit des Tages, die meine Mutter am liebsten mochte: Niemanden um sich herum zu haben, keine Angelica, nicht mich, Duncan oder David – uns alle, die sie zwar sehr liebte, nur nicht früh am Morgen.

Ohne ein Wort setzte ich mich ihr gegenüber. Grace brachte Eier. Für meine Mutter ein weich gekochtes Ei, für mich Rührei. Schweigend trank ich meinen Tee. Wir wussten alle, dass man den Mund halten musste, wenn man mit ihr allein am Frühstückstisch saß. Es war eine unausgesprochene Hausregel und wir brachen sie nie.

Aus den Weidenbäumen hinter unserem Haus erklang der Ruf eines Kuckucks. Es war Ende August und der Beginn eines schönen englischen Sommertags nach einer regenreichen Nacht.

Die Haustür wurde zugeschlagen. Lärmend kam Angelica ins Zimmer, stopfte die Astern, die sie im Garten gepflückt hatte, in eine Vase und plumpste auf ihren Stuhl. Sofort sprang sie wieder auf, denn mein Vater kam herein. Er war am Abend zuvor eingetroffen, wir hatten ihn wochenlang nicht gesehen. Angelica war schon im Bett gewesen. Nun gab sie ihm einen Kuss auf die Wange. »Wie lange bleibst du, Papa?« Sie nannte ihn noch immer ›Papa‹. Das freute mich.

»Ein paar Tage, denke ich.«

»Schön. Gehen wir in Lewes Kuchen essen? Dürfen meine Freundinnen mitkommen?«

Grace brachte Angelica ein Spiegelei mit aufgestochenem Eigelb und meinem Vater Eier mit Speck und weißen Bohnen. Und als keine fünf Minuten später auch David am Tisch saß, brachte sie ihm auch ein Ei.

Die arme Grace. Um es ihr leichter zu machen, frühstückten wir sonntags ›nur ein Ei‹. Aber da jeder sein Ei auf besondere Art zubereitet haben wollte und das Dienstmädchen das Wochenende bei ihren Eltern in Eastbourne verbrachte, hatte unsere Köchin sonntags mehr zu tun als an anderen Tagen.

Nun fehlte nur noch Duncan. Er war wie üblich der Letzte.

»Geh und hole ihn, David«, sagte meine Mutter.

Überrascht von ihrem Ton, stand David auf und ging ohne ein Wort nach oben.

Mein Vater erzählte von den Buchhandlungen in London. »Virginias neues Buch ist eine Sensation. Es liegt in allen Schaufenstern aus und jeder will es haben. Sie ist jetzt eine Berühmtheit.« Er schenkte sich Kaffee ein.

»Ich weiß«, sagte meine Mutter tonlos.

Sie war komisch. Warum war sie so komisch?

»Bist du böse?«, fragte Angelica. »Weshalb?«

»Ich bin nicht böse«, sagte meine Mutter.

»Du tust aber so«, sagte Angelica.

»Ich habe das Buch gelesen«, sagte ich. »Sie hat es mir gegeben.«

»Es ist großartig«, sagte meine Mutter, aber das Wort großartig sprach sie in Kleinbuchstaben aus, etwas, dass sie sonst nicht tat.

»Es ist hübsch«, sagte Angelica. »Es ist der schönste Einband, den du je gemacht hast.«

Murrend kam Duncan mit David herunter. »Was seid ihr so früh auf den Beinen?« Er zog die Hose hoch und wühlte sich gähnend durchs Haar. »Ich habe Kopfweh.« Duncan versuchte immer so zu tun, als wäre er ein Morgenmuffel, aber keiner fiel auf seine Masche herein, weil meist schon nach fünf Minuten ein breites Grinsen auf seinem Gesicht erschien.

»Setz dich und warte auf dein Ei«, sagte ich.

»Ich brauche morgens nun einmal etwas Zeit. Das wisst ihr doch?«

Grace brachte Duncans Frühstück: Omelette mit Nierchen. Als sie weg war, sagte meine Mutter: »Quentin, schließ die Tür.«

Ich tat, was sie sagte und sah sie an. Wir sahen sie alle an. Mein Vater wurde bleich. »Du hast schlechte Nachrichten«, sagte er.

»Was hat Julian geschrieben? Du bist so komisch.«, sagte ich.

»Es gibt keinen Brief«, sagte sie, »und es wird auch keinen Brief mehr geben. Julian ist tot. Man hat heute Morgen angerufen. Als das Telefon klingelte, habe ich es sofort gewusst. Deshalb bin ich rangegangen. Ich hatte solche Angst, dass das geschehen würde. Er war erst eine Woche in Spanien. Eine Woche!«

Sie sagte noch viel mehr und sprach immer schneller und immer höher, aber ich hörte nur noch ihre Stimme – die Worte entgingen mir. Fassungslos starrte ich sie an.

Julian ist tot. Mein Bruder, mein bester Freund. Tot?

Tante Virginia, ich würde zu gerne schreiben, wie ich mich gefühlt habe, als ich das von Julians Tod erfahren hatte. Ich würde gerne über meinen Kummer oder meine Wut oder meine Ungläubigkeit schreiben, aber dann würde ich nicht die Wahrheit schreiben. Ich fühlte nämlich nichts. Julian ist tot, dachte ich und fühlte nichts. Findest du das verrückt? Ich schon, wenn ich jetzt daran zurückdenke.

Angelica fing an zu weinen. Die Stimme meiner Mutter ratterte unaufhörlich weiter und klang fast hysterisch.

Duncan stellte sich zu ihr und umarmte sie. Sie hörte auf zu reden. Mein Vater und David stellten sich dazu und schlangen die Arme um sie. Sie sagten kein Wort.

Ich griff die Hand meiner Schwester. Sie riss sich los und rannte aus dem Zimmer.

Duncan winkte mir. Ich stellte mich zu den Erwachsenen und spürte, wie sich ein Arm um mich legte.

»Julian«, sagte David, »dieser rechthaberische Rotzlöffel. Entschuldigt«, murmelte er. »Ich hab's nicht so gemeint. Ich weiß nicht, was ich sage.«

»Wie ist es passiert?«, fragte mein Vater kaum hörbar.

Meine Mutter schob die Arme weg und setzte sich. Ihre Hände zitterten. »Sein Sanitätswagen war in Barcelona auf dem Weg ins Krankenhaus und wurde von einer Bombe getroffen. Warum hat er mir nicht geschrieben, dass er in Barcelona war? Ich hätte ihm gerne einen Brief geschickt, ich hätte ihm so gern einen Brief geschickt.«

Mein Vater drückte ihren Kopf an seinen Bauch.

Tot, dachte ich. Julian. Hysterisch fing ich zu kichern an. »Das kann ja gar nicht sein«, sagte ich. »Es war ein

Krankenwagen vom Roten Kreuz. Auf die darf man keine Bomben werfen. Das ist verboten.«

Und dann sah ich plötzlich Lyttons Begräbnis in der Eiseskälte vor mir. Mein Bruder würde unter die Erde gebracht werden und ich würde ihn niemals wiedersehen. Nie wieder. *Eines Tages stirbst du und dann ist alles vorbei.*

Ich fing an zu schwitzen und wollte weg von hier, nur weg von allen. Mein Vater berührte mich am Arm. »Geh nur«, sagte er, »na los.«

Ich lief in den Garten und kletterte in unser Baumhaus. So einsam, wie ich mich dort fühlte, war ich noch nie gewesen. Ich sehnte mich nach Emmas Umarmung. Nein, das stimmt nicht. Ich sehnte mich nach Julians Umarmung.

~

Wir haben Julians Leichnam nie zu Gesicht bekommen. Zwei Tage nach seinem Tod wurde er in Spanien begraben. Am Tag seines Begräbnisses gingen wir zum Friedhof in Berwick und legten Blumen auf Lyttons Grab. Der Pfarrer kam nach draußen und sprach uns sein Beileid aus.

»Ich habe mir so oft vorgestellt, dass wir hier eines Tages alle liegen würden«, sagte meine Mutter. »Für ewig beisammen, so hätte es sein sollen.«

Duncan rupfte Unkraut aus der Erde. Angelica rieb mit ihrem Taschentuch Moos vom Grabstein.

»Jetzt ist es mir einerlei, wo ihr Erde über mich schaufeln werdet.« Virginia ergriff ihren Arm, denn meine Mutter schwankte.

Ich sah Julians Sarg vor mir, auf den spanische Erde geschippt wurde. Die Bombe hatte seinen Körper zerfetzt, hatte man uns erzählt. Ich hätte das lieber nicht gewusst und wagte es nicht, mir vorzustellen, wie er jetzt wohl aussah.

Wir gingen schweigend nach *Charleston* zurück.

»Möchtest du, dass wir noch bleiben?«, fragte Virginia.

Meine Mutter schüttelte den Kopf. »Ist schon gut.«

Virginia und Leonard verließen uns. Traurig setzten wir uns in den Garten. Der Sessel, auf dem meine Mutter saß, erschien mir mit einem Mal größer als sonst. Nein, sie erschien mir kleiner.

»Als er abgereist ist, war er immer noch böse auf mich, sonst wäre er doch zu Hause geblieben.«

»Vanessa, hör auf«, sagte mein Vater.

»Es ist die Wahrheit«, sagte meine Mutter.

»Es ist Unsinn«, sagte mein Vater. »Julian hatte doch schon jahrelang vorgehabt, sich einer kommunistischen Aktivistengruppe anzuschließen, wo auch immer auf der Welt. Das weißt du selbst am besten.«

»In England gibt es auch kommunistische Aktivisten. Er hätte hierbleiben können, wenn er das gewollt hätte.«

»Papa hat recht«, sagte ich. »Du warst nicht der Grund.«

»Sei nicht so hart zu dir selbst«, sagte Duncan.

»Ich bin stolz auf Julian«, sagte Angelica.

»Er wusste, welches Risiko er einging«, sagte mein Vater, »und er wusste, was wir davon hielten. Aber es war sein Leben und damit konnte er anstellen, was er wollte. So ist es nun mal.«

Ich bemerkte, dass meine Mutter die Fäuste ballte. »Du redest über ihn, als hätte er sich für die falsche Schule entschieden. Er war dein Sohn und nun ist er tot. Tot!«

Mit Tränen in den Augen lief sie davon. Sie setzte sich am Teich ins Gras und starrte auf das Wasser. Ihre Schultern zuckten.

Ich wollte sie in den Arm nehmen, ihr die Wange küssen, aber ich tat es nicht. Das bedauere ich noch heute.

»Tu etwas, Clive«, sagte Duncan.

Mein Vater ging zu ihr hinüber. »Vanessa, ich weiß, wie sehr du ihn geliebt hast. Ich …«

Sie stieß ihn weg und kam wieder zu uns.

»Lasst uns an die Arbeit gehen«, sagte sie finster. »Quentin, Angelica, leistet ihr mir Gesellschaft?«

Mein Vater blieb im Garten zurück. Ich blickte aus dem Fenster und sah einen einsamen Mann, der zum Baumhaus hinaufschaute.

~

Zwei Monate vergingen. Der Verlust blieb, der Schmerz nahm nicht ab, und doch gab es, fast unmerklich, auch Tage, an denen ich nicht die ganze Zeit an Julian dachte und trotzdem irgendwie immer hoffte, er würde bald nach Hause kommen. Ich gewöhnte mich langsam daran, dass das Baumhaus fortan nur noch ein Ort voller Erinnerungen sein würde.

(Hinter dem letzten Satz stand eigentlich noch: »Das Leben ging weiter«. Tante Virginia hat ihn mit einem Rotstift durchgestrichen: »Denk dir etwas Originelleres aus, Quentin.« Aber so war es nun mal: Das Leben, unser Leben, ging weiter.)

Ich schrieb und dachte über meine Zukunft nach. Ich war mir noch immer nicht schlüssig, ob ich an die Universität wollte oder nicht. Ich könnte in Oxford Literatur studieren, aber wollte ich das auch? Ich konnte mich nicht entschließen und saß die meiste Zeit zu Hause und schrieb. Im Sommer hatte eine Zeitschrift eine meiner Kurzgeschichten gekauft und das vergrößerte meine Zweifel noch. Hinzu kam, dass ich wegen meiner Mutter nicht allzu lange von zu Hause weg sein wollte.

Wenn ich abends im Bett lag, führte ich manchmal Gespräche mit Julian. »Du hast doch überhaupt keine Zeit, nach Oxford zu gehen«, sagte er dann. »Du hast versprochen, ein Buch über mich zu schreiben, wenn ich vor dir sterbe. *Brüder für immer.* Erinnerst du dich, dass du es so nennen wolltest? Fang endlich damit an. Ich will es lesen.«

»Natürlich erinnere ich mich«, sagte ich.

»Und schreib auch gleich noch über diese seltsamen Menschen, bei denen wir aufgewachsen sind«, sagte Julian, »sonst wird es ein ziemlich langweiliges Buch.«

Komischerweise trösteten mich diese Gespräche.

Mein Vater hatte seine Arbeit in London, aber er brachte nie wieder eine Freundin mit, wenn er uns besuchte. Angelica, mittlerweile dreizehn, ging auf die weiterführende Schule und zog mit ihren Freundinnen über Jungs her. Es klangen nur noch selten falsche Töne durchs Haus, die Theaterbühne war nun ihre Leidenschaft. Das spanische Notenbuch hatte sie weggeworfen. »Ich hasse Spanien!«

Duncan und meine Mutter malten. Das Leben ging weiter und wir gewöhnten uns mit der Zeit daran, dass Julians Stuhl am Tisch jeden Abend frei blieb. Meine Mutter sprach wenig von ihrem ältesten Sohn und der Rest von uns wagte es eigentlich nicht, ihn zu erwähnen, aus Angst, sie könnte die Fassung verlieren.

Aber es bedurfte keiner Worte, um zu erkennen, dass Julians Tod sie gebrochen hatte. Sie ging gebeugter als Onkel Leonard, als wäre ihr der Schmerz zwischen die Schultern gefahren. Ihr Haar war in kürzester Zeit weiß geworden. Wenn wir mehr Gäste als Stühle hatten, durfte sich trotzdem niemand auf Julians Platz setzen. Dann schleppte meine Mutter eigenhändig die Stühle aus anderen Zimmern herbei.

Fast jedes Wochenende übernachtete Emma bei mir. Dann schliefen wir miteinander und ich erzählte ihr, während wir eng aneinander lagen, von meinem Bruder. Sie hörte sich meine Geschichten schweigend an. Sie unterbrach mich nicht ein einziges Mal und machte keine spöttischen Bemerkungen.

»Weißt du noch, dass du einmal gesagt hast, du hättest mich gerne als Bruder?«, fragte ich.

»Das will ich schon lange nicht mehr. Du warst Julians Bruder. Gegen so eine Freundschaft wie eure komme ich nicht an.«

»Gegen meine Liebe zu dir kommt Julian nicht an«, sagte ich.

»Mach dir nichts vor«, sagte sie.

Sie hatte recht.

~

Tess, das neue Dienstmädchen, kam ins Atelier. »Es ist jemand an der Tür.«

»Lass ihn herein«, sagte meine Mutter, »und klopf das nächste Mal an.« Sie wischte sich die Farbe von den Händen. Ich saß auf dem Sofa am Fenster und arbeitete an einer Geschichte. Ich wäre lieber in meinem Zimmer gewesen, um an Virginias Tisch zu schreiben, aber meine Mutter wollte mich in ihrer Nähe haben. Seit Julians Tod war sie wie eine Ente, die unruhig wurde, wenn sie ihre Küken aus dem Auge verlor. Angelica saß auf einem Stuhl und posierte für ein Gemälde.

Der Jemand an der Tür erwies sich als der Pfarrer. Ich rückte zur Seite und er setzte sich neben mich. Seine Jacke roch muffig. Er zog sie nicht aus. War er je zuvor hier gewesen? Ja, damals auf dem missratenen Fest. Aber sonst? Nein, er wusste, dass wir die Bibel nur lasen, weil uns die Geschichten fesselten.

»Es ist so weit«, sagte er, »die Kirche gehört Ihnen. Machen Sie etwas Schönes daraus.«

Duncan legte seinen Pinsel hin. Er zog die Augenbrauen zusammen. »Die Kirche? Ihre Kirche? Wieso gehört sie uns?« Meine Mutter und Duncan sahen sich an.

»Gott ist mein Zeuge«, sagte der Pfarrer.

»Ich nehme an, Sie meinen, dass wir die Kirche ausgestalten dürfen«, sagte meine Mutter.

»Genau das meine ich.«

»So? Und warum mit einem Mal?« Sie betrachtete ihn argwöhnisch.

Der Pfarrer lächelte. »Machen Sie etwas Schönes daraus. Enttäuschen Sie mich nicht.«

»Was genau sollen wir tun?«, fragte Duncan.

»Die Wände, den Altar, den ganzen Innenraum.«

»Ja, aber was für Malereien?«

»Das überlasse ich Ihnen. Sie haben unser vollstes Vertrauen.«

»Unser?«

»Ja, meines und das meiner Gemeindemitglieder.«

Der Pfarrer, selten ein Mann vieler Worte, brach wieder auf. »Über den Preis werden wir uns schon einig«, sagte er im Gehen. Wir sahen ihm nach, als er über den Gartenweg zu seinem Fahrrad ging.

»Er hat eingewilligt«, sagte Duncan, noch immer überrascht. »Nach all den Jahren des Bittens, in denen wir immer nur ›nein‹ zu hören bekommen haben. Die Kirche von Berwick.« Er grinste.

»Ja«, sagte meine Mutter, »er hat eingewilligt.« Ihre Stimme klang müde.

»Freu dich doch«, sagte Duncan. »Julian hätte das großartig gefunden.«

»Euer größter Wunsch geht in Erfüllung«, sagte ich.

»Verstehst du das?«, frage sie Duncan.

»Nein, ich verstehe nicht das Geringste, aber wir machen es.«

»Die Kirche von Berwick«, sagte meine Mutter.

»Darf ich helfen?«, fragte Angelica.

»Und machen wir es?«, fragte Duncan meine Mutter.

»Darüber muss ich erst einmal nachdenken.«

»Bitte nicht«, sagte Duncan. »Du hast in letzter Zeit viel zu viel nachgedacht.«

Kurz war meine Mutter still. Dann nickte sie. »Gut, wir machen es.«

Duncan strich ihr über den Arm, dann drehte er sich zu Angelica um. »Du musst helfen«, sagte er, »und Quentin auch. Wir brauchen Modelle. Jesus und Maria können wir wirklich nicht aus dem Kopf malen.«

Ich seufzte. Es freute mich für sie, dass der Pfarrer da gewesen war, fand es aber nicht gerade eine reizvolle Idee, stundenlang in der kalten Kirche Modell stehen zu müssen. »Kann nicht David Jesus sein?«, fragte ich. »Ich habe viel zu tun, meine Kurzgeschichte muss fertig werden.«

»Und Grace Maria?«, sagte Angelica, von ihrem eigenen Vorschlag erschrocken. »Ich bin doch viel zu jung.«

»Jammert nicht. Ihr kommt nicht darum herum«, sagte Duncan.

»Grace hat keine Zeit, um Modell zu stehen«, sagte meine Mutter. »Ruf sie mal, sie muss ein Festmahl zubereiten. Das müssen wir feiern.«

»Was ist denn jetzt los?«, fragte Duncan. »Ein Festmahl? Bist du dir sicher?«

»Hör auf, sonst überlege ich es mir noch anders«, sagte meine Mutter. »Himmel, was ist es lange her, dass wir etwas zu feiern hatten. Duncan, ruf Virginia an. Sag ihr, dass wir die beiden heute Abend erwarten. Und gib Clive Bescheid.«

»Willst du sie nicht selbst einladen?«, fragte Duncan grinsend.

»Ärgere mich nicht, du weißt, wie ich über Telefone denke.«

Ich blickte sie an und sah plötzlich, ganz kurz, meine Mutter von vor langer Zeit. Das Leben ging weiter, auch ihres …

»Darf Emma auch kommen?«, fragte ich.

»Selbstverständlich«, sagte sie.

Sie beschlossen, noch in dieser Woche mit den Arbeiten für den neuen Auftrag anzufangen. Davids Bauernkarren wurde mit allen notwendigen Dingen beladen: Malutensilien, ein Picknickkorb mit Proviant, die Leiter, auf der Julian und ich immer auf den Heuhaufen des Bauern hochgeklettert waren, Kleidung, in denen die Modelle posieren sollten.

Wir kletterten alle auf den überladenen Karren, so wie wir uns damals in das Auto von Davids Vater gequetscht hatten. Mühsam trottete das Pferd von *Charleston* nach Berwick.

Blätter fielen von den Bäumen, ein Schwarm Vögel zog nach Süden und überall erregten wir Aufsehen.

Meine Mutter deutete auf die Zuschauer, die uns von ihren Gärten aus anglotzten. »Sie sind einverstanden«, sagte sie, »anders geht es gar nicht. Wie hat der Pfarrer das nur hingekriegt?«

»Das fragen wir ihn später einmal.« Duncan saß neben David auf dem Bock, auf seinem Schoß lag ein Skizzenbuch, in das er eifrig hineinzeichnete. Ich versuchte, mir Notizen zu machen, doch durch das Holpern des Karrens wurde meine Handschrift unlesbar.

Angelica und ich standen Modell. Ich war Jesus, ich war ein Hirte, ich war zwei, drei, vier Apostel. Angelica war Maria, ein Engel, eine Bauersfrau …

In schnellen Holzkohleskizzen wurden wir auf den weißen Wände festgehalten und nach jeder Skizze mussten wir uns umziehen. In der Kirche war es nasskalt. Meine Mutter und Duncan gingen so in ihrer Arbeit auf, dass der Picknickkorb unberührt geblieben wäre, wenn Angelica und ich ihm nicht Beachtung geschenkt hätten.

»Ich habe einen Krampf vom Stillstehen«, sagte Angelica.

»Ich habe Hunger«, sagte ich in dem Kinderton, für den Duncan immer noch empfänglich war.

»Nicht klagen«, sagte meine Mutter, »in einer Stunde machen wir Pause.«

»Wir müssen aber nicht jeden Tag hier stehen, oder?«, fragte Angelica.

»Nein, nein, keine Sorge«, sagte Duncan. »Wir brauchen euch erst mal nur für die Skizzen, den Rest schaffen wir schon alleine.«

»Dem Himmel sei Dank«, murmelte ich.

»Achte auf deine Worte«, sagte meine Mutter.

Duncan stieg die Leiter hinunter. »Na los, hol schon den Picknickkorb.«

»Du bist ein Engel«, sagte Angelica.

»Du auch«, sagte meine Mutter. »Spreiz die Arme.«

In den Wochen, die folgten, blieben meine Schwester und ich der Kirche fern, aus Angst, dass sie uns sonst doch wieder einspannen würden. Angelica schlief öfter als je zuvor bei Schulfreundinnen und ich war plötzlich so sehr mit meiner

Geschichte und Emma beschäftigt, dass ich all meine freien Stunden in meinem Zimmer verbrachte.

Aber als Duncan etwa einen Monat, nachdem der Pfarrer zu uns gekommen war, grinsend zu uns kam und sagte, dass wir uns alle, auch Grace, heute die Kirche ansehen kommen mussten, wusste ich, dass die Gefahr vorbei war. Das Werk war vollbracht.

»Ich bin froh«, sagte David. »Die Töpferwaren sind fast ausverkauft, ich brauche neuen Vorrat.« Wieder fuhren wir mit seinem Bauernkarren, denn nach der Besichtigung mussten die Malutensilien wieder mit nach Hause. Virginia kam mit dem Fahrrad, Leonard hatte keine Zeit. Er konnte nicht weg vom Verlag. Unzählige Exemplare von Virginias neuem Buch mussten eingepackt und verschickt werden.

Der Pfarrer erwartete uns auf dem Pfad, der über den Friedhof führte. »Fein, dass ich meine Kirche wiederbekomme«, sagte er. Die Gottesdienste hatten in der Dorfschule stattgefunden, während die Kirche ausgestaltet wurde, denn die Maler hatten verlangt, dass niemand etwas zu sehen bekommen würde, bevor alles fertig war.

»Gefällt es Ihnen?«, fragte ich den Pfarrer.

»Ich bin genauso gespannt wie du«, sagte er. »Auch ich musste warten.«

Meine Mutter hatte den Schlüssel. »Kein Wort, bevor ihr euch nicht alles gut angesehen habt«, sagte sie und steckte den Schlüssel ins Schloss. Sie klang nervös. Auch Duncans Grinsen kam mir angespannt vor. Mir war bewusst, wie viel dieser Moment ihnen bedeuten musste, und ich ging hinter den anderen hinein. Und schaute und schaute …

Größer hätte die Verwandlung der Kirche nicht sein können. Der kahle, kühle Raum sah aus wie ein gemütliches Zimmer in *Charleston*. Keine Wand war unbemalt geblieben.

Ich sah Jesus auf einem Thron, umringt von den zwölf Aposteln. Jesus schien sich riesig zu amüsieren. »Den hat Duncan gemalt«, sagte meine Mutter. Eine überflüssige Bemerkung, wie ich fand.

Ich sah Maria, die von einem Engel besucht wurde. Zu ihren Füßen saß ein Krallenäffchen.

Ich sah Hirten mit ihren Herden in einem Feld. Einer der Hirten war Julian. Lächelnd betrachtete er etwas in der Ferne.

Ich sah vier runde Gemälde in der Apsis, auf denen die vier Jahreszeiten dargestellt waren. Kreise und Spiralen und Girlanden auf der Kanzel, als wäre sie ein Buchumschlag für Onkel Leonards Verlag. Vasen mit Blumen auf den Seitenwänden und gemalte Fenster, die Aussicht boten auf Land und Meer und Himmel. Und all das in Farben, die mich an unsere Ferien in Italien erinnerten, Farben so strahlend und fröhlich, dass sich vielleicht sogar die Kirche, nach Jahrhunderten im düsteren Grau, erst einmal selbst daran gewöhnen musste.

Virginia war die Erste, die etwas sagte. »Ich bin nicht überrascht.«

»Nein?«, fragte Duncan. Nervös zog er sich die Hose hoch.

»Es ist prachtvoll«, sagte Virginia.

»Maria sieht mir ähnlich«, sagte Angelica zufrieden, »und der Engel auch.»

Und dann redeten wir mit einem Mal alle durcheinander, riefen, wie sehr wir beeindruckt waren und versuchten, die Lobeshymnen der anderen noch zu übertreffen.

»Du hast Julian gemalt«, sagte ich zu meiner Mutter. »Er sieht froh aus.«

»Natürlich«, sagte sie. »Stell dich mal zu ihm.«

Das machte ich. »Mit dem Rücken zur Wand und schau, wohin Julian blickt.«

»Er sieht aus dem Fenster.«

»Und was ist da draußen?«

»Der Friedhof«, sagte ich und bemerkte dann, was sie meinte. Lyttons Grabstein. Der auf die Wand gemalte Julian blickte direkt auf Lyttons Grab.

»Wenn wir dort alle irgendwann liegen, kann Julian uns sehen«, sagte sie, »und wir ihn vielleicht auch.«

»Schön«, sagte ich.

»Ich weiß natürlich, dass das Unsinn ist, aber …«

»Es ist kein Unsinn«, sagte ich. »Du hast Julian aus Spanien zurückgeholt.«

»Ja«, sagte sie. Sie zwickte mir in die Schulter. Ich ergriff ihre Hand.

Der Einzige, der sich nicht zu den Malereien äußerte, war der Pfarrer. Er hatte sich auf die hinterste Kirchenbank gesetzt und ließ still alles, was er sah, auf sich wirken. Auf seinem Gesicht ließ sich wenig ablesen.

»Und was halten Sie davon?«, fragte David ihn. »Aber seien Sie ehrlich.«

»Ich finde«, sagte der Pfarrer, »ich finde, dass meine Kirche kommenden Sonntag erneut eingeweiht werden muss.

Feierlich, und alle sollen kommen. Oder nein, Samstag. Ja, Samstag eine feierliche Einweihung und Sonntag der erste Gottesdienst. Und verlassen Sie sich darauf, Sie werden alle da sein.«

Eine deutlichere Antwort wünschte er nicht zu geben.

~

Sie kamen. Die Kirchgänger aus dem Dorf und der Umgebung, alle gleichzeitig, als hätten die ersten bereits draußen ausgeharrt, bis auch die letzten angekommen waren. Nur zusammen wagten sie sich hinein. Wir selbst, meine Mutter, Duncan, Angelica und ich, waren schon eine Stunde früher eingetroffen und hatten voller Ungeduld gewartet.

»Sagt nichts, bevor ihr euch nicht alles angesehen habt«, sagte der Pfarrer. Er zwinkerte meiner Mutter zu.

Schweigend, unbehaglich, als wären sie heute zum ersten Mal hier, gingen die Menschen an den Kirchenbänken entlang. Colonel Kipling, der Bäcker, die Eltern meines Freundes aus Kindertagen, die Bauern, die Arbeiter. Sie starrten den Altar an, die Wände, die Kanzel. Sie stießen einander an, murmelten, flüsterten, deuteten. Es war wie am Abend unseres misslungenen Fests, nur diesmal hatte sich die Kirche verkleidet.

Ich sah den beiden Künstlern an, dass sie sich nach einem Wort der Anerkennung sehnten. Aber sie baten nicht darum, dazu waren sie zu stolz. Stolz, sich niemals etwas aus der Meinung der anderen zu machen, doch zugleich so begierig nach Zustimmung, Anerkennung, Begeisterung.

Schweigend schauten sie zu. Ich nahm mein Notizbuch zur Hand …

Bereits nach einer Viertelstunde meinte der Bäcker, alles gesehen zu haben. »Hübsch«, sagte er vage. Er gab dem Pfarrer die Hand. »Bis morgen beim Gottesdienst.«

»Das muss ziemlich viel Arbeit gewesen sein«, sagte Colonel Kipling zu meiner Mutter. Danach verabschiedete auch er sich vom Pfarrer.

Ein Bauer setzte seine Kappe auf. »Draußen ist es unangenehm frisch«, sagte er.

Und so ging es die ganze Zeit weiter. Nichtssagende Kommentare, eine Handbewegung, freundliches Nicken, und dann gingen die Leute nach Hause. Ich glaube, selbst Lady Ottoline hätte diese ›feierliche Einweihung‹ nicht retten können.

»Es gefällt ihnen nicht«, sagte meine Mutter, als wir wieder alleine waren.

»Sie haben bestimmt etwas anderes erwartet«, sagte Duncan. »Wir haben alle enttäuscht.«

Der Pfarrer schüttelte den Kopf. »Wie kommen Sie denn darauf? Sie haben genau das erwartet.« Er schloss die Tür.

»Sie haben doch ihre Gesichter gesehen«, sagte Duncan.

»Das sagt wenig aus«, sagte der Pfarrer. »Wie lange wohnen Sie nun schon hier? Zehn Jahre? Länger? Sie wissen, wer Sie sind, sie kennen Ihr Haus und Ihre Gemälde. Glauben Sie bitte nicht, dass sie das hier missbilligen. Wir wussten genau, worauf wir uns eingelassen haben.«

»Warum haben sie dann nichts gesagt?«, sagte Duncan.

Der Pfarrer setzte sich und legte die Hände in den Schoß. »Die Leute hier kennen Sie, aber kennen Sie die Leute eigentlich? Sehr gesprächig sind sie hier nicht gerade. Wenn Sie gesprächige Leute wollen, dann müssen Sie nach London.«

»Wie Papas Freundinnen«, flüsterte ich Angelica zu. Sie kicherte.

»Sie müssen sich erst daran gewöhnen, dass die Kirche nun ganz anders aussieht, als sie es ihr Leben lang gewöhnt waren«, sagte der Pfarrer. »Ich selbst übrigens auch.« Er deutete um sich. »Dies ist mein Wohnzimmer, das Wohnzimmer der gesamten Gegend, und Sie haben es neu eingerichtet, vollkommen nach Ihrem eigenen Geschmack. Das ist nicht nichts. Geben Sie uns etwas Zeit.«

»Weise Worte, Herr Pfarrer«, sagte meine Mutter.

»Ach«, sagte der Pfarrer bescheiden.

»Trotzdem«, sagte Duncan, »wollten die Leute wirklich, dass wir die Kirche neu gestalten? Oder haben Sie Ihnen gesagt, dass …«

»Hören Sie«, unterbrach der Pfarrer ihn. »Sie beide sind nicht gerade billig und diese Kirche ist nicht reich. Wer, glauben Sie, hat das Geld dafür gegeben, um Sie bezahlen zu können? Das waren die Menschen, die eben noch hier waren.« Er zeigte zur Tür. »Und nicht nur, weil ich sie darum gebeten habe, sondern weil sie es selbst wollten. Fast die gesamte Pfarrgemeinde war sich einig, dass Sie den Auftrag bekommen sollten. Glauben Sie mir bitte. Machen Sie sich keine Sorgen, es ist gut, so wie es ist. Kommen Sie mit hinüber zu mir, ich lade Sie zu einem Glas Wein ein.«

Wir folgten ihm auf dem Weg über den Friedhof zu einem weißen Haus, das von Geißblatt überwuchert war. In seinem kleinen, gemütlichen Wohnzimmer fielen mir sofort die vollen Bücherregale auf. Ich musste ein erstauntes Gesicht gemacht haben, vor allem, als ich drei Bücher von Tante Virginia entdeckte, denn der Pfarrer sagte: »Ja, Quentin. Ich lese nicht nur die Bibel, weißt du?«

Wir setzten uns an den Tisch, auf dem stapelweise Zeitungen und Zeitschriften lagen. Der Pfarrer schob die Stapel zur Seite und stellte Gläser auf den Tisch. Er ging vor einem gut gefüllten Weinregal in die Hocke. »Burgunder?«

Wir tranken. »Aber warum?«, fragte Duncan. »Ich verstehe es immer noch nicht ganz.«

»Wegen Julian«, sagte der Pfarrer.

Meine Mutter sprang auf. »Was hat Julian damit zu tun? Er ist tot.«

»Eben. Julian ist tot und wir wissen alle, wie es dazu gekommen ist. Er ist in einem Krieg gestorben, in dem er für das gekämpft hat, an das er geglaubt hat. Davor haben die Menschen hier Respekt, das können sie nachvollziehen.«

Ich glaubte, verstanden zu haben, was der Pfarrer damit meinte. »Sie fanden es diesmal nicht ›seltsam‹?«, fragte ich.

»Genau«, sagte er. Er schenkte sich nach. »Du triffst den Nagel auf den Kopf. Sie fanden es nicht ›seltsam‹. Wenn man in einer so kleinen Gemeinschaft wie der unseren lebt, tut man sich schnell mit allem schwer, was anders ist, als man es gewohnt ist. Ihre Gemälde, Ihr Theaterspiel, Ihre Art, zusammen oder eben nicht zusammen unter einem Dach zu leben. Sagen Sie doch selbst, das ist doch etwas, über das man staunen muss, wenn man sogar London als eine große, entlegene, fremde Welt empfindet?«

»Ja, ich weiß«, sagte Duncan, »aber wir sind, wie wir sind. Wir können, nein, wir wollen nichts anderes.«

»Das weiß ich«, sagte der Pfarrer. »Aber wenn man Eichen auf eine Apfelbaumwiese pflanzt, ist der Garten nun einmal nicht mehr derselbe wie zuvor.«

»Vielleicht weniger langweilig«, sagte meine Mutter.

»Außer, wenn man daran gewohnt ist, jeden Tag Apfelkuchen zu essen. Dann will man keine Eichen, dann will man Apfelbäume.«

Ich verlor langsam den Faden und hoffte, dass sie etwas deutlicher werden würden. »Wir haben doch von Julian gesprochen«, sagte ich unwirsch.

»Ich bin noch nie mit einer Eiche verglichen worden«, sagte Duncan.

»Also, weil Julian nach Spanien in den Bürgerkrieg gezogen ist, wurde er eine Eiche, an der Äpfel wachsen?«, sagte meine Mutter.

Ich wurde wütend. »Geht's vielleicht auch ein bisschen klarer?«

»In jedem Fall eine Eiche, deren Wert wir erkannt haben«, sagte der Pfarrer. »Und diese Eiche wurde von einem Blitz getroffen und das finden wir furchtbar.«

»Herr Pfarrer!«, rief ich. Wenn er bei seinen Gottesdiensten genauso nebulös sprach wie nun, war ich froh, dass ich mir das nie hatte anhören müssen.

»Aber die anderen Eichen sind noch da«, sagte meine Mutter.

»Ja, die anderen Eichen sind noch da«, sagte der Pfarrer. »Willkommen in unserem Garten.«

»Kann mir vielleicht irgendjemand erklären, worum es hier geht?«, brummte ich.

»Beruhige dich«, sagte Duncan. »Julian hat etwas getan, wofür ihn die Menschen hier bewundern, und weil er zu uns gehörte, finden sie *Charleston* jetzt nicht mehr ganz so seltsam wie früher. Sie meinen, dass wir vielleicht doch normale Menschen sind, und deshalb durften wir die Kirche gestalten?«

»So kann man es auch sagen«, sagte der Pfarrer.

»Es war also nicht aus Mitleid?«, fragte meine Mutter.

Der Pfarrer suchte eine zweite Flasche Wein aus. »Vielleicht hat Mitgefühl eine Rolle gespielt«, sagte er. »Aber was ist dagegen einzuwenden?«

»Nichts«, sagte Duncan, »überhaupt nichts.«

Obwohl es schon dämmerte, als wir uns vom Pfarrer verabschiedeten, schlug meine Mutter vor, zu Fuß nach Hause zu gehen. Ich fand es eine gute Idee – benommen von drei Gläsern Wein brauchte ich frische Luft.

Angelica nahm Duncans Hand. »Erzählst du mir unterwegs eine Gruselgeschichte?«, fragte sie.

»Dafür bin ich zu betrunken«, sagte Duncan. »Quentin, du musst über die Kirche schreiben und dass wir es Julian zu verdanken haben. Das ist ein schönes Ende für dein Buch. Meinst du nicht auch, dass das ein gutes Ende wäre?« Sein Atem blieb wie eine Wolke hinter ihm hängen.

Ich lief neben meiner Mutter. »Meinst du auch, dass ich das tun soll?«, fragte ich.

»Über die Kirche schreiben?«

»Über Julian. Das Buch, das ich ihm versprochen habe. Ihr werdet auch darin vorkommen.«

Sie zitterte. Ich legte den Arm um sie. »Es ist kalt«, sagte ich. »Möchtest du nicht doch lieber mit dem Taxi fahren?«

Sie zog den Kragen hoch. »Ich vermisse ihn schrecklich.«

»Ich weiß«, sagte ich, »ich weiß.«

»Wir hätten ihm sofort die Wahrheit sagen sollen.« Ich zog meinen Arm zurück. »Mama!«, sagte ich. »Hör auf. Hör doch endlich damit auf!«

NACHWORT

In der ersten Hälfte des 20. Jahrhunderts lebten und arbeiten im Londoner Stadtviertel Bloomsbury Schriftsteller, Künstler, Wissenschaftler und Kunstkritiker, die als die *Bloomsbury Group* bekannt wurden. Im Mittelpunkt dieser Gruppe standen die Malerin Vanessa Bell und ihre Schwester, die Schriftstellerin Virginia Woolf (*Mrs Dalloway, Zum Leuchtturm*).

Vanessa war mit dem Kunstkritiker Clive Bell verheiratet, lebte aber mit dem homosexuellen Maler Duncan Grant zusammen. Sie hatte drei Kinder: Julian, Quentin und Angelica.

Virginia und ihr Mann Leonard leiteten einen kleinen Verlag, *Hogarth Press.* Anfangs druckten sie ihre eigenen Bücher in kleinen Auflagen auf einer gebrauchten Druckerpresse, die sie bei einem Händler aufgetrieben hatten. Als der Verlag (und die Nachfrage nach den Büchern der *Hogarth Press*) zu groß wurden, arbeiteten sie mit gelernten Druckern zusammen.

Andere Mitglieder der *Bloomsbury Group* waren der Schriftsteller Lytton Strachey, der mit seinem Buch *Eminent Victorians* Berühmtheit erlangte, die Malerin Dora Carrington, der Ökonom John Maynard Keynes, der Kunstkritiker Roger Fry und der Schriftsteller E. M. Forster.

Bestimmt wurde die *Bloomsbury Group* in ihren Anfangsjahren schief angesehen. Die Gemälde, Romane und Kunstauffassungen ihrer Mitglieder waren progressiv und neu. Sie kümmerten sich nicht um die vorherrschenden Konventionen, sondern verließen die vorgezeichneten Wege und schrieben und malten auf ihre eigene Weise. Die Öffentlichkeit konnte sich nur schwer daran gewöhnen. Die Art, wie die Bloomsburys zusammenlebten, ihre Liebschaften, ihr Feminismus und Pazifismus – all das war in einem England, das sich gerade erst von der strengen viktorianischen Zeit befreite, in der vieles vorgeschrieben und nur wenig erlaubt war, reichlich ungewöhnlich und sogar schockierend.

Einen großen Teil des Jahres verbrachten Vanessa und Virginia (zusammen mit ihren Familien und Freunden) in ihren Landhäusern in Sussex, die ich in diesem Buch beschrieben habe.

Als ich vor ein paar Jahren *Monk's House* besucht habe, um mir das Arbeitszimmer von Virginia Woolf anzusehen, fand ich eine Broschüre über das Haus *Charleston*. Ich hatte noch nie von *Charleston* gehört, weil es aber nicht weit entfernt lag, bin ich hingefahren. Kaum hatte ich den Fuß über die Türschwelle gesetzt, war ich verzaubert. Was für ein Haus! Wände, Türen, Kamine und Möbel waren alle mit bunten Darstellungen von Menschen, Tieren und abstrakten Figuren bemalt – als wäre das Haus eine einzige große Leinwand. Überall befanden sich gut bestückte Bücherregale und auf jedem Tisch stand eine Vase mit Blumen aus dem prachtvollen Garten. Ein Führer zeigte mir Haus und Garten und erzählte mir von den Bewohnern und deren Gästen. Was für Geschichten, was für spannende Menschen, was für eine großartige Art zu leben! Ich war verzaubert und verloren. Über diese Menschen musste ich einfach schreiben.

Ich habe ihre Tagebücher, Briefe und Lebensgeschichten studiert, die Häuser mehrmals besucht, ihre Gemälde betrachtet, die Romane gelesen. Auf diese Weise habe ich mir ihre Wirklichkeit zu eigen gemacht.

Als ich zu schreiben begann, habe ich diese Wirklichkeit teilweise losgelassen. Mein Buch sollte keine Biografie werden, davon gibt es genug, sondern eine *Geschichte*. Die weniger wichtigen Personen habe ich mir einfach ausgedacht (aber Grace, die Köchin, hat es wirklich gegeben und Leonard hatte tatsächlich ein Äffchen als Haustier).

Mir ging es nicht darum, Fakten und Biografien richtig wiederzugeben, sondern mit wahren und ausgedachten Ereignissen und Gesprächen ein Bild der faszinierenden Welt zu skizzieren, in der Quentin und Julian aufgewachsen sind – eine Welt und Erziehung, die ich auch in unserer Zeit jedem Kind wünsche.

Quentins Vater hätte das ungefähr so ausgedrückt: »Geh immer deinen eigenen Weg. Mach dir deine eigenen Gedanken. Lauf nie hinter der Masse her.« Es ist eine Lebensweisheit, die wir heute, knapp ein Jahrhundert später, nicht oft genug wiederholen können.

Das Gemälde von Pablo Picasso, über das auf Seite 236 gesprochen wird, heißt *Baigneuse ouvrant une cabine* (1928) und hängt im Picasso Museum in Paris.

Guernica kann man sich im Museum Reina Sofia in Madrid ansehen.

Charleston, Monk's House und *St. Michael and All Angels Church* in Berwick sind regelmäßig für Besucher geöffnet.

Siehe auch:

www.charleston.org.uk

www.nationaltrust.org.uk/main/w-monkshouse

MEIN DANK GILT

Myrthe Kusse von der Universiteit van Amsterdam
für die Information zu Benito Mussolinis Büchertag.
Jacques Dohmen für das Lesen des Manuskripts und
die sinnvollen Anmerkungen.
Dr. Geert Reuten für seine Informationen über
Faschismus und Kommunismus.
Und ganz besonders Eric Smaling, ohne den ich
Charleston womöglich nie entdeckt hätte.

Rindert Kromhout